与癌共舞十七年

——我的患癌日记

张立华◎著

北方联合出版传媒(集团)股份有限公司

万卷出版公司

图书在版编目（CIP）数据

与癌共舞十七年：我的患癌日记 / 张立华著.——
沈阳：万卷出版公司，2016.9（2021.8重印）
ISBN 978-7-5470-4296-0

Ⅰ.①与… Ⅱ.①张… Ⅲ.①日记—作品集—中国—
当代Ⅳ.①I267.5

中国版本图书馆 CIP 数据核字（2016）第220537号

与癌共舞十七年
——我的患癌日记

出版发行：万卷出版公司
　　　　　（地址：沈阳市和平区十一纬路25号　邮编：110003）
联系电话：024-23284090/010-88019650
传　　真：010-88019682
E - mail：fushichuanmei@mail.lnpgc.com.cn
印 刷 者：三河市兴国印务有限公司
经 销 者：各地新华书店

幅面尺寸：145mm×210mm
字　　数：195千字　　　　　　印　张：9.75
出版时间：2016年9月第1版　　印刷时间：2021年8月第2次印刷

责任编辑：李　明　　　　　　责任校对：王洪强
封面设计：京华诚信　　　　　封面制作：京华诚信
板式设计：京华诚信　　　　　责任印制：高春雨

如有质量问题，请速与印务部联系　联系电话：010-88019750

ISBN 978-7-5470-4296-0
定价：48.00 元

序

　　我和立华相识于 1971 年，那时我们都是知青。后来他们夫妇成为我们夫妇的朋友；他们的孩子也是我们孩子的朋友。四十多年的友谊啊！想到这儿，一缕阳光投入我的心里，尽管此时窗外依然是雾霾的天。

　　当年，在太原召开的山西省上山下乡知识青年积极分子代表会议上，最引起我关注的不是大名鼎鼎的蔡立坚等典型人物，而是来自同一地区的张立华。小组会上，她积极主动，不时发出带着很多疑问的声音。记得知青们讨论最多的是：我们首先是来接受贫下中农的"再教育"，还是以我们的知识和能力，在"广阔天地"里来一番"大有作为"。代表们纷纷介绍自己知青点在当地做了些什么，交流着经验。当然，会上会下讨论最积极的是那些老高中的同学，他们比我们这些老初中成熟、干练。知青代表们并不回避下乡以后遇到的各种困难和挫折，但理想主义还是占据着主导地位，话语中透着豪迈、勇气甚至牺牲精神。因为投缘，三言两语间，我和立华就成了总黏在一起的"会友"，我们更多的时候是在会下交流村里遇到的事情，应该怎样对待、怎样自处。她关切、真诚，总能设身处地为你着想。张立华是老高二的，我是老初一；她从北京到山西蒲县插队，我是从山西太原到洪洞县插队，来自不同的学校不同的县，但我视她为学姐。

从此，我们的信件联系再也没有中断过。无论是交流思想情感，还是生活发生了变动，彼此都是倾诉或通报的首选。记得我曾经和她探讨，如何确定"男朋友"是最适合自己的人。我希望在投入感情之前，先有理性的判断，免得以后不可自拔。哦！我们那一代人是不是太理性？立华回信说，你可安排两个序列，二是你理想的伴侣是什么样的人，应该有怎样的品质：如正直、善良、聪明、有心胸、有才学、性格好，等等；一是你反感的人的行为：如自私、刚愎自用、大男子主义、谈吐随便，包括抽烟、喝酒，等等。然后，在交往中一一划勾或打叉。于是这个人就在你心中清晰了。我真的是按照她的方法去做的，也确实获得了一生的幸福。立华也曾写信告诉我，她怎么选择了自己的另一半。于是我们又成了"闺蜜"。

立华从小要强，什么都以自己之能要做到最好。少先队中队长、大队长，学生会主席，中共预备党员，一路走来，都很顺。但"文革"初，她被当作修正主义苗子批斗。"文革"中，她父亲的问题被演绎升级，从此，把她推向凹凸不平的命运之旅。插队的时候，她就热爱写作，经常被抽调出来到县里写材料；她也尝试写小说、散文，曾被刚刚恢复的山西文学界有意培养，参加过省里的文学培训班。1977年，我回到山西大学教书时，她则刚刚结束在山西大学中文系半年的进修。

接着又报考了山西师范学院中文系两年的成人教育。记得我们时常能在太原相遇，因为她参加着几门课的集中授课。她向我表露：并不是为了文凭，只因为非常热爱。当大批知青上学的上学、参军的参军、入工厂的入工厂时，立华又一次听凭理想主义的召唤，放弃了县中学老师的位置，与一群志同道合的知青创办了一个工农商学一体化的知青综合场。她和爱人一起来到这个非知青、非农工、非干部编制的自负盈亏的单位。一切白手起家，一切重建秩序，可以想象其艰难，但他们干得兴致勃勃。200 多人建制的综合场自足自给，红红火火。但是，中国体制上、人事上的各种原因，让他们无法做大、无法稳建地发展，反而逐渐式微，最终关门。幸好，立华又抓住了报考山西省委党校理论班的机会。这一次她确实是为了文凭，并且希望命运有所改变。

党校毕业后，她调入山西省劳动厅政策研究室，从事劳动经济调研，并主持《山西劳动》杂志，还一手创办了《劳务时报》。她是《中国劳动报》专职记者兼山西记者站站长，文章多次获省、部委奖项，终于在 1994 年年底调回北京，在劳动部《中国劳动报》任专栏部主任，后又被聘为劳动仲裁员，获过北京市女记者奖、专题新闻奖。最后官至副局长。处处留下她坚毅、进取的脚印。

立华是女人、是妻子、是母亲、是部门负责人。我们惺惺相惜，见面永远有聊不完的话题。我们常有报怨、烦心和絮叨，奇怪的是，我从未见她有向命运低头、自弃的情绪，常常说着说着阳光就会回到我们中间。她善于开导别人，有些事因为无解，她会大气地说：这就是过程，其实过程比结果更值得珍惜。说到中年又要有事业，又有孩子和家务的拖累，她说：你怎么不想想孩子给你带来的乐趣和满足？她总能从另一角度，打开一扇窗。她善于把别人的难事当成自己的事，而且尽力援手。1990年，我婆婆70岁时，腿部受伤，在北京突然卧床，无人照料，我们当时在太原上班，不能长期请假，我先生一筹莫展。在北京遇到立华，说想把母亲接到太原家里照料，一人带老太太乘火车有困难。立华立即表示，一起把老太太抬到太原。一路上背上背下，吃喝如厕，都离不了她。到了太原，又让她先生开车接站。老太太九十多岁时，不认识很多人，却认识张立华。我相信，愿意与她交心的朋友一定很多。用今天的话说，从她那里得到的都是正能量。

这个正能量，当然包含着立华的自尊、自重，以至于她得了乳腺癌，做了手术，开始化疗，我才知道音讯。而后，转移，又是一切明朗了，我才知道。她治疗前后心里那么大的压力，这次阅读她的日记才体会到。她在提高勇气，勇敢面对时，也是更多想到家人对自己的需要。我曾对她说，你一旦住院，就赶快告诉我，即便是聊天，也能分散你的疼痛或压力。但她没有。我想，如果是我，或许也同她一样。朋友之间，她希望多给予，不愿意仅仅是接受。

十几年来，正如她所说："没有哪一天不在与病魔抗争，达摩克里斯之剑悬在头上，不知何时就会掉下来，从没有像现在这样感受到时间的可贵，如同一个破产的富翁，眼睁睁看着手里仅剩的几块金币，一点点计算着它的用途。"没有切身的经历，永远抵达不到这种心境。没有这种心境，总觉得自己对病友力不从心，索性见面一如既往不谈癌症。甚至看到发人深省的文章，也不敢转去，总希望朋友和大家一样正常，已经忘却了自己的疾患。其实，这又是自欺欺人。患者时时在抗癌，天天在抗癌，我们忘记了，他们不能忘记。后来带癌生存的理念进入了我们的谈话空间。立华轻松了，我们也如释重负。

立华坚持写日记，当我们建议她把患癌的经历展示于众，给更多的人以启示时，她欣然同意。而且以最快的速度完成了日记的整理。

现在中国迅速进入老龄化社会，加之生态环境的整体恶化，癌症已经成为中国人的头号生命"杀手"。如何防癌抗癌，自然成为街谈巷议的热门话题。

在 20 世纪，科学家曾经攻克了肺结核、疟疾等流行病，也曾雄心勃勃地想找到彻底征服癌症的途径。然而，这个目标还没能实现。现代医学承认，癌症是未能完全解开的司芬克斯之谜。治疗费用高昂，又无法保证根治，不免使许多人谈癌色变。不论降临在哪个人或哪个家庭，都会带来恐惧与不幸。如何求医，如何面对医院和医生的治疗方案，个人往往感到特别无助和无奈。立华的日记，不是抗癌成功的经验总结，不是专家创作的科普读物，更不是包治百病的"神医"忽悠，只是她十余年来与癌共舞的同步记录。读她的日记，可以感受到得了癌症后的真实心态，感受她与死神抗争的应对过程和认识变化。日记是当时的记载，与后来的回忆价值不同。她也有过迷茫，有过轻信，走过弯路，到现在也不能说拥有了正确的答案。俗话说：尽信书不如无书。我想发挥一下：尽信医不如无医。如何理智地求医，如何提高自身的生活质量，张立华的真实感悟，对同病相怜的患者，或许具有独特的参考价值。

邢小群

（作家、中国青年政治学院教授）

目　录

前　言

我罹患癌症已经十七年了，这些年，从确诊到治疗到复发到转移，可说是经历了癌症患者所能经历的全部过程。

这些天我又翻看了过去的日记。

当年，曾有一位叫陆幼青的癌症患者，写过一本《死亡日记》，很畅销。2002年冬，我的一位好朋友得了癌症，在她持续治疗，身心痛苦的时候，她的家人也曾让她写写日记。他们都是想把自己的最后时光记录下来。我的日记不是，因为我从一开始就不相信自己会那么早地离开这个我热爱又舍不下的世界，在这种信念下，我走过了这么多年。人说，久病成医，我当然不敢这样自诩，但这些年跑医院、找医生，各种治疗，也让我累积了一些经验，有了一些体会。从小就喜欢并且一直坚持写日记的我，一点一滴都记录下来了。如今，十几年过去了，这些日记已经陈旧，有些字迹也已模糊，我想把它们整理出来，永远地留下，给自己一个交代——毕竟人生没有几个十七年；给亲友一个交代——没有他们的理解和支持我也走不到今天；给医生们一个交代——正是他们认真负责、卓有成效的治疗，我才有了今天。况且经常看看，也可以不断地激励自己、鼓励他人，或许是件好事、善事吧。

十几年的日记记录了我的纠结、痛苦和思考的过程。

记得第一次手术之后，就有人给我介绍哪里有抗癌俱乐部，哪里有抗癌乐园等，还有人给我介绍了一种专门为癌症患者设计的"郭林气功"，朋友们的关切之心可鉴。但我从没去找过，也没练过，没有别的原因，就是不想给自己打上标签，不愿意总给自己一种心理暗示：我是个癌症病人。我要把自己当作一个普普通通的人，一个吃五谷杂粮就会生病的人，让自己有一颗平常心，去正视现实，淡然心境，去关注自己的身体，去了解自己的病症，去寻找最适合的治病、养病方式。

近些年来，随着科技的进步，各界对癌症有了不少新的认识、新的看法，让我把癌症更多地看作是自己身体的一部分，不再是除恶务尽的敌人，所以才有了与癌共舞的思想和本书的标题。

十七年，跨越了前后两个世纪，时间不短；初起、复发、转移内容不少，写个前言，归纳小结，提纲挈领吧。

（一）初患癌症的感受

人生中许多事情都是在毫无准备的时候降临的，就像《莫斯科保卫战》电影开始的那一幕，还在田野里劳作的人们突然遭到了敌人的袭击，一时间手足无措。我罹患癌症的情景，与此十分相似。

1994 年年底，我从插队的山西回到阔别 26 年的北京，在国家劳动部直属《劳动报》报社做编辑、记者。又回到了我的家乡，又回到了首都北京，让我沉浸在兴奋之中。新的工作岗位，新的同事，新的环境……欣喜、忙碌充斥着我的生活。上班不是陷在一堆稿件里，忙着编辑、排版、画版、校对、签字发版，就是出去采访。由于是国家机关的报纸，所以出差常常就是全国各地。回家来又是一堆家务。那时候报社没有住房，我带着两个孩子（爱人海棠没有转回来）蜗居在妈妈那两间小平房里，和我们同住的还有小弟年幼的女儿。后来小弟夫妇也从深圳回来，一大家子六七口人，我们在两间平房外又接出一间十几平米的小屋，权作我和儿子、女儿的睡房。连床都摆不下，我和女儿只好睡上下铺。这么多人在那么狭小的空间里，整天忙忙乱乱，心情如何不论，身体状况更是无暇顾及——"小车不倒只管推"。也许那时候身体就曾经发出过警报，但都被忽略了。整整五个年头，直到那年体检的那一天。

20 世纪 90 年代，癌症在人们的心目中还是十分可怕的，从电视剧中，从书本报刊中，只要沾到"癌"这个字，几乎就等同于死亡。1988 年，我的父亲患癌症去世，他先后患了两种原发癌，一种是肺癌，一种是会厌癌（在口腔舌头根部后方，喉腔入口的前面，长着一张树叶形的组织，于舌根部向上挺立，大约 3 毫米厚度，这就是会厌），前后不到五年，去世时刚刚过了 70 岁生日。那是我第一次近距离接触癌症，那几年父亲辗转于几个大医院治疗时的痛苦让我刻骨铭心，也让我对癌症听而生惧。

现在我被告知得了癌症，第一反应是这不可能，我怎么也会得这种病？然后，是侥幸：也许不是吧？但后来的检查，越来越清晰地显示，我就是这个病，我无从怀疑现代医学器材检查的正确性。我只能接受这个现实。这种接受，是很痛苦的。我家海棠说，当他听到这个消息时，感觉就像天塌了。

总之，我相信每一个突然得知自己得了癌症的人都会在第一时间反问自己：为什么我会得这个病？这其中既有侥幸心理，也有抗拒心理；继而会悲伤、失望、痛哭，甚至失去生活的勇气。我认为这都是正常的，是可以理解的。但是要学会控制，要让自己很快走出阴影，理智地考虑下一步的治疗方向，要有勇气面对残酷的现实：这个不幸的事情就是落到了自己的头上，要抬起头来，勇敢地迎上去。只有这样，才有可能赢得时间、赢得胜利、赢得生命的光辉。要相信：生命是大自然赋予我们的最神奇、最美妙的礼物，它具有无限的力量，会创造出想象不到的奇迹。

（二）我为什么会得癌症

这是从我被告知罹患癌症以来一直萦绕在脑际，久久不能释怀的问题。就此，我曾询问过我的医生，他们几乎众口一词：就现在的医学水平来看，全世界对于癌症也还没有一个权威的理论。我开始到处寻找报刊杂志、各种媒体有关癌症的资讯，但是，没有一个统一的令人信服的说法。倒是有一些解释，或是叫作提醒，说是高龄产妇、自己不哺乳、生产较少等，都是高发人群；母亲或姐妹有患乳癌的，也是如此。可我的情况完全对不上。我 27 岁结婚，28 岁生第一胎，32 岁生第二胎，两个孩子都是顺产且都是自己的乳汁喂养。我的母亲活到 80 岁，从未得过癌症，我的妹妹也身体健康。我也曾用自己的例子来问医生，他们却又说，人与人不一样。倒是有一种说法与我有些相应，那就是有副乳的人易患乳癌。所谓副乳，是指在两个乳头上方还有一个小乳头，平时不明显，只是一个小黑点，但在哺乳时也会流出乳液。这就是我罹患癌症的原因吗？

　　曾有数据显示，人群中患癌的概率是万分之一，可是，周围不到百人竟然有四五个，我曾经一起插队的朋友在一年之内走了两个，这又是为什么？许多知道我父亲去世消息的人都说我父亲一生太坎坷，心理承受了太多的压抑和愤懑。两种原发癌，身体里到底有多少毒素啊？这是大家的说法，似乎癌症的到来和心情有关。可是，他们那一代人有几个没有坎坷的经历呢？有多少没受过委屈、冤枉的呢？可并没有人人都得癌症，这是为什么？

　　不止一个医生告诉过我：“你这个病不是现在才有的。癌细胞的形成有一个漫长的过程，特别是乳癌细胞，需要七八年甚至更长的时间。

　　那么我就来回顾一下，七八年前、十年前的我有过什么病痛呢？

大概十年前，就是 1988 年或是 1989 年的样子，那时我刚从山西省委党校理论班毕业，进入省劳动厅政策研究室工作不久。先是到各处调研劳动工资保险福利等情况，经常是几天甚至十几天不回家，回来后还要赶写调研报告，经常熬夜。后来担任《山西劳动》杂志主编，约稿、编稿、画版，送印刷厂……也常常到煤矿、工厂区采访，办专版，搞广告，加班熬夜，甚至喝酒应酬，忙得不亦乐乎。日记中也有些去医院看病或是身体不舒服的记录。大都是感冒、发烧、嗓子肿痛等，妇科方面也曾有过附件炎之类的，那时吃过避孕药、上过节育环，当然对身体都是有影响的，尤其是对内分泌，这算不算是诱因呢？

1994 年年底回到北京之后，曾经发生过很严重的肩背疼痛，以至于骑车的时候右手都不能扶车把，总觉得是乳罩的扣带太紧了。也去医院看过，涂过、吃过些扶他林之类的药物，也曾做过烤电、拔罐等中医治疗。眼睛经常浮肿、干涩，只当是劳累、休息不好。得病以后听医生说，后背疼就是病灶的反射，眼睛浮肿说明肝肾功能差，身体免疫力差了。

这些也许都与癌症有关？

现在看来，癌症其实是社会发展的必然结果。人类的发展总是和一些疾病相联系的，一个疾病被克服了，另一个疾病一定会出现。很早的时候，疟疾曾是不治之症，后来的肺结核、肝硬化、胃溃疡等，都曾经不可一世，但随着科技的进步一个个被控制、被攻克，但新的疾病就又来了，糖尿病、高血压、心脏病、艾滋病、癌症等，这些都是随着人类生活的改变而扩展的。而且，随着科技的进步，人类检测手段的提高，许多病症过去没有发现或发现得很晚，现在可以发现了，并且可以发现得很早。比如血液检测肿瘤相关物、高分辨率的 CT、核磁共振等高科技手段，这样就使得一些疾病的诊断率大幅提高，表现出来的就是这种病患忽然多了。何况，现在人类的生存环境如此恶化，人类在改造大自然的同时也为自己挖掘了新的坟墓。不加限制的化学产品，加快了科学技术的发展，也加快了生命的衰亡。污染了的水源、污染了的空气、污染了的土地，改变了生命存在的条件，也催生了新的生命和生物形式，这其中当然包括病菌、病毒和细胞的异化，新型疾病、严重疾病的产生自然是不可避免的。社会发展越来越快，竞争压力越来越大，人们的身体承受力也越来越经受着考验，罹患疾病的可能性大大加强，生病的概率也就越来越高了。

（三）得了癌症怎么办

　　无论是患者还是医生，得了癌症首先想到的就是控制病情，而手术切除病灶就成了首选。记得我第一次去看中医的时候，那位北京市中西医结合治疗癌症学会的副会长孙桂芝大夫见到我的第一句话就是：手术了没有，做没做放化疗？她接着说："能做手术的一定要做手术，中医只能帮助你完成西医治疗手段，至今为止还没有哪一种癌症是单靠中药治愈的。"

现在关于怎么治疗癌症已经有了些不同的意见，而在20世纪90年代，医学界对于癌症的总体治疗思想，就是根除病灶、力求把癌细胞消灭干净。医生这样认为，病人也这样认为，仿佛只有这样才能把"病"除去，身体才能安生。我就是在这样的指导思想和治疗方案中，完成了我的治疗过程的。细想起来，那时根本没有自己的选择，因为对这个病一无所知，只有听医生的，相信只要按照医生的安排进行治疗，病就能好。我这样想也这样做了，而且是选择了乐观的态度积极地配合。

住院就是治疗的第一步，这一步对于每一个病人来说都很重要。我有幸选择了一个有资质的、手术技术成熟的北京三甲医院。

手术做得好不好，不仅关系到病情能否控制，而且关系到患者今后的生活质量。我曾经看到两个病友，当时她们的手术已经做了将近10年了，但手术一侧的手臂一直肿胀，皮肤因此而紧绷、发亮，稍一用力就会疼痛。据说是因为手术中腋下淋巴挖得太深而又缝合过紧造成的。我就幸运得多了，手术做得十分漂亮，——这不是我说的，日后在不同的地方做不同的检查时，几乎所有看到我的伤口的医生都会这样说，问我是谁做的手术。我的手臂不仅没有肿胀，而且不久就挥洒自如，可以打太极拳和太极剑了。几年以后，那伤疤也只是淡淡的一条，慢慢地都看不出来了。

我时常想，人就像东西一样，东西坏了要找人修，找对了人，就修好了，而且可以整旧如新；找的人不对，那东西可能就报废了。人病了要做手术，也得找对人，不然的话也许就报废了。

如何能找对人呢？这是个需要研究和实践的课题。我觉得多听听病友们的经验介绍对判断大有益处。现在一些医院已经把医生简历公布出来，甚至登在了互联网上，我觉得这样挺好，便于患者及时了解做出选择。

中国的医疗现状，使得很多人，特别是那些偏远地区的人，得了大病要找好医院、好医生、住院治疗很难很难。医疗资源配置不合理，医疗制度不健全，好的设备、好的技术、好的医生都集中在大城市，偏远地区的人得了大病、重病，怎么办？要么去找所谓"神医"，购买所谓包治百病的"神药"；要么就只有往大城市、大医院挤了。而大医院呢，病房里的床位极为紧张，远远不能满足病患的需要，医生们工作压力很大，尤其外科医生，每天都要做几台手术，有的手术一做就是半天甚至十几个小时，他们确实很忙很累。于是，想方设法找人、抢床位就成了病人的当务之急。这些年我接触的病友不少外地人，都是托关系找门路千方百计进来的。我住的这家医院是北京知名的三甲医院，但还不是外地人最多的医院，据说协和、同仁、301、阜外医院等，外地人成堆，号贩子也成堆。真盼着医疗制度改革早日成功，让医疗资源公平分配，让所有的人在家乡就能享受到最好的医疗条件，不必带着患病的身躯四处奔波。

21世纪的现在，人们的观念有了很大的改变，医学界对癌症的治疗方法也有了变化，一些人提出了可以带瘤生存的观点，还有的人认为，手术反而会激化癌细胞的转移。我觉得这种观念首先要医学界认可，要拿出不用手术也能控制癌症的手段；其次要患者同意，让患者得知自己罹患癌症了，可以不将病灶除去就能安度余年。这需要漫长的认知过程。

给不给红包，是每一个手术患者都纠结的事。

我从第一次住院手术至今，历经十余年，进手术室三次，每次都会为给不给红包费尽心机。凭心说，我遇到的医生都是些品德技术精尖的人，也都是些很辛苦的人，每天要上手术台，而且不止一次，每一次面对的都是重病患者，有些是在刀尖上争取生命。我也曾遇到过一次病人死在手术台上的事，亲眼见到医生护士们的沮丧和失望，那种情绪好几天都变不过来。一位医生曾对我说过："手术失败，医生们的难受心情绝不亚于亲属。"他们的责任给了他们巨大的压力，但他们从没有索取患者报酬的要求和暗示。作为病人来说，手术前的紧张是必然的，担心手术失败更是必然的，患者家属盼亲人病愈之心切，所以就产生了送礼的想法，这一方面想提前表示感谢，另一方面也让自己安心。一般来说，这与行贿受贿无关。我第一次手术红包没送出去，手术之后，还是找了个机会，请那几位医生们吃了顿饭，要不然我的心里确实过意不去。因为，对于医生们来说，我只是他们接诊的千万患者中的一个，而对于我来说，他们则是给了我新的健康生命的人。大恩不言谢，有所表示也是应该的。

其实，政府应当考虑到医生的责任和工作压力，给予他们应得的报酬，让他们的劳动体现出应有的价值，这才符合按劳分配原则，让医生这个职业更神圣、更有尊严。何况，一台手术仅靠一个人是绝对不可能完成的，这是一个群体的事业。我希望"医改"能真的调动起医护人员的积极性，早日建成一种良性的机制，让红包彻底灭迹，让医患关系真正和谐。

（四）关于放化疗

手术之后就是放化疗。放化疗对于身体的损伤是不言而喻的。试想，那些化学药物流进体内，那些射线穿入体内，首先把人体的第一道免疫防线白细胞击碎，然后就是五脏六腑各个器官好坏通吃，那是怎样的一场厮杀！说实话，癌症本身并没有给我带来什么感觉，也没什么痛苦，如不是那次体检查出来，我还真不知道自己有这么严重的病呢。早先我的身体素质非常好——上中学时就喜欢长跑，在山西上省委党校时，两年都是女子越野赛跑冠军。倒是这些年的治疗，让我痛苦不堪：自从第一次手术、放化疗之后，我就成了药罐子，虚弱的人；我的胰岛功能在第三次化疗时发现被损坏，我因此又成了"糖尿病"患者；我的肺部已经缩小、纤维化而且不可逆，放射性肺炎将伴随终身，身体虚弱易患感冒，而这一点却是医生们一再强调的：千万不能感冒。因为感冒会使身体的抵抗力下降，会成为病情恶化的诱因。但是，那么虚弱的身体怎么可能不感冒呢？这样的折磨，意志和体力稍差些，绝对顶不下来。

放化疗到底有多少正面的作用？我也注意到一些报道，说是五年存活率可提高 30%—50%，也就是说，尽管作了放化疗，也只有一半的概率。而代价呢？就是身体状况急剧变差甚至付出生命。就拿我来说，第一次手术后，我按照医生的安排，做完了所有的化疗、放疗，包括追加的更高一级的化疗。但是，五年后，还是复发了。由于身体原因，放化疗坚持不了的大有人在。我的朋友患胃癌，就因为受不了化疗的痛苦，做了两次就放弃了。他后来走了，说不清是不是因为没坚持完成化疗。我身边的人，有没做过放化疗的，十几年了依然健在，也有做了放化疗却早早去世了的，到底该不该做？

对于医学界来说，这可以是个有争议的论题，但对于患者来说就是个难以抉择的现实问题。我的一个朋友得了乳腺癌，她的体质很不好，本身就有些基础性疾病。医生告诉她根据规范治疗，要先行化疗。她给我打电话征求意见。我力主她再去看几个医院，多听听其他意见，看有没有其他方案，能不化疗就不要化疗，因为她的身体太差，我怕她顶不下来。她真的又去了另外一家医院，当然，这两家医院都是很著名的三甲医院，结果，这家医院的方案就是先手术，再根据情况决定是否化疗。在她已经在第一家医院住了院的情况下，毅然到了这家医院进行了手术。手术后，医生说根据她的情况不用化疗，现在几年过去了，她过得很好。最重要的是她在这家医院还得到了一个信息，那就是刚刚结束的世界乳腺癌治疗大会上，关于是否先化疗的问题有一个激烈的争论并且没有最后结果——这是她在医院里工作的一个亲戚告诉她的。

　　对于医学界的不同方案，我也有感受。当我发现复发住院治疗时，外科给我的方案就是全身用药化疗六个疗程，而只做内分泌治疗则是肿瘤科的方案。我也正是只做了内分泌治疗而没再做化疗。到底哪一个是对的，哪一个更好呢？不要说当时患者很难抉择，就是过后也很难定论——按照后一个方案治疗的我，五年之后，肺部发现了转移，又做了手术。当然，也许不是方案的问题，而是自身原因造成的。

　　"用不用化疗首先要看癌症的分期。""总要先把癌症控制住。"这是给我治病的肿瘤科专家的话。我发现复发、转移之后，他的治疗方案就是内分泌用药而没有上化疗，他说："如果化疗没起作用，三年内就复发了，可你已经五年多了。"看来，上化疗要分析病情，要看能否控制病情，而不是一概而论的。"作为医生，用足了科技成果而没有成功是无奈，没用足而失败是责任。""有些手段对身体会产生一些损伤，但两害相权取其轻。"这也是他的话。所以，我觉得，做不做放化疗是一个很难决定的问题，也是一个技术性很强的问题，绝非是一句话就能回答的。我的想法是，在当下，既然有了病，只要自己身体还扛得住，能用的治疗手段还是要用上，当然，要选择有经验的、负责任的医生做出有针对性的方案。如果身体条件不容许，也不要勉强去做。任何方案都是为人服务的，而不能颠倒过来，让人为了方案不顾一切。治病固然重要，但有质量、有尊严的生活更重要，哪怕时间短暂。

（五）怎么对待医生的话

有人问我，是不是都要听医生的？我的体会是，在对于疾病的诊治中，医生往往比患者更具有专业性，更有诊疗经验。患者首先要认真听取医生的意见和建议，然后根据自身情况决定取舍。决定的前提条件是：你必须对自己的病有足够的了解，对医生的话有清醒的认识，否则的话，你无法判断也就无法抉择。我在发现肺部转移后，也曾有医生建议我用伽马刀去除，我又看了几个医生，听了一些病友的意见，考虑伽马刀无法做病理的情况，最终选择了手术而放弃了伽马刀。

我的膝盖有毛病，大约是年轻时不注意留下的，20多年前医生就告诉我：右膝退行性病变。我问："能好吗？"答曰："不能，是不可逆的，只能在严重的时候做手术缓解症状。"20多年后，在我的身体已经变得很虚弱的时候，我的腿又出现了问题，再次去照片子，被告知：退行性病变、骨质增生并且内有游离物。办法就是手术，把游离物取出。问：关节病变能好否？答：不能，只能手术置换关节。因为工作的关系，我接触过不少做过置换关节手术的人，长远效果都不是很好。既然这里已经老化，怎知其他地方没有老化？难道都要置换了吗？况且，自身机体中要植入一个外来东西，而且还是外国进口的，它们能和平共处吗？想到这里，我拒绝了医生的建议。我说我不手术，我从此善待它，不让它累着，不让它冻着，好好对付它，实在不行就坐轮椅吧。医生笑笑没有再坚持。当然，如果你想以此换得几年活动的自由则另当别论。说来也怪，这几年为了治癌不停地吃中药，却发现腿好多了，不仅能走路、爬楼梯，还能打太极拳、舞剑。慢慢地我悟出来了，是补肾补脾的中药起了作用了，还有就是坚持"善待"的做法。

　　我大弟也是 60 岁开外的人了，那些日子突然腰疼难忍，自己吃药、贴膏药，还是不行，就到医院去挂了骨科专家号，当然是先照片子。结果：腰椎突出压迫神经导致疼痛，建议手术。听说手术他很紧张。正在犹豫之际，有朋友对他说，原来的北大荒友就在这家医院放射科，不如找找他去。他就去了。没想到那位荒友非常直率地说："老化了，不用看。""不用看？那骨科专家让我手术呢。""你找骨科看病，人家当然要你手术，不然骨科能不给你治吗？你这病好不了了，做什么手术啊？好好躺着静养几天，慢慢对付吧。"

　　他还是将信将疑，恰好去日本探亲，就到医院去看，又没想到那位日本医生说得和荒友一样，给他开了些膏药，嘱咐注意休息，完事。他当然放弃了手术，并非是害怕，而是觉得后者的道理更能接受。

　　医生也是普通人，他们有自己看问题的角度和处理问题的方法，让你去做各种检查，给你开各种药物，也许是对病人负责；也许是更相信现代医疗设备；也许是中规中距墨守制度。当然，在当今的医疗体制下，也不排除是为了多开检查、多开药、多创收。无论是什么，作为患者你都无从知道，因为你只是他的工作对象，你们相互并不了解，而你对自己的情况又一无所知，你如何判断？你如何决定听与不听？只有你对自己和自己的病非常了解，对你所选择的医生非常了解，你才可能决定听不听他的话。

对于医生的话，我的建议是：最好多看几个医生，多听听多想想，多给自己开辟几个了解自身疾病和医学常识的通道，以作为判断听与不听的依据。

（六）关于中医药

与癌共舞十七年，陪伴我的还有一个伙伴，那就是中医药。

我的一位同样罹患癌症的同事，经过治疗恢复得还可以，但常常会感到这里那里不舒服，我劝他看看中医、吃点中药。他说他根本就不信中医，不仅不信还觉得应当立法废除中医药。

我不知道他为什么如此看待中医药，但这肯定代表了一些人的观点。如今的中医药在社会上总有一些神神秘秘甚至妖魔化的宣传，甚至把它和封建迷信联系起来，更有一些无良庸医为了获取利益不择手段，这方面的报道也屡见不鲜。还有现代化的种植、土地的污染等，也降低了中药的药效，这一切都损毁了中医药的名声，掩埋了中医药的光辉。

我信服中医药，并且自从得病以来一直没离开过中医药。

细想起来我和中医药颇有渊源，自小很有几次与中医药的交集。对中医药感兴趣之后，也有意识地接触了些常识性的东西，比如经络、穴位等，也买了些相关的书籍，比如《本草纲目》《中医养生》等。特别是患病以后不久就开始吃中药，十几年来认识了不少中医医生，有的已经很熟悉了，除了看病也会聊些相关的话题。

谈起中医治疗的原理，我所在医院中医科李主任说："人生病，西医会通过各种检查渠道确定哪个部件出了问题，然后决定替换这个部件或是对其用药。中医呢，认为可能不是这个部件的问题，而是几个部件相互作用的问题，因此要调理。"我觉得这是两种认识和分析问题的方法，我更倾向于中医，觉得它秉承了中华民族天人合一的传统文化，也符合现代和谐的理念。他们讲究气血，讲究阴阳平衡，讲究经络畅通。中医认为生病就是阴阳失衡，外感内伤，邪气侵正。体现在我们的生活中，就是要讲究"适度"，凡事不可太过，也不可不及，要注重养生，保护自身正气，自觉增强体质以抵御外部邪气入侵。

他们在治病时，把人当作一个整体，而不是"头痛医头，脚疼医脚"。强调经络的作用，尽管这看不见摸不着。中医开药首先看人的体质，在他们眼里每个人五脏六腑的虚亏盈损都是不一样的，在他们眼里每一味药也是有滋补泄泻等不同功效的，同一味药在不同的人身上效果可能会截然相反，不同的药相互搭配也会有不同的效果。他们开药是有针对性的，是讲究君臣配伍的。我觉得这很符合唯物主义和辩证法。他们承认人体自身的修复能力，他们认为某些状况可能是身体自身调整的结果，比如初发咳嗽、腹泻，他们不主张立刻用药制止，如果这时用"收涩药"很有可能把病菌、病毒"关"在体内，而应当密切观察是否有其他症状，再行下药。

现代医学的一个弊端就是分科太细。我们常常有这种体会，感到自身不适去医院却不知道该挂什么号。医院分内科、外科、妇科、内分泌科、泌尿科、口腔科、耳鼻喉科……你头疼了，该去看内科还是心脑血管科还是神经内科？有时候在几个科室中间跑来跑去，头疼没看好关节炎就犯了。不仅如此，还有那些检验手段也是越来越复杂，什么 CT、核磁、穿刺、胃肠镜、抽血、验尿、查大便都还是最普通的，你只要到医院，这一番检查下来，保准大汗淋漓，晕头转向了。特别是对于老年人来说，几乎浑身都是病，常常吃药比吃饭还多，几个科室开出来的药，不仅记不住有时还会相互作用。

而中医就要简单得多，一个好的中医大夫凭着号脉、观色、看舌苔就能把你的病情说的八九不离十，几服汤药就能解决你的难题。特别是老年人，许多病症纠缠在一起，还有手术之后的人，多个脏器受到损伤，都需要中医药来调理、养生。中医药药性温和，见效缓慢，药性持久，最适宜一些慢性病、老年病。

我这样说也不是认为中医药万能，我曾经问过给我治疗的中医主任：如果我的病复发或者转移，号脉能看出来吗？答曰：不能。更没有贬低西医、摈弃西医，西医的仪器检测越来越先进，诊断越来越精准，针对单一病痛的西药，见效很快。还有一些急病、大病，比如外伤、肿瘤、心脑血管突变等，都还是得先看西医。中西医各有千秋，可以相互借鉴、相互支持。现在医院里已经基本上可以中西医结合了，我手术后住在外科病房，医生也开了贞芪扶正颗粒之类的中药，肿瘤科医生也曾建议我去看看中医。

所以这十余年来，我没有断过中药，而且大部分时间是在喝汤药——这比中成药更个性化。自己觉得受益匪浅。

（七）对癌症的重新认识

2012 年 10 月，我因乳癌转移到肺部，做了肺部微创切除手术后，有朋友给我推荐了一本书，是新华社资深记者、畅销书作家、号称中国的"威廉·曼彻斯特"的凌志军写的《重生手记——一个癌症患者的康复之路》。这是他的亲身经历。从他所提供的资讯中让我第一次知道，癌症是一种慢性病。这是一种全新的理念，许多慢性病都是终生的，比如高血压、糖尿病等，无法彻底治愈，大家都能接受这个结果，为什么对癌症就不行呢？由此也就可以认识到：治疗癌症不必赶尽杀绝。其实早在我复发的时候，就已经有一些专家认为癌是人体的一部分，可以和平共处、带癌生存。这些专家认为，治疗癌症最主要的是提高患者的免疫力，使其自身抑制癌细胞的生长。那种仍然认为癌症是病症，就要对症治疗，要达到药到病除的目的，手术、放疗、化疗……所有针对癌的手段都要用到病人身上，不顾病人的身体强弱，在这样的治疗中，一些患者没有死于癌症反而死于治疗。对此，也有了一个概念，叫作"过度治疗"。

这足以说明在癌症的治疗上已经有了新的理念、新的看法。

陆续听到的一些故事也让我对癌症及其治疗有了新的认识。

有一位病友对我说，她的一位亲戚，是个30多岁的年轻小伙子，被诊断罹患肝癌，而且已经到了晚期，需要20多万元手术费。那小伙子问：术后能好吗？答：不能保证。小伙子对他母亲说，您把那20多万元给我吧，我还没旅游过呢，就用这钱出去转转，转到哪里不行了就死到哪里，找个风景优美的地方，也值了！家里人拗不过他，就依了他。没想到几年过去了，他的身体更好了。这位病友眼睛睁得大大地看着我说："你别不信，这是真的！"

我信！因为我也从一本杂志上看到了一个类似的故事：一位老人被诊断出肺癌，医生告诉他情况不好，大约还有半年的时间。他离开医院，心情很不好，就自己坐上公交车到了郊区，漫无目的地走。走到一个农家小院门口，看到主人正在喂鸡，就过去，坐在树下讨口水喝，一面和主人闲聊，突然萌生了要在这里找房住下的念头，没想到一张口就得到了主人的热情招待。于是，他就在小院里住下了，每日和主人一样，早睡早起，侍弄花园、菜园，吃着农家饭食，呼吸着山野清新的空气，渐渐地心情开朗起来，忘记了自己的病，半年之后，不仅没死，还更硬朗了。于是，他和家人商量好，真的在郊区安家了。

我觉得这些都不是神话传说，当然几个个案也许并不能说明什么定理，但至少它告诉我们：癌症没有那么可怕，我们对癌症的了解还很不够。

从罹患癌症到现在，十七年过去了，我渐渐明白人得癌症，归根结底是自己的身体出现了问题。癌症是自身细胞的变异，之所以会变异，是因为外部环境和身体内部机制的变化造成的。我们的身体在种种外部不利于生存的条件下，机体内部发生了改变，这不是也符合内外因结合的唯物主义理论吗？有句话说得好：身体就是你的自留地，地荒了哪能种出好庄稼？善待自己，珍惜生命，对于每一个人来说都是最重要的，对于癌症患者更加重要。

既然我们的身体是载体，那么只有正气强劲了，邪气才不能侵犯。而要做到身体强健就不能光靠外部的补给，吃药打针，而且还要靠激发自身的能量，这包括适当的治疗，静心休养，还应当包括阳光、运动和良好的心理素质。

（八）心态、养生及其他

西方现代医学的一些研究证实，人类 60% 的疾病是由精神引起的，30% 的癌症患者都有不同程度的抑郁症。给我看病的中医主任就曾说过：得这病的人都有些忧郁，心理脆弱，有的还需要药物治疗。从我确诊患了癌症，就有朋友叮嘱我，愉快的情绪对于癌症患者的重要性。然而身陷其中，经常听到的是病情如何，不断地做各项检查，不断地听到各种关于自己病症的分析，要做到乐观、放松，的确是不容易的。但还是得经常地、努力地、不断地去调整自己的心态，让自己开朗起来，乐观起来，因为这对康复有利。做到这点当然需要修炼，需要自律。从我的日记中就可以看到，我经常的思想斗争，经常的自我矫正，自觉地让自己保持良好的心态，去接受各种难以接受的现实，去克服各种难以克服的困难。见到过我的人都说我心态好，精神状态好。一位十多年没见过面的朋友，听说我患癌症而且刚刚做完肺部转移手术，特地跑来看我。一见面就说："我以为你形容枯槁、萎靡不振呢，这一见面，美女啊！"这话当然是玩笑，但大家都说我不像那么大岁数的，更不像罹患癌症的，这是实情。良好的心态，确实对于身体的恢复大有好处。与癌共舞十七年，练就了好心态，而这好心态又支持我走过了这些年。

有了良好的心态还要有一些善待自身的方法。据说晒太阳获得维生素D比化疗的效果都好。我现在就坚持每天早上去公园打太极拳，晒太阳。我的运气好，住在皇家园林附近，让我每天都能享受苍松古柏制造的清新空气，享受温暖热烈的阳光，在太极音乐典雅悠长的旋律中强身健体。

如今媒体上发布最多的大概就是养生常识了，打开电视哪个频道没有养生堂之类的节目呢？我的体会是：不要盲目跟风，一则要有点规范的养生知识，正确认识我们的身体；二则要分析所听到的东西是否有道理；三则不要把个体的经验盲目拿来使用；四则还要清楚自身的条件。人与人不一样，有的人终生吃素长寿，有的人活到90多岁了就是爱吃红烧肉。我还记得当年第一次手术后出院时，黄主任对我说的：你不需要大补，正常饮食即可。还说，有些没经过科学数据检验的所谓新药、特药，疗效不明确也不宜随便吃。中医科主任也曾说过：你的体质对一些温热、大补的药不合适。孙桂芝大夫也说过：对于你，阿胶适可而止，多吃反而有害。这些都说明，每个人的体质是不一样的，鹿茸、人参再好，不合适，吃多了也有害。

人生在于运动，许多人都这么认为，但什么运动适合自己，也要有所选择，有的人喜欢长跑，有的人喜欢游泳，体质不同选择也各异。

我喜欢中国功夫，相信气功，相信天人合一，顺其自然。太极就是一种气功，讲究调息、调心、调身。练功首先是练气，基本做法就是先学会腹式呼吸，深吸一口气，让这气在身体里流动，再配合上外部的形体动作，借此锻炼丹田气，增长力量。除了太极拳，我还练习"五禽戏"，这是华佗根据中医理念创立的一套仿照五种动物动作的运动，虎、鹿、熊、猿、鸟，动作不多却能充分活动全身各个部位，配以流畅优雅的音乐，达到活动筋骨锻炼身体的目的。我也学唱京剧，因为这也需要练气，没有丹田气想唱出那些皮黄板腔来几乎是不可能的。我也练书法，虽然没有什么天分，也成不了大家，但这可以使人平心静气，有人统计过，从古至今书法大家长寿者居多。

另外还有一些养生习惯，比如按时作息，按照每个不同的季节选择锻炼的时机，冬天是收藏的季节就要减少外出，以利于保护自身的精气神。再比如每晚睡前躺在床上揉腹、揉眼、扣齿、搓耳、敲击天灵盖。动作都不大，关键在坚持，时间长了，自然有好处。所谓功夫，其实就是时间的积累，就在这坚持之中。人与人不同，锻炼的方法也不同，只要适合自己、能坚持下去就是好的。原则就是不强求不过分。要学会倾听自身的信息，感觉到累了就要休息，不要不顾自身去硬撑，这也就是顺其自然吧。

养生肯定离不开吃，现在的各种信息也是五花八门。我相信 301 医院赵霖大夫的话："什么都可以吃，什么都不要多吃。"还相信医院中医科李主任的话："吃的种类越多越好。"我的饮食以五谷杂粮和新鲜蔬菜为主，适当吃些鱼、肉。我因为化疗引起继发性糖尿病，十几年来控制的还不错，除了每天每顿饭要吃降糖药之外，就是靠控制饮食、适当运动、控制体重。说到体重，也是个大问题，据说有 20 多种癌症的发生与身体过重有关。所以有时我想，我得了糖尿病也许是上天的眷顾吧，使我始终要控制体重。

前年春节期间朋友给我介绍了一种喝蔬菜汁的方法，我觉得好，就坚持每天喝一到两杯芹菜、胡萝卜、苦瓜混合汁，有时也放上半个苹果。坚持两年多了，不仅大便通畅，精神也好。我也看到有报道称一个罹患肺癌的人，坚持喝番茄、胡萝卜、红菜根汁，使癌肿缩小了。我还有一位南方的朋友做了肺癌手术后，坚持用菱角煮水喝，恢复得不错。这些经验都有很浓的个人色彩，要根据自身条件去选择，如果自己胃不好，或天气很冷，喝生的、凉的菜汁就不合适了。所以，还是那句话：选择适合自己的就是最好的。

　　伴随着癌症我已经走过了十七个年头，已经从壮年走到了老年，十七年来的日记记载的都是些自我的感觉，自我的经验。大千世界，百人百样，据说光乳癌就有 200 多种，全国专门的研究机构也不下百家，每一个患者的情况也都不相同，不要相信有什么"圣人"和经验，要相信自己，把握好每一次机会，谁都有胜利的可能。我只想告诉病友们：癌症并不可怕，可怕的是我们自己的放弃。

第一篇 初始

（一）体检查出癌症

1999 年 6 月 11 日　晴

写下这个日子，离前一篇日记已然隔了三年了！简直无法想象，这三年的岁月更迭竟然没有留下字迹。这么说其实也不确切，在报纸上，在刊物中，在电脑里，还是留下了生命的痕迹。这三年报社的工作，让我获得了高级职称——主任编辑，让我的文章多次获奖，其中包括北京市女记者奖，让我主持的栏目获得了与《焦点访谈》并列的专题大奖。这一切几乎占据了我的所有时间，让我顾不上写日记了。

之所以又拿起笔以这种形式记录生活，是因为命运又带给了我两件大事：一是 4 月 30 日部党组正式任命我为离退休干部局副局长，这意味着我的编辑记者生涯结束，开启了一个行政管理人员的新生活，而这方面的工作对于我来说是完全陌生的。5 月 4 日我到这里正式上班，去学着做离退休人员的服务与管理，学着做一个负有一定责任的领导干部。对此，我完全没有思想准备，一没想到离开报社，二没想到会被提升。心中感触很多，命运的安排真是有趣，我怎么也没想到自己会在这个位置上工作。

正当我准备好好工作的时候，第二件大事来了。5月26日部里组织体检。那天，我和同事们说笑着走进体检室，我对自己的身体非常自信，每年的药费报销都是最少的。抽血、B超、胸片……都过了，最后来到妇科检查，大夫是位和气的老太太，据说原是某部队医院的专家，退休后出来搞体检。她用手摸了摸我的两个乳房，然后就看着我，字斟句酌地、慢慢地说："你这个增生需要去医院复查一下。很可能要手术。"我的脑海里只想着新到一个单位还没好好"表现"呢，何况女儿就要高考了，就说："行，等秋天吧。"她有些诧异，似乎因为我的满不在乎。她说："这恐怕不行，你得抓紧。"我还是没想到问题的严重性，笑着说："行。"就离开了那间屋子。别人问起来也没当一回事，只说有增生。可是，没想到，第二天，单位医务室的大夫就来催我了："去医院复查了没有？"连着两三天电话询问，办公室的同事们也神色凝重地催我去，并且忙着帮我联系医生。我觉得事情有点不对头了，于是，去了我们的合同医院挂了外科王主任的号。又是个和气的老人，他用同样的语气慢慢地说："按照我的经验，90%是良性的，但需要手术。"然后就开了住院单，后来他又说："为保险起见，再做个钼靶检测吧。"开了单子。我到了检测室。所谓钼靶检测，全称是乳腺钼靶X线摄影检查，据说是诊断乳腺疾病的首选和最简便、最可靠的无创性检测手段，其诊断性可高达95%。我去做了。几天后拿结果。那天我是一个人到医院去的，没有告诉家人。当我拿到那个单子，看到上面写着"肿块，且边界不清，疑为乳腺癌"时，我在医院的长凳上，独自坐了十几分钟。思绪乱纷纷的。想到自己的两个孩子，儿子（龙儿）还没独立，女儿（敏儿）面临高考，爱人（海棠）工作还在外地，这个家怎么办？难道就这样让他一个人独立承担了吗？牵肠挂肚、割舍不下的这个家呀！这边的工作刚刚接手，什么都还没做，就要看病，跑医院，实实于心不忍。

继而又想，就这么开始了在医院中的跋涉，开始了把主要精力放在夺取健康生命上，是不是太早了点儿？我刚刚50岁呀！

想归想，病该看还是得看。先联系住院吧。把住院单交到住院处，得到的答复是："等通知。"这才知道床位很紧张。回到家，正值爱人从外地回来在家度假，我到底还是没扛住，第二天早上，临上班前，他问我医生怎么说，我扑到他怀里痛哭起来，惹得他也掉了眼泪。到了办公室就后悔了：我哭完走了，剩下他一个人可怎么排遣，该多么伤心！于是我给朋友小叶（原来插队时的插友，回京后某医院的麻醉师）打了电话。她到底是从医的，对我的病进行了分析，特别告诉我要自己调整好心态，并强调说：这一点很重要！她又给我爱人打了电话，安慰了他。星期天又赶到我家看望我们，安慰我们，鼓励我一定要坚强并且一定要乐观！

本来上周就要住院的，因为王主任出差，我又不愿意换大夫，就等一等吧。有了这一周的缓解，我们给女儿开了家长会，帮她确定了高考志愿，心情也好多了。再想想那些老同志，我没有理由悲观失望。如果已经轮到我与病魔抗争了，那就来吧，我不相信自己的生命力会是那么脆弱，无论于公于私，我未尽的事情还很多，岂能这么一走了之！像史铁生那样经历过生命绝望的人仍能奋斗，我为什么不能？我相信只属于人类一次的生命是有力量的，不会那么容易被摧毁，尤其是在疾病面前。无论如何要拼搏！让生命的每一天都充实、健康、向上。与其悲悲切切、怨天尤人，不如高高兴兴面对一切。我相信我会战胜疾病、赢得生命的，至少我现在不能输！

1999 年 6 月 14 日　星期一　雨

在我的办公室写这篇日记，其实是在上午。原本以为 9 点左右会通知我住院的，根据时间推算，该通知了。据说住院都是上午通知，下午入住的。但现在已经是 10 点多了，通知还没来。办公室同事小袁和小郭去医院找普外科负责床位的吴大夫了解情况去了，我在期待着。没想到住院是这么麻烦的事情，想起在医院看到的那些外地人，真觉得他们很不容易。

期待。其实人生的大部分时间都是在期待：从小期待过年，上学期待放假，小学期待中学，中学期待大学，毕业期待工作，工作中的期待就更多了——成绩、职称、职务、工资、房子、福利……恋爱、结婚、生子……数不胜数，大大小小的期待，串起了生命的链条，最终走向那人人必达的终点。

我在期待入院通知，期待手术和以后的健康，女儿则在期待小语种的面试通知，期待高考，期待一个好的大学以及今后称心的日子。她和我同样有压力，我无法帮她，只有默默地祈祷，祈祷她能有好运，她的好运比我的更重要，因为我已经历太多而她则刚刚开始。

周六上午，我去宽街中医院送走了报社同事陈凯。他真是一个集万千不幸于一身的人，大学毕业，是个搞油画艺术的，一生不得志。婚后有两个儿子，一个弱智，另一个痴呆，却都生得膀大腰圆。他的爱人是一位中学教师，自身也有多种疾病，也在住院。陈凯从去年腊月二十八住进医院，半年多来没消停地在多家医院辗转，终因胰头癌晚期不治而终，享年 61 岁。在灵堂里，听着他爱人读着为他写的悼词，看着那两个痴痴呆呆的 20 多岁的儿子，心里很不是滋味，想想这样一个有才华的人，不但一生坎坷而且这么早就离开了人世，真不知该怨谁！他的两个傻儿子，一个叫陈欣，一个叫陈欢，显见得出生时父母心中的期盼，可惜却谁也没有带来欢欣，命运真是捉弄人！

回来的车上，有同事知道我情况的，都安慰我。爱萍说前年她也因为增生住院手术，后来病理出来了，是良性的，没事了。"你也会没事的！"她看着我说。我明白大家伙的意思，点头："没事！没事！"

（二）住院手术

1999 年 6 月 21 日　星期一　阴雨

现在是晚上 8 点多，我趴在病床上写这篇日记。上周三，也就是 16 日那天，终于接到了入院通知。下午 1 点多，单位的同事们开车把我和海棠送到了医院，办完入院手续、进了病房，他们就回去了，海棠陪着我换了衣服、订了饭、打了水。我的病房是 C618-3 床，也就是住院部 6 楼，18 号房间，3 号床，我在医院的代号就是"3 床"了。在这里，没有其他身份特征，大家都是病号，在医生护士眼里我们只是他们的工作对象而已，无须知道那么多个人信息。房间里有三张床，我在靠门的这一张。1 床是一位刚刚从国外回来的某机关的女士，因为发现乳腺有硬块而住院；2 床是一位从区县来的老太太，因为急性胆囊炎住院。她是个爱说话的人，稍微熟悉些就开讲她的经历："太悬了！我因为肚子疼得厉害，在县里看，没确诊，打针吃药都不行，儿子急了，赶紧开车往城里送，跑了两个医院都没床位，我疼得不行了，幸亏儿子有个朋友在这家医院，赶紧去了急诊，正好赶上那位黄主任，一看，二话没说，上手术！就把我推到了手术室，亲自掌刀给我做了手术，好家伙，说是再晚一步，就穿孔了，那可就要了命了！黄主任真是我的救命恩人哪！我想感谢感谢，送个红包吧，人家死活不要！真是好人哪！"原来她有这么惊险的历程，怪不得跟谁都想说说呢！

不到 5 点，送饭的就来了，我和海棠一起吃了点儿，我就送他回家。走到医院门口，忽然一股恋恋不舍涌上心头，我极力控制自己，不让自己的眼泪掉下来。我这个人，外表看着刚强，许多共事的人都说我是"女强人"，其实内心很脆弱，眼窝很浅。结婚这么多年，我也曾不停地出差，东跑西颠的，但几乎每次都会在无人的时候掉眼泪。现在不是出差是住院啊，要面对着吉凶未卜的明天，心中更是难受！但我不能哭！我要让他放心！我催他："回去吧，没事了！"他说："早点休息，我明天一早就来！"他终于转身走了，望着他的背影，我的眼泪还是没忍住。

住院的第二天早上 8 点多，是例行查房时间。接诊的王主任带着那位黄副主任以及几个年轻大夫到病房里来了，他们挨个问讯每个人的情况，那位 1 床的女士已经做过了各项检查，准备明日手术。大夫们安慰她，让她放松心情，好好配合。2 床的老太太极其热情地和医生们说话，特别是对那位黄主任，满脸堆笑，近乎讨好了。——也难怪，救命恩人么，又不收礼自然是该得到尊重的。细观这位黄主任，个子不高，白白净净，一看就是个南方人，果然是南方口音，听说是福建人。他的话很少。轮到我了，王主任交待了几句先走了，黄主任带着几个年轻人走到我面前，示意我敞开衣襟（啊？都是小伙子呀！）我迟疑了一下，得病的人顾不得许多了，一咬牙敞开了怀。黄主任用手摸了摸，说："乳癌，手术。"也有几个人摸了摸，没说话。2 床的老太太说："哎哟，主任，您就这么说开了，人家病人……"黄主任看了她一眼，说："这有什么？有病就得治，治好了就行了。这是要全切的，病人不知道怎么行？"说完带着人走了，一位最后走的年轻大夫，对我说："要开始做检查，出了结果再安排手术。"我呆呆地坐在床上，扣好衣服。平生第一次在大庭广众之下敞怀露乳，得到了一句硬邦邦没有转圜的话，犹如当头一棒，打得我晕晕乎乎的。

从那天起，各种检查就开始了：抽血、B超、胸片、心电图……有时一天只做一项，有时要做几项，上一周基本上就是这样度过的。这期间，小叶来了几次，她以一个医院工作人员的经验对我们说："现如今做手术得送礼！特别是要给主刀的人送！"我给她讲了2床老太太的事，她摇摇头，大不以为然地说："你信哪？人家能大张旗鼓地宣传吗？就是咱们，送了也得说没送——咱得给人家留点面子。"她真是个有本事的，很快得知了王主任就住在医院后院的专家楼里。于是，昨天她以我表妹的身份和海棠一起去了他家。回来后，很高兴地悄悄告诉我："好了！"

送红包的事情在住院病人间是个敏感的话题，很少有人提起，更不见相互间的消息传递。除非关系非常的人才在私底下悄悄地交流。

周五那天，1床的做了手术，很快就回来了，两口子都高高兴兴的，"良性的，没事了！"原来，进了手术室，先切除肿块，拿去化验，如果是恶性的，就继续扩大手术范围，如果是良性的，马上缝合送回病房。她是良性的，自己走回来了。真羡慕她！我会有这样的好运吗？

自从上周三住进来,眼看着病友们一个个进来又一个个做完手术出去,有无大碍的,也有满怀痛苦的。我则是在一种无奈的等待中,那些等待宣判的犯人大约和我是一样的心情吧。

今天上午,通知我明天手术的同时,黄主任带我到检验室去做了一个"活检"——就是局部麻醉以后,从肿块里取出一点来做活细胞检测,忐忑不安地等了十几分钟,黄主任来对我说:"我的判断不错,明天手术要做改良根治。"对于这个结果虽说有点思想准备,但仍觉得那么残酷!为什么是我?我为什么会得这个病?百思不得其解。一时间,多少牵挂,多少情思涌上心头,真真个割舍不下呀!见到海棠——他是被医生叫来做术前谈话的。据说谈话中要讲各种可能出现的坏情况,听这个谈话的人,心理素质一定要很好,要能承受得住。不知他会怎样!见到他我表面上很无所谓的样子,其实心如刀割!

明天手术,今天就要灌肠、备皮,就是要通过药物强行将肠道中的残渣排泄出去,再由护士把手术部位刮干净,洗澡,最后是禁水禁食,静静地躺在床上好好休息,以备明日上手术台。

晚上洗澡的时候,抚摸着自己的身体,我让眼泪尽情地倾泻,我要让自己的痛苦随着这泪水流去,从此不再哭!因为我别无选择,必须面对这痛苦的现实。

今天同事们来看我,郑局长的话说得好:"你可以想不开,可以难受,但这只是个过程,这个过程要尽快过去,要以开朗和乐观迎接现实。"这话说得好！我不能沉迷在阴暗的心境里，我要相信自己的身体素质，相信医学科学，相信一定能战胜病魔。即使从此开始了抗争，也要迎上去，活得有志气，有勇气。

从今往后，对生活有了更新的认识。我要好好地活，过一天就赢得了一天，不必怕那个每个人都躲不过的时刻。

明天我就要上手术台了，大约有些日子不能用这只手写字了，所以我今天晚上把这些写下来，不为别的，只为自己。

每个人的命运不一样，要相信自己的亲人们，他们的痛苦不比我小，他们也会是坚强的，也会勇敢地面对他们遇到的一切。痛苦会令人更坚强。

好了，不写了，我要好好地睡一觉，明天和医生好好配合，把病灶挖去。

噢，对了，今天海棠说，王主任把红包又还给他了。

1999 年 8 月 5 日　星期四

坐在家里电脑桌前写日记。手似乎还不大灵活，字也写得拙了。

6 月 22 日上午，我经历了人生第一次手术。前晚洗了澡就已经脱去了所有自己的衣服包括内衣，换上了新的病号服，宽大的病号服里面包裹着洁净的身体，准备着上手术台，不再进食，只吃了一片药。早上醒来，护士先给打了一针，好像是什么营养剂之类，然后就躺在床上等着。妹妹建华和海棠早早就来了，单位的同事们也来了，除了安慰和鼓励，都不知道该说些什么，看得出来，海棠在极力避开我的目光。我明白他的心，这个不善言谈的老实人，内心的焦虑全在脸上了。我倒不紧张，事情到了这一步，顺其自然吧！9点25分，注射了安定，在大家的簇拥下，我被抬上手术室运送病人的专床，推进了电梯。电梯门关上的一刹那，我看到了海棠那双满含了期望的眼睛，我的眼睛发潮了。电梯到十一楼，这一层是专门做手术的，并排好几个大房间可以同时开展不同的手术。在楼道里，先有穿着手术室衣服的护士来询问情况，"验明正身"。后又有麻醉师来询问做没做过手术、有没有对什么药品过敏、得过什么病等。他们都认真做了笔记，然后才推进了手术室。此时，我的心里十分平静，和他们谈笑，一点也不紧张，只把这里当作人生的一个车站，根本没想这会是我的终点。躺在无影灯下等麻醉机的时候，还和正在我的身上划线的黄主任谈论当前的医疗保险制度改革，他还给我讲了一个急症病人做完手术擅自离开，不交手术费，后来医院连人都找不到了，损失只好由医院承担的事情。正说着，护士们在我的脚上又扎针输液，又往胳膊上绑测血压的带子，这些我都知道，但当麻醉师手拿一个罩子扣住我的嘴和鼻子时，我忽然就什么也不知道了。记忆中断，知觉丧失就是一瞬间的事。

等我再醒过来的时候，那张特制的床已经被推到监护室（ICU）门口了，我的左边站着何大夫——一个年轻的硕士，他是主任的助手，右边站着海棠。我抓住何大夫的手问他："挖干净了吗？"他说："两个主任都上了手术，还能做不干净吗？"

听了这话我放了心，却又迷糊过去了。

在监护室的两天，浑身插满管子，就像被绑在了床上，吃喝洗漱一切都由护士负责办理，虽然她们和蔼可亲，但我还是感到很不自在——这辈子没这么让人伺候过。6 月 24 日，我离开监护室，回到了普通病房，这一次不是 C618-3 床了，到了 D601-1 床。我的右胸和右臂都绑着绷带，活动很不自由，但我还是自己走进去的，并且坚持自己用左手梳洗、吃饭。病房里另外两个病友，一个是河南南阳的中年妇女，姓李，她的病不严重，就要出院了。一个是环保总局的干部，姓杜——一个做完手术两天的黑色素瘤患者，看上去她的身体十分虚弱，一直躺着，医生护士们不时地到她的床边看望。她的爱人是个很帅气的中年人，一直不离左右。

海棠说建华给我买了灵芝孢子粉，据说对康复很有好处。病房里经常有小广告送进来，有的是装潢精美的宣传画，有的是一张报纸，但黄主任对此大不以为然，只要他看见就一定要让人拿出去，他说，没有经过科学验证的东西，最好别信。听海棠告诉我，做手术那天，曾经按照医生的安排，把从我身上割下来的那块东西装在保温盒里，单位老袁开车火速送到肿瘤医院交给那里的大夫，由他们做成针剂再拿回来给我注射，据说可以增强免疫力。按照医生的话说要做两个疗程，当然是自费的，1400 多元。可是，海棠说，他们到了肿瘤医院，接收的恰好是老袁的战友，他说，嗨，有没有疗效谁也没验证过，做不做两可，那么多钱！老袁问海棠，海棠觉得人家医生都说了，自己也答应了，不做不合适，况且或许管用呢。就说，做一个疗程吧。

没过两天我的病理报告出来了：浸润性导管癌；三期；中低分化；雌激素、孕激素中有一个呈阳性。我所做的手术叫做改良根治术，不仅右乳全切，而且腋下淋巴也挖掉了一窝，八个，其中有一个是癌细胞，那应该是转移的。

报社的、局里的同事们纷纷来看我，给我送来了很多补身体的食品，让我感受到了友谊和力量，也感受到集体的温暖。

回到病房的那几天，虽然绷带还在身上缠着，但也许是因为病灶解除了或者是自己经过了一次非同寻常的人生体验，现在又平安地回来了的缘故吧，很兴奋，一副若无其事的样子，到处走来走去，和病友们聊天，和护士们开玩笑，自己洗脸、吃饭，觉得癌症嘛，也不过如此而已。病友们的家属来探视都悄悄地问：这人有病没病啊？小叶来看我了，对我的状态很满意，她说，尽管医学上也不能科学地解释，但心态对这种病的病人十分重要。她给我讲了个故事，说是有两个人同时被查出罹患癌症，其中一个心态很好，积极配合治疗，很快出院了；而另一个，当时就瘫了，手术也不愿意做了，结果没过多久就去世了。她一本正经地告诉我，这不是编的，是真的。我当然没让癌症两个字吓瘫，反而觉得无所谓，不就是个病嘛，病灶去除了，慢慢就恢复了，所以很乐观。小叶说，别把这病太当回事，搞得自己心情不好，也别把这病不当回事，该治的不治，耽误了时间。我笑嘻嘻地说："知道啦！"她看看我的头发，说是有味了，非要给我洗头，我拗不过她，只好听她摆布。她让我平躺在床上，然后打来一盆温水，放在床边，让我把头从床上探出来，就一手托着我的头，一手撩水给我仔细地洗着。听着那水"哗哗"的声响，感受着一股股温暖从头上传遍全身，这一瞬间让我的心里好感动。

黄主任几乎每天都会来看我，了解我的情况，对我说，表现不错，手术顺利完成，可以考虑下一步治疗了。

还有下一步啊？看来我是太过乐观了。

（三）开始化疗

从监护室回到普通病房的第三天，黄主任说，可以化疗了。听到化疗这个词，我很敏感，忙问，一定要做吗？副作用是不是很大？因为我已经从病友们那里知道了化疗的种种痛苦，有的掉了头发，有的呕吐头晕。亲眼见到一位老太太，那红色的药水刚刚流入她的胳膊，她就从床上一歪头，吐得乱七八糟。黄主任说："化疗是必须的，因为癌症是细胞病变，无论怎样手术也不能保证血液里以及其他地方没有，化疗就是用药物把残存的癌细胞消灭干净，你不用怕，化疗本身不会疼痛，有些副作用也是因人而异，我们会同时给你用些减轻副作用的药物的。"他又说："看你的身体条件没问题！"不一会儿，护士就来了，推着小车，在我的床头配药，然后，拉起我的左手——因为右边做过手术而且臂上的绷带还在，所以只能扎左手，护士长亲自来，她说，以后右手也不能扎针、抽血，也不能戴手表、首饰了，因为回流不畅。我不知道给我用的都是什么药，好像是环磷酰胺，还有什么5FU之类的，最开始是一管红色的药液，很漂亮哦。然后就是白色的，输液的过程中，护士长几次过来看，她说，稍不注意就会跑针，也就是药液流到血管外了，会造成肌肉等损伤的——两天后，还真的跑了一次针，就是针头易位，液体从血管里流出，到了皮肤里，是我发现手肿了，也有点疼，赶紧叫来了护士长，她重新拔出针头又扎进去的，现在左手背还有一道黑青。看着药液缓缓流入体内，我好像没什么感觉，即不恶心也不头晕。输液进行了三四个小时吧，这中间还由海棠举着瓶子陪我去了一次厕所。配合输液，大夫还给我开了口服的贞芪扶正颗粒，是增强免疫力的中药。

黄主任说，给我制定的化疗方案是六个疗程，每个疗程输液五天，然后休息三周，再进行第二个疗程。同时还让我吃一种叫做昔芬片（三苯氧胺）的西药，就是雌激素抑制剂，因为我的激素水平有一个呈阳性，可以用这个药，否则的话是绝不能用的。这个药需要吃三到五年，其副作用就是骨质疏松，催人老化。我想，女人活得就是雌激素，这个东西被抑制了，岂不是会慢慢变成男人？黄主任笑笑说，没那么严重。

化疗的第二天，黄主任查房，看到我问怎么样？我说，没什么呀，一点儿也不难受。他说，三天以后吧。说完就走了。这话说得有点像谶语的味道。到了第三天，果然开始难受了，头晕恶心，浑身无力，不想吃东西。

7月4日，拆了线，抚摸着平平的右胸，心中涌起一阵感慨：作为一个女人，我已经不完整了！护士长每天教我做上臂爬行操，就是让自己的右臂在墙上慢慢往上爬，一点点锻炼肌肉的活力，否则的话，右手就再也举不起来了。我每天坚持，自己默默地在墙上画了线，让手臂一点点伸高。

为了赶在女儿高考前回家，7月6日，我出了院。临走时，吴大夫不仅给我带上了长吃的药，而且把下次化疗的药都给我开上了，并说，要放到冰箱里，到时候还要住院来做。

一个月的休养，体力恢复了。遵医嘱，7月26日，我又一次住进医院，进行第二次化疗。五天以后出院，这次回来，有些恶心、腹泻、头晕，但不是很厉害，还能支持得住。

1999 年 8 月 6 日　星期五

敏儿的高考已进入学校招生阶段，大家的心里都很紧张，也很烦。晚上小弟庆安找到几张张惠妹演唱会的票，带敏儿去看了，聊以解忧吧。我的心里被她的事塞得满满的，倒忘了自己的病了似的。帮她填志愿的那天，熬到半夜三四点，第一志愿还是没选好，就这样空着，第二天她骑车去学校，自己走到十字路口等红灯的时候，就填上了天津大学，回来才告诉我们，至此我知道，她是一定会去外地的了。心中虽有些怅怅，倒也觉得不错：不必看着我受罪了。

我的朋友小群打来电话，她已经从任天津大学副校长的朋友那里得知，敏儿已经进入录取调档线了，这虽然不是最后的录取消息，但我们心里已十分高兴，并且充满了对朋友的感激。

1999 年 8 月 15 日　晴

第二次化疗过去十来天了，感觉不好。似乎感冒了，虽不发烧却是鼻涕眼泪不停地流，很难受。我想这大约是身体虚弱，抵抗力不强造成的吧。这么热的天气，不敢开空调，连电扇也不敢吹。每天还在注射核糖核酸——增强免疫力，可免疫力还是这么低。随着两次化疗，我已明显地感觉到了身体的变化，胖了，虚胖的那种，黑了，虽然我原本就不是皮肤白皙的人，但如今，就好像脸上罩着一层黑纱似的。那天有位同事来看我，很惊奇地说，你怎么这么胖了？自己照照镜子才发现了变化。莫非这就是化疗损伤了各个器官造成的吗？化疗药物没有针对性，对所有的细胞都有效，就是说，它在杀死癌细胞的同时也会毫无选择地杀死其他细胞。

女儿的录取通知书来了，天津大学工商管理系，她不太满意，我们也觉得她的成绩应当再好些。不过这样也行了。13 日那天她和同学们到青岛、烟台旅游去了，她长大了，应当放手让她自己去应付生活了。

我在家无所事事，每天上午去部里医务室打针，下午就看书看报看电视。重新拿起毛笔，决心再练书法。

（四）《相约星期二》

敏儿临走时买回了一本书送给我：《相约星期二》，这是美国的一本畅销书。作者米奇·阿尔博姆——一个知名的专栏作家。在大学时，莫里·施瓦茨教授曾给予过他许多思想上的教育。米奇毕业十五年后的一天，偶然得知莫里·施瓦茨罹患肌萎性侧索硬化，已经来日无多，老教授所感受的不是对生命即将离去的恐惧，而是希望把自己许多年来思考的一些东西传播给更多的人，于是米奇·阿尔博姆作为老人的学生，相约每个星期二去上课。在其后的十四个星期里，米奇每星期二都飞越七百英里到老人那儿听课。在这十四堂课中，他们聊到了人生的许多组成部分，如何面对他人，如何面对爱，如何面对恐惧，如何面对家庭，以及感情和婚姻，金钱与文化，衰老与死亡。最后一堂课是莫里老人的葬礼，整个事情的过程，以及这十四堂课的笔记便构成了这本《相约星期二》。看了简介我就很喜欢，老教授那种直面人生，坦然面对死亡的生活态度令人感动，给人启发。接下来的日子里，我一定会认真地把它读完的。

抚摸着这本书，我感受到了女儿的那一片心意。

我真的感到了身体的虚弱，比如现在只写了这么一点字，就已经是满头虚汗了。看来，不仅要补养，而且要锻炼了。

（1999 年 10 月 25 日，局里老张介绍并带我去了广安门中医院，请孙桂芝大夫号脉开中药。）

（五）太大意了

1999 年 11 月 3 日　星期三　晴

　　天气渐渐凉了，我仍然没有上班。9 月初第三次化疗之后，过于乐观了，没吃药也没打针，觉得自己没事了，过了"十一"就可以上班了。恰逢国庆五十周年，单位筹备庆祝活动，组织退休人员大合唱，我很高兴。不仅和他们去了大兴，住了一个晚上，又唱又跳又吃烧烤又喝酒，还到地里去摘梨，真是开心啊！全不顾地寒天凉，也忘了身体虚弱。回来后，又赶上同事们到家里看望，弟弟妹妹们的聚会，忙得够呛，太不注意了。结果，10 月 9 日去验血准备第四次化疗时，出了问题：白血球太低了，不足正常人的一半，且转氨酶高、血糖高，医生不仅不给化疗，还开了核糖核酸针剂、生血片，而且建议我去看内分泌科，说是怀疑糖尿病。

　　这一下，使我清醒地认识到对待疾病不仅要有乐观主义精神，而且要有科学的态度，盲目乐观是不行的。于是，我遵医嘱，去内分泌科挂了主任的号，作了各项检查，确定是因为化疗对肝胆有损伤，影响了胰岛素的分泌，所以有了糖尿病的症状。要求控制饮食，也给开了降糖的药——美吡达。平时就老老实实在家休息，按时打针、吃药，早上坚持做操锻炼身体，控制饮食。

　　上周五又去检查，果然见了成效，血糖有所下降，血象（血象是指血液的一般检验，以往称为血常规检查的结果，是指对外周血中血液细胞数量和质量的化验检查）也有了明显提高，医生说，观察十几天后再复查，如没有问题就可以继续化疗了。

常听说"病来如山倒，病去如抽丝"，看来此话不虚也。

（六）亲友们的关爱

1999 年 11 月 5 日　星期五　阴

每天写一写字，即可练臂力，又可练书法——硬笔书法罢了。

昨天去宽街中医院看望小群，她因强直性脊柱炎，腰疼难忍，行动困难而住院了。宽街中医院比起我所在医院来条件就差多了，六个人一个大房间，房间里很热，已经送暖气了。小群不停地变换着靠在床上的姿势，大约是很难受吧，看着她的样子，想起我们从相识到相知的幕幕往事。她的率真、活跃、开朗，总是充满勃勃生机的谈吐，都给我留下了难以磨灭的印象。如今，看着她被病魔折腾成这样，心里很不好过。时光荏苒，岁月无情，随着年龄的增长，病痛的增加，人啊，难免会暮气沉沉了。

不禁想起我生病的这几个月，海棠的精心呵护，悉心照料，真是难为他了。情为何物，探索半生，却原来就在这点点滴滴之中。

每次到医院去都会生出人生莫测、时光无情的感慨。看着街上阳光下鲜活的生命倒也没有什么失落感，因为我们也曾有过属于自己的年轻和健康。人不可能永远不死，只要是属于自己的逃也逃不掉。我想，所谓乐观就是无论遇到什么事都能坦然处之，这就是我的人生观了。珍爱生命并不等于怕死，敢于面对疾病和死亡，也不等于承认宿命，这样就能正确对待疾病了——无论什么病。

1999 年 11 月 10 日　星期三　阴

8 日早上海棠坐火车回太原去了，敏儿是周日返回的天津。周六我们陪她逛商店，买了羽绒服，也许是吃美吡达降糖药的缘故，逛到快中午的时候，突然有了低血糖的感觉：头晕、心慌、腿软，赶快吃了点东西，才感觉好些了。

生病了才开始关注自己的身体，尤其得了这种病，我对有关癌症及其病人的所有宣传报道都有了极浓厚的兴趣。我不仅要了解和认识这种病，而且要了解和认识与之抗争的人，从中获取智慧与力量，从他人的经历中获取经验和教训。

看到别人成功了，我会有勇气面对自己；看到别人失败了，我也会胡思乱想，怀疑自己会不会也这样。有时也会把自己的这种心情说给大夫听。黄主任的一番话我深深记住了，他说：人与人不一样，病与病也不相同，就说乳腺癌吧，在医学上就可以分出 200 多种，要相信医生，积极配合治疗。

我这个人有个毛病，爱疑神疑鬼，这不好，对于心理调适做得还不够，要改一改。

今天是去医院抽血化验的日子。早上起来，海棠骑车把我从芍药居带到惠新东街 807 路公共汽车站，然后，我们一起坐车去医院。

自从我病了之后，海棠就是这样与我寸步不离，无微不至地关注着我的饮食起居，让我心里十分感动。常想起当年大家劝我找对象时，都认为他与我不般配，但我还是选择了他，我说，要生活就得从生活考虑，用现在的话说叫作："找一个爱你的人结婚。"二十多年过去了，尽管有过磕磕绊绊，我也曾有过其他的心动，但我们相依相携一路走来，走到了今日。事实证明我的选择不错。

今天又是周末了，敏儿说她不回来了。我真的好想她。我当然知道，她的人生应当由她自己去走，她应当多锻炼锻炼。但我就是不放心，怕她冷，怕她热，怕她生病，怕她出意外……这个孩子许多个性很像我，所以我们在一起时常常会有矛盾，常常会生气，闹别扭。可她不在身边时，我又真的无时无刻不在想着她。她是个多么可爱、多么漂亮的姑娘啊，虽说有点任性，有点矫情，但还是很可爱、很懂事的。我现在努力与病魔抗争，就因为放不下她。龙儿虽也牵挂，但他毕竟是个男孩子，要好一些。我一定要好好地活上十年，看着他们都成家立业，最好能活到金婚，也算对海棠有个交代。

（七）病友故事

1999 年 11 月 23 日　星期二　晴　大雾

　　我上个星期进行了第四次化疗，也是第二个疗程的第一次。有些头晕、头痛、嗓子疼，还腹泻。但我挺得住，既然是抗争嘛，没有点精神怎么能行呢。

　　现在医学这么发达，进步的速度这么快，征服癌症已不是神话，何况我只是中期的乳腺癌。近日看报纸，有关这方面的报道我都做了剪辑，还有朋友们推荐的文章。

　　昨天打电话给小杜，她是我的病友，我们曾在一个病房。她患的是黑色素瘤，据说这是一种比较恶性的肿瘤，但她很乐观，亦很坚强，又很有个性，拒绝了医生关于直肠切除改道的手术方案，她不仅要治病还要保证生活的质量。这是个有理想、有追求的人。她现在多方求医问药，试探各种治疗方法，精神状态很好，也是我学习的榜样。

　　十来天没动笔写字，连字形也变了。我喜欢字，喜欢写字，喜欢书法。每天坚持练字使我觉得舒畅。

　　上次化疗结束，脸上就出现了黑斑，让我费了不少心思，好不容易好了。这次化完又来了，而且比上次还重。记得上次曾就此事问过黄大夫，他说是化疗引起的，停了药慢慢会好的。我只有好好保养了。有人化疗掉头发，我没掉，脸却难看了，看来该受的罪总逃不掉。

1999 年 11 月 24 日　星期三　晴　大风

又是早上 10 点多，刚刚做完了第八套广播体操，现在静静地坐在这里练字。这个本子快用完了，下一本我决定用毛笔来写，练小楷。

人生其实是很短暂的，属于标志性的东西其实只有那么几件，当那一串串珍珠似的回忆越积越多时，生命的链条也快要断了。不必悲哀，不必遗憾，我们既无法预知自己的出生，也无法知道怎么死亡，只有实实在在地过好每一天，才能抓住鲜活的生命。

1999 年 11 月 26 日　星期五　晴　降温

从昨天晚上开始，北京地区进入冬季，大风降温，弥漫了多日的浓雾终于被风吹散了，天空那么清爽，空气虽然干冷却是十分清新。有专家预测，在经历了十余年的暖冬之后，北京今年的冬季将会很冷，不知此言是否属实。

昨天和小虎（在山西时的朋友，作家，回京后在一家行业报社工作）通了电话，得知同时从山西转回北京的老知青，现东城区民政局副局长的爱人也在几年前患上了乳腺癌，现在很好。他还告诉我，著名电影演员陶玉玲患口腔癌，现在仍然活得很好，而且乐观开朗，每日到地坛公园晨练。他还说，地坛公园里有一个抗癌活动组，几年前他曾经去采访过，被他们的精神深深地感动，力劝我也去地坛公园晨练，并推荐我去练针对癌症病人的"郭林气功"。

是啊，几乎每一个听到我得病消息的人，都会举出几个患同样病而活得很好的人，也都会给我推荐几位名医、几味中药，鼓励我战胜疾病。这一份深情厚意自是令人感动。但我也深知，既是病，就是敌，何况还是这样的病，岂止是敌，简直就是魔。对付它，不仅要有乐观主义的精神，还要有科学的态度，不可掉以轻心。我相信黄大夫的话：人与人不一样，病与病也不一样，要分别对待。对于我来说，既不相信那些包治百病的广告、神医宣传，也不悲观失望，坐以待毙，而是一方面相信医生，相信科学，积极治疗，另一方面又乐观处之，以一种大无畏的唯物主义态度对待疾病、对待人生。对于死，一不怕，二抗争，要通过自己的努力，延长生命。

1999 年 11 月 29 日　星期一　晴

气温有些回升，天气晴好。

又过去了一个星期日，忙忙碌碌。敏儿是周六上午才回来的，言称周五和同学们玩滚轴玩了个通宵。正是疯狂的年轻人，能无所顾忌地放松一刻，只要开心，也属难得。

仔细想来，人生是什么？也就是那么几个难忘的回忆罢了，能有几件终生难忘的事，算作人生的积累，已是不易了。

星期六上午，到五棵松中医门诊部去看孙桂芝大夫。不少人给我介绍过这位老中医，她看妇科肿瘤小有名气。上次是托老张的战友在广安门中医院挂了她的号（她是那里的大夫），这次是小杜告诉我，她利用双休日在这里坐诊。事先打了电话，确认她出诊，而且早上 7 点就开始看。于是，我和海棠早早地起来，"打的"到地铁站，然后坐地铁到了五棵松。诊所是在一个不起眼的楼道里，名称是"中国鲜药研究所五棵松中医门诊部"，里面不冷，楼道两侧都有土暖气。我们是 7 点 15 分到的，已经是 23 号了，病人大部分是妇女，大都是癌症患者，坐在门外候诊就聊起天来。就在这时，进来一位妇女，外穿粉红色羽绒服，可见里面的长裤是白底兰花高弹紧身的。看上去她的精神不错，但我觉得她的脸色发黄，也胖得有点虚。她自称叫王新荣，是抗癌协会的，几台在央视播出的晚会都是她策划、撰稿的。她说她患乳腺癌已经快 5 年了，是左乳，淋巴转移 6/8。当年和她一个病室的都先后死去了。她还说现在不上班，但是在办自己的杂志，月收入达到 4000 多元。"没收益的活儿绝不干了"，她这样表述自己病后的想法。她给大家讲述一位山东的劳模，当初病情不重，三年后上班，承包了一家企业，结果癌症复发，二次入院，化疗、放疗，仍没抢救过来，去世了。所以她才不考虑上班的。她还描述了这位劳模临死前受放疗的惨状：胸前皮肉烤焦了，贴上冷冻的猪皮，继续放疗，痛苦万分。

我真不知道她为什么要给大家描述这样一幅恐怖的景象，是为了证明她不去上班、不再干无益事情的理由吗？还是仅仅在讲她的一篇名为"生死之间"文章的内容？无论如何，这幅景象在我的脑海里刻下了深深的印记，以至于久久不能忘却。

1999 年 12 月 4 日　星期六　晴

虽是晴天，但很冷。

昨天妈妈拿出了尘封很久的一个大纸袋子，里面全是旧

日的照片、底片等，有我上小学时的，甚至有妈妈年轻时的
工作日记本，是五十年代初的，日记中可见当时工人们的工
作以及母亲对工作和同事们的一些想法和评价。翻看着这些
东西，只觉得手中沉甸甸的，那是时光累积的人生。同时也
感到了岁月无情，人世匆匆。

这几天，每天早上坚持出去绕着两栋楼房跑两圈，是慢
跑。我要用锻炼来增强自己的体质。昨天郑局长的电话说得
不错："作为病人，你已经过最好的大夫进行了根治手术，
现在的化疗是为了防止以后的复发，我们听从医生的话，坚
持做完，做完以后体力恢复了就好了。"是啊，无论是什么型、
什么病，病灶已经根治切除了，再经过化疗、中药调理，加
上自己的情绪，我怎么会不好呢？所谓三年、五年，是指医
疗上的术语，指癌症患者的治疗存活率，这并非证明每个人
都有五年这一关。在医院时，赵医生（负责写病历报告的那位）
对我说："你根本不存在生存期的问题。"黄大夫也说我的
病不是最严重的那种，说我化疗后可以去上班，以后定期复
查就行了。我不听医生的听谁的？那位王新荣的话不该不加
分析地久存在心里，搞得自己很紧张，仿佛头上悬着达摩克
利斯之剑似的。

写到这里，本子用完了。这本日记断断续续记录了我过
去五年的足迹。这五年在我的人生中是很重要的，发生了两
件转折性的大事：一是从山西回到了阔别28年的北京，二是
罹患了癌症。阅历就是财富，特别是这次得病，使我对人生
有了许多不同于以往的体验，得日后慢慢品味。

1999 年 12 月 8 日　星期三　晴

昨天到医院去看了上周（1 日）验血的结果，情况如下：

白细胞（WBC）4.83　正常值 4.0-10

红细胞（RBC）4.78　正常值 3.5-5

血红蛋白（HGB）145　正常值　110-150

....

谷丙转氨酶（ALT）49　正常值　5-40

胆固醇　（CHOL）288.9　正常值　50-230

葡萄糖　（GLU）132.1　正常值　70-110

甘油三酯　（TRIG）168.5　正常值　50-150

情况还可以，主要是血象较高，已经到了 4800，比上次好多了。不好的是血糖、转氨酶、甘油三酯和胆固醇都高，看来我要和大鱼大肉绝缘了，这辈子吃得不少，到老来就要节食。不过我觉得和化疗药物对身体代谢功能的摧残有关，这是一种医疗上的顾此失彼吧，希望六个疗程化疗之后，我能尽快恢复健康，当然这也是我的努力方向。

定下计划，每天抄一篇兰亭序，化疗那几天例外。

1999 年 12 月 11 日　星期六　晴

天气格外晴朗，没有一丝冬日的景象，天很蓝，太阳很亮，阳光暖洋洋地照在身上，路旁楼座边，坐着些晒太阳的老人和嬉戏着的孩童。我和海棠一起去散步、买菜，闲聊些家常。

这一份温馨与祥和将是永久的珍藏。

昨天又去医院，做第五个疗程的第一次化疗。除有些头晕外，其他感觉还好。我想上一次化疗后的康复之快，至今日的感觉良好，应当归功于孙桂芝大夫的中药，我更加信服中医了。

1999 年 12 月 13 日　星期一　阴　雪

早上起来到医院去做化疗输液，走时天灰蒙蒙的，到医院门口时已纷纷扬扬下起了雪，这是今年冬天的第一场雪，虽不大却也将树木房屋披上了银装，更使空气清冽、清爽，好痛快！

晚上回来，妈妈在忙着收拾东西，明天搬家公司的车就要来拉东西，小弟庆安那边的旧房装修已经完成，妈妈又将搬回那两间老屋里去了。

说心里话，我真的不想让龙儿再跟着过去了，自己有家有室的，为什么还要住在姥姥、舅舅家呢？何况我的身体不好，敏儿又不在家。但我知道，这是历史遗留问题，很不好处理。当年，我在山西蒲县中学教书，1977 年龙儿刚满周岁，县里给了指标让我到山西大学中文系去进修，我不愿意失去这个机会，就狠狠心把龙儿送回了北京。如今，妈妈年岁大了，她舍不得自小带大的外孙子，自从父亲走后，龙儿更成了她的心理依靠。尽管这种舍不得给龙儿和我带来了些尴尬，但她不考虑这个问题，我们就不能硬来。70 多岁的人了，真闹出点好歹来，也不是什么好事。只好委屈自己吧，谁让我们当初把龙儿送回来了呢，这种割舍分离竟会一次次地重复！

1999 年 12 月 14 日　星期二　晴

今天去做第五个疗程的第三次化疗。除了有些头晕外，其他还好。这大约真得感谢孙大夫的中药，对于祖国的这一份遗产，我是深信甚至崇拜至极的，有中药的辅佐，我一定会没事的。

下午搬家公司来搬走了那边的东西，是建华过来操持的，帮母亲收拾东西，我是一点忙也帮不上了，看着他们收拾母亲的东西，收拾龙儿的东西……

这两天没有练字，总觉得自己心不静，太浮躁，即使写字也是潦潦草草，没学会走就要学跑的样子，我想还是先从境界上清纯了吧。

1999 年 12 月 16 日　星期四　晴

天气很冷——每天日记的第一句话都是关于天气的，仿佛我是个气象员。

今天是这个疗程化疗的最后一次，我顺利地通过了第五关了！前几天吴大夫说的那些关于放疗（就是用放射线治疗）的话，使我沮丧和紧张了一下，倒不是怕，而是觉得有些麻烦，同时又想：这到底是种什么病呢？病灶已经切除了，为防意外，又做了几次化疗，为了那一个游离着的癌细胞，已经摧毁了我那么多的好细胞了，却依然是防不胜防，总要把各种的防御措施都用上，即使如此，也只有 50% 的把握战胜它，这病真讨厌！

但既来之则安之，还是得遵从医嘱，认真治疗吧，情绪是十分重要的，我不要帮了倒忙。

说到情绪，我近来倒也悟出些道理。快乐是一种人生的态度，只有对生活充满乐观主义精神的人才会快乐，即使身处逆境，也会有幽默而不是悲哀。人遇到事情，着急、上火、生气，细想起来无非是一些功利性的东西在作祟吧，大事小情固执己见，对什么都不满意，这是一种浮躁。生活其实是很踏实的东西，应当从容、平心静气、顺其自然。并不是没有原则，而是一种更高的境界。只有真正了解和掌握了自然规律的人，才可能是胜者。每件事有每件事的规律，每个人有每个人的规律，强求则难，对人如此，对己亦如此。譬如这病，既不能躲，也不能怕，兵来将挡，水来土掩而已。再譬如练字，心情所至自然天成，若是总想着练成什么家，出什么名有什么利，则一事无成了。喜欢做的事，平平常常，从从容容去做罢了。这样想来，心境平和了许多。

从明天开始，又是每次化疗间的休息，不必去医院了，每天上午可习字一篇。

1999年12月21日　星期二　大风　晴

已是星期二了，虽然在家里闲住着，时间却也过得很快。化疗过去五天了，这五天就没出过房门。从17日开始天气骤冷，大风降温，白天的最高温度才零下五六度，夜里更是到了 $-12℃$ 的低温，暖气虽然送得挺好，在这样的天气，这样的大房子里，竟也未觉出多暖和来。今天上午见窗外阳光灿烂，便出去了，但立时冷风扑面、寒气袭人。

我和海棠打车先到亚运村邮局，给远在日本的大弟庆国发了封信——久未有他们的消息，甚是惦念。又挑了两张嵌有龙的银币贺卡，准备送给王、黄两位主治医生。对于他们来说，我只是千百个患者之一，而对于我来说，他们则重于泰山，因了他们优秀的医疗技术，我得以战胜病魔，略表感激之心是理所当然的吧。

90 年代真是值得庆祝，香港、澳门相继回归了。

我们这一代人也真值得庆祝，遇上了那么多可庆可贺、可书可写的大事。

1999 年 12 月 23 日　星期四　晴　大风

上午到部里去参加局里举办的离退休人员新年联欢会。我还即兴与小王唱了一段"军民鱼水情"，很开心。许多人过来问候我，有局里的同事，也有离退休老同志，使我感到了温暖，有一种未被遗忘的感动。一位十年前和我患同种病的白发老人走到我面前，给我传授经验："最要紧的就是心宽，不要把病太当回事，不要乱听乱想，给自己增加心理压力。"我想这当是最好的药方。

妈妈和龙儿搬走了，望着空落落的房间，心中不免有些怅然，特别是想到儿子，眼中就酸酸的。

练字。

1999 年 12 月 28 日　星期二　晴

从部里参加联欢会回来就有些鼻塞声重，赶紧吃药，千万不能感冒——这是医生们一再嘱咐的。

星期六早上 5 点半起床，打车到雍和宫地铁站，坐地铁到五棵松去看孙桂芝大夫，她每周六在这里挂牌出诊。我很信服她的中药，已连续吃了一个多月了，效果不错，帮我渡过了化疗难关。

1999 年 12 月 30 日　星期四　晴

昨天山西老郭厅长从长治打来电话，对我的病表示慰问，又勾起我对山西生活的怀念。细想起来，在省厅的工作真是很受锻炼。

昨天檀婧、韩智力、郑玄波、张洁等一干报社同事来看我。今天陈淮副主编也来看我，陈淮走后，檀婧又把我接到出版社，见到了调到出版社的唐社长并一起吃了饭，本来是因为出那本书的，结果连世纪会餐也一起办了。

有朋友来看望、聊天，总是很开心的。

1999 年 12 月 31 日　星期五　晴转阴

今天是本世纪的最后一天（另有说法认为 2000 年的今天才是 20 世纪的最后一天）。上午敏儿回来了，很高兴，每次见到她都有变化。和龙儿、敏儿一起逛商店，给她买了个录音机。我珍惜和孩子们在一起的时间。

2000 年的钟声在电视中响起，我们三人（龙儿又去陪姥姥了）举起酒杯，送旧迎新。

1999 年过去了，我真的希望把一切的烦恼、病痛都送走，迎来一个开开心心的新年，不为自己，要为孩子们和海棠。

珍惜每一天，争取下一天。

（八）迎来新年

2000 年 1 月 1 日　星期六　晴

过新年。下午去看了妈妈，没吃晚饭就回来了。那边装修完了，可是挺冷的，而且我也觉得累，5 点多就回来了。

2000 年 1 月 5 日　星期三　雪

昨天海棠去医院为我抓中药，却因为记账单是 1999 年的而没办成。今天外面在下雪，又冷地上又滑，他坚持要再去医院，我劝不住，只好由他。自从我病后，他为我做的一切都令我感动，点点滴滴，不是情是什么？这几日是我们结婚 25 周年纪念日，不必仪式和礼品，都在心中了。我争取与他相携再过 25 年，实现金婚，这才是人生最好的礼物。

往事都随风飘去吧，踏踏实实过好每一天，这就是生活。

2000 年 1 月 8 日　星期六　大风

敏儿是中午回来的。感冒了，也瘦了，看到她学习这么辛苦，心中自然很怜惜，就不让她再出去了，天气这么冷，姥姥家也别去了，打个电话问候一下吧。

敏儿是个俊俏、善良的姑娘，好学上进，素质也高，追求她的人也多，这也让人又高兴又担心。

我送给她一枚戒指，是我前两年去香港时买的。今年既是她20周岁生日，又是我患病一周年。我希望她总是开开心心的，无论遇到什么事也能坚强地走过去。

2000年1月12日　星期三　阴

今天海棠去医院拿回了化验单，与上个月相比，血象不及，倒是胆固醇和甘油三酯降下来了，看来这中药真是有些神力，可是血糖还比上次高了，还是得考虑吃点西药。

天气阴沉沉的，前两天的雪没化，天地间白皑皑一片，好久没见到这样的景色了。

无事写写字，看看书，真是悠闲。

周一那天我们去医院开药、验血，回来拐到樱花西街一家中餐馆去吃北京小吃：炸酱面、麻豆腐，饭好，环境好，二人相对，谈些家常，颇觉温馨。

2000年1月15日　星期日　阴

从周四（13日）开始，进行第六次化疗，这是原定治疗方案的最后一个疗程了，一定要坚持到底。

头晕、乏力，不写了。

（九）化疗结束

2000 年 1 月 22 日　星期六　雪

最后一次化疗终于过去了！脸上又开始出现黑斑，并且黑气罩着，脸色很难看。

敏儿是昨天回来的，看着她肩扛大旅行包走下出租车，不禁想起我当年插队回家时的情景来了，她比我们那会儿强多了，还有出租车坐。我们那时大包小包、肩扛手提，拿的都是粮食，死沉死沉的，中途还要换一次火车，到了北京还要挤公共汽车，下了车几乎是一步一挪地挪回家的。有一次路上碰到一位下夜班的工人师傅，用他的自行车把我送回家，待到感谢时，他说，别客气，我家也有插队的。

现在是早上，外面已是白茫茫一片，雪花还在飘，空气一定很好，我要出去走走。

2000 年 1 月 31 日　星期一　晴

又是一周过去了。

周五又去挂了黄主任的号，他对我进行了检查后说，大功告成了。意思是说原定的六个化疗疗程我都闯过来了。下一步还要放疗六周，然后作全面检查，最好是住院，再以后就三个月化疗一次，半年化疗一次，两年后就可以了。他说我的体质没问题，应当有信心，还让我坚持锻炼。给我回答了不少问题，我很佩服他，觉得他是个有事业心潜心业务的好医生。

看病回来，心情很好。

2000年2月1日　星期二　晴

今天小群和丁丁来看我了，朋友相聚，十分高兴。

2000年2月14日　星期一　晴　大风

时间过得真快，转眼间春节过去了，上班的人们又脚步匆匆地走上了工作岗位。初七那天，我也和同事们一道去了办公室，大家帮我打扫房间，坐在办公桌前，看看报纸文件，打开电脑，那一份工作的感觉真好！

现在外面在刮大风，我坐在电脑桌前写写字，很惬意。

今天，敏儿到同学家去了。敏儿是我的牵挂。关心多了怕她被宠坏，要不关心也做不到，只是关心也常不在点子上，闹得大家反而心情不好。看来活到老学到老也包括如何为人妻为人母了。

2000年2月19日　星期日　晴

今天天气真好，我们决定送敏儿到天津去，也算是旅游吧。天津大学校园里的景色不错。一家三口开开心心。虽然回来感到很累，但还是很高兴。

（十）开始放疗

2000 年 2 月 21 日　星期二　晴

到医院去，转放疗科，准备接受放射线治疗——放疗。

2000 年 2 月 24 日　星期四　晴

上午去医院，放射科王主任接诊。今天我才第一次听到医生对我的病进行了认真地讲解。我明白了自己得的是什么病，怎样治，为什么这样治。王主任说，癌症是一种全身性的疾病，与内分泌、免疫力有关，化疗是从免疫角度进行的，放疗是针对体内残留的癌细胞的。他又说，我得的是二期乳腺癌，在检查的 8 个淋巴细胞中有一个癌细胞。按照常规应当化验一窝淋巴细胞，也就是 16 个或 24 个，现在只做了 8 个，剩下的有没有癌细胞？这就要放射治疗。他还说，乳腺癌与雌激素水平有关，吃昔芬片（三苯氧胺）就是抑制雌激素的，这是从内分泌角度来治疗。他说我的病至少已经有三四年了，只是自己未觉察而已。他让我做完放疗后，再做一次化疗，他说这种治疗一般要进行两年。外科只是切除了病灶，化疗和放疗不是他们的专长。王主任非常负责任，当他看到我的化验单上写着"中低分化"的时候，皱了皱眉头，说："中就是中，低就是低，什么是中低啊，无法用药啊！"然后给我写了一张条子，让我到病理室去找一位老大夫，告诉我，如果他在，就把条子给他，如果他不在就不用找其他人了，条子拿回来。我去了，刚好那位老医生在，我把条子给他，他看了看，让我等一会儿。过了一会儿，他出来了，也给我一张条子让我交给王主任，我看那上面写着：可按中分化治疗（这条子现在还在病历里面存着呢）。分化程度是肿瘤病理的常用医学术语，病理学家根据细胞分化水平不同，常将一些组织的恶性肿瘤分为高分化、中分化、低分化和未分化。肿瘤细胞分化程度越低，其恶性程度越高，发展越快，转移越早，对放化疗越敏感。

明白了我的病，也更理解了治疗方案，同时也有了信心。他还让我测了免疫功能，说我的免疫力还不错。

我喜欢这个大夫，他让人明明白白。

2000 年 2 月 28 日　星期一　晴

上午去医院，在办好了各种手续之后，开始放疗，并开始注射核糖核酸（一种能提高机体免疫功能的注射液）。第一次进行放射治疗，心里不免紧张。先到定位室，脱去上衣，有大夫在身上、右腋下、锁骨等部位画线，然后去放射室，再脱去上衣，躺在一张特制的床上，床头那庞大的机器直伸到头顶。我平躺着，盯着那庞然大物，不禁想起几年前写的那篇讲看病的文章来，文章里写道："得过大病的人意志都会坚强。"这话不假，就这样与悬在头顶的庞然大物相对视，没点勇气还真不行。躺了几分钟，大夫们摆好我的位置就出去了——放射线有害。大门关上，只听得机器"嗡嗡"响了几秒钟，我数了有十几下吧，大门打开，医生进来，"好了，下来吧。"就这么完事了，什么感觉也没有，然后穿衣下床出门。哦，也没什么神秘的。放射线的后果大约还没出现吧。

下午回来睡了一觉，精神又如常了。

2000 年 2 月 29 日　星期二　晴

今天是放疗的第二天，几乎没有什么不好的感觉。上午 10 点多到医院，先去打针，然后到放疗科。大约 10 点 50 分左右进去，11 点就完成了，没有昨天的新奇与紧张，也没有昨天回家后那么累的感觉。我想也许是吃了中药的缘故，不论西医大夫怎么说，我还是挺信服中医的，当然是指那些医术高明的医生，而不是庸医。

医院门外马路便道上，到处可见高价收购中西药的单子，上面还有联系电话，看来要这些东西的，就不只是庸医了。

2000 年 3 月 2 日　星期四　晴

放疗进行到第四天，我尚无不适的感觉。

2000 年 3 月 7 日　星期二　晴　大风

也许是昨天放疗完直接去了部里，中午也没休息，天气又冷，所以晚上回来就感觉不太好，赶紧吃感冒冲剂，今天又加了衣服，下午睡了一觉，好多了。

2000 年 3 月 11 日　星期日　晴

天气渐渐暖和，春天来了。

刚刚放下小群的电话，我们谈生活，谈感情，谈日常琐事……谈得很投机。友谊是生活中不可或缺的亮点，有了它人生才更美好。

这些天海棠病了，头痛、浑身痛，但不流鼻涕也不发烧。给他吃了些感冒清热冲剂和双黄连，精神仍不好。我只好自己去医院继续放疗，还得做些家务，倒也不觉得累。海棠这些日子是太累了，也是五十多岁的人了，体质又不是太好，我得好好伺候他，让他早点康复，孩子们各有各的事情，今后的路还要我们相依相携呢。

昨晚老四（蒲县时的插友，也是一块儿到交城创办知青综合场的战友，还是与海棠一起开办太原第一家前店后场装潢商店的搭档，情同兄弟。因为他在家排行第四，朋友们就都昵称他为老四）打来电话，说是刚刚知道我生病，赶着要来看望。一份友情令人感动，就是海棠也很高兴的样子。

2000 年 3 月 12 日　星期一　阴

总是下午 3 点多才写我的日记，昨天 3 点以后的事就只有记到今天了。

昨天下午 4 点多，老四和锡东两口子来了。两年多没见面，他们也见老了，一聊起来都感慨时光如梭。

海棠这次的感冒很重，几乎三天没出门了，至今仍然体乏无力，让人着急。

我每天自己去医院，觉得体力还可以。

今天医生又给开了升白血球的注射剂，三针就 1400 多元，很贵的，好在我是公费医疗，要不然这负担可就够重了。一边放疗一边查白血球，只要低于正常值，就要"升白"，甚至停做，否则会有危险。放疗好像比化疗对白血球的杀伤力还大。

2000 年 3 月 21 日　星期二　晴

时间过得挺快。海棠的感冒好了，和小峰（也是我们在蒲县时的知青朋友，身材高大、性情温和，擅长书法和古诗词）在跑新房子的装修，每天去医院放疗就成了我一个人的事了，其实没什么，像以前上班时似的，每天早上起来先骑车到公交车站，然后坐 807 路公交车到崇文门下车，走到医院。先排队打针，然后再去放疗室做放疗。

又到了草长莺飞的春天了，转眼间我生病治疗已经 10 个月了，10 个月没上班，心里总是觉得空落落的。我很希望自己快点康复，早日上班去。到新单位只工作了不到一个月就休息了 10 个月，很觉得歉疚。好在病情大有好转，治疗也将告一段落，大概"五一"劳动节后就可以上班了吧。

（十一）白细胞太低

2000 年 3 月 28 日　星期二　大风

北京的天气不知怎么了，没日没夜地刮着大风，刮得昏天黑地，就不累么？

　　我又开始打升白细胞的针了，要连着打四天。这个针很贵的，400多元一支，想一想那些贫穷的、没有医疗保险的人，怎么打得起？这个社会，人与人的差别竟然如此之大，许多生病死去的人，其实不是死于疾患，而是死于穷困。前两天晚报上登着一位在同仁医院做了肿瘤手术尚未拆线，二次手术未做的年轻人逃走了，原因是没钱。尽管他的主治大夫很关心他，在报纸上呼唤他回来，但没有钱的他又怎么能回来呢？我自慰命好，生活在这社会的中上层，有医疗保障，但我却为不能为那些人做些什么而惭愧。我只能生活在自己的圈子里，尽量为我能做的事努力，为因我而在的人好好活着。

　　海棠又到新家去了，为了我们的小窝他也忙坏了。

（十二）胸部皮肤溃疡

2000年4月3日　星期一　阴

　　明天就是清明了，又到了给亲人上坟扫墓的时候。弟弟妹妹们相约着明天去八宝山给父亲扫墓。我们肯定是去不了了，海棠说我们可以阴历十月初一"鬼节"时再去。

　　我的放疗已近尾声了。上周五抽血，白血球升到了8800，这当然是"吉粒芬"升白针的作用。血小板和血色素仍不高。我回来把阿胶化开，每天配在汤药里喝。王大夫说再放疗三天，到周三就可以结束了，这一关又算闯过来了。

　　但我的右胸上侧、锁骨以下，尤其腋下，已然是皮破流水了，每天只好夹一张面巾纸，还要经常换。皮焦了，破了，不垫住就会粘连、感染。

周四再去找黄医生，看看下一步如何安排，最好过了"五一"节就能去上班，总这么闲着也挺闷的。

2000 年 4 月 4 日　星期二　晴　大风

阴冷的天凄厉的风，似乎在提醒着人们：清明到了。一年一度祭扫先人陵墓的日子到了，成群结队的人们捧着鲜花带着祭品到公墓去了，扫一扫墓地，擦一擦墓碑，低头默哀一阵，聊表哀思。其实这一切都不过是形式罢了，逝去的先人与我们阴阳两界相隔，哪里真有沟通的桥？先人活在我们的心中，活在我们的日日思念里，他们就没有离去。

我的两个至亲已相继离去数十年了，但他们却活在我的心中和身上。一个是我的父亲，而另一个是我的外祖母——张雷氏（雷静芝），她于 1977 年 1 月 7 日去世，享年 81 岁。我们五个孩子都是她一手带大的，我至今怀念她。她的故事简直可以出一本书，待有时间再说吧。

（十三）放疗结束

2000 年 4 月 11 日　星期二　晴

再提起笔已经过了整整一周了。现在我坐在自己的办公室里，窗外春光明媚，天气晴朗。

上周三我做完了最后一次放疗，恰逢郑局长到医院看病，为了局里办车证的事（我们不少老同志在医院看病、住院，但那里的停车位很紧张，我们去探视的时候，常常为找不到车位发愁，也曾发生过车被拖走的事情。没办法，只好由办公室去找医院保卫处，请求给两个内部车证，几经周折，终于办成了），中午就请了老高和保卫处处长及两位女士一起吃饭，聊表谢意。也许是身体虚弱，也许是喝了点酒，回来后觉得很累。

周四又去抽血，是内分泌科主任开的单子，这一抽就是五六支，血量不少。回家的时候，本打算和海棠在东西商场看看窗帘的，却险些昏倒在柜台上，赶忙打车回家。

周五去打针，回来的路上又坚持不住了，半途下了公交车打车回家。接下来的几天都是昏昏沉沉的，体倦无力，又赶上这些天北京遭遇沙尘暴天气，我就更不敢出门了。

最后一次放疗结束，王大夫很负责任地为我拨打了肿瘤科大夫的电话，询问我是否还需化疗，因为他认为我的化疗手段过于陈旧，药量也似乎不够。那边的大夫在听了我的病情后说基本可以了，再做意义不大，以后要定期复查，注意免疫功能检测。王大夫说，之所以会得癌症就是因为免疫功能出了问题，要增强免疫力才能阻止细胞癌变。他给我开了40支核糖核酸针剂，每天2支，打20天。加上以前打的就差不多100支了。他说，在增强免疫力的药剂中核糖核酸是最小的（最小是什么意思？），但可以报销，再好的就得自费了。海棠说，自费也可以，只要是必须的。他又说，打了也未必就保证不复发，算了吧。没给开。这又一次证明，有些人不是病死的是穷死的，因为他们连报销的资格都没有。

自上周五之后，我就没再跑医院，把针拿回来在医务室打，这样每天上午我带些东西打车到新家，然后走到单位，打完针就静静地坐在我的办公桌前，看看电脑或是写写字或是看看书报文件什么的，挺好。

这两天身体渐渐恢复，有劲儿了，阳光又好，我很愿意到街上走走，感受生命，感受生活。

2000 年 4 月 17 日　星期一　晴

坐在办公室里写我的日记，14 日那天我们搬家了，搬到了离部不足一站地的塔楼里，是个三居室。这里离二环不远，离妈妈家、弟弟妹妹家都不远，到医院去坐车也方便，再不用先骑车再倒车了。

看着自己的新家，心中颇多感慨。想起这半辈子的路，这半辈子住过的房，现在真可算是苦尽甘来，半百了，终于有了自己的家。想想和我共过命运的人们，如今还在社会底层挣扎，真是自觉知足了。

最高兴的是，龙儿可以回来住了。

2000 年 4 月 18 日　星期二　阴雨

这两天身体状况好转，但思想却不轻松。常常胡思乱想，很怕这已得来的好日子我会无福消受，所以总是急着要添置些东西，不愿凑合，很怕凑合上三五年我就什么也看不见了。

自己也知道这想法是很消极的，但又常常不由自主。

许多人都对我说，要想治好病必须把病不当病。老病友王祖香甚至很形象地说：要没心没肺。我为什么做不到呢？为什么要自寻烦恼呢？在过去的50年里，什么事情没经历过，为什么还总为一些事耿耿于怀？生命对于我们只有一次，应当善待。命运已经通过疾病给了我启示，我闯过了这道关，应当懂得珍惜。当然，有人在未来的三五年时间里会恶化、会死去，但也有人生病至今已经一二十年了，仍然过得很好。医生说我应当有信心，命运告诉我机会在我手里，我却让心里遮着阴影，这对于战胜病魔有什么好处？我必须从阴影里走出来，这样才能赢得更多的岁月。

写到这里偶一抬头，瞥见台历上写"今日宜祭祀"，想起清明未到父亲墓前祭扫，且在这里心祭吧：祝愿父亲和外祖母灵魂安息，相信他们会像生前疼爱我那样保佑我健康长寿，像他们一样七八十岁带着完整的人生去和他们相会。

2000年4月19日　星期三　阴

上午去打针，一进大门就听到了胡琴和鼓乐声，知道这是戏剧队的同志们在练习。打完针，我也过去了，看望大家。大家见面十分亲热，告诉他们我已搬过来了，欢迎他们到家里来玩。

民谣说得不错"愁也一天乐也一天"，为何不乐呢？

2000 年 4 月 20 日　星期四　阴

　　我真的很渴望上班。看病花了国家那么多的钱，又分到了这么好的房子，我觉得自己应当更努力地工作。反正这病就是这样了，即便复发、转移也是两三年后的事，我不能就这么在家里等着，一是积极治疗和预防，二是争取时间多做些工作。只要调理得好，应该问题不大，因为复发和转移不是必然的。

　　明天去看黄大夫，看看他怎么说，如可能，我想过了五一节就上班。

（十四）要吃昔芬片

2000 年 4 月 21 日　星期五　晴　大风

　　上午去看黄大夫，他说情况很好，治疗告一段落，待到9 月份复查后再做三次化疗。我跟他提起王大夫询问化疗方案的事，他很不以为然，说"我们的方案和肿瘤医院是一样的"。我问他，可不可以上班了？他说，过了"五一"节可以去上班。他还讲了关于癌症的发病原因主要还是在于体内有癌细胞生长的基因。并说乳腺癌的治愈率是很高的，现在进行放、化疗就是为了防止复发和转移。他认为我没有问题，他说对我很有信心。这给了我极大的鼓舞，回家来讲给海棠听，他也很高兴，下午边干活居然还哼起歌来。

　　这几个月我只要按照医嘱吃昔芬片（一种雌激素抑制剂）

74

就行了。

　　不过我想，还是应当坚持吃中药，这是固本扶正的根本。明天去看孙桂芝大夫。

2000 年 4 月 22　星期六　晴　风

　　早上起来去五棵松看孙桂芝大夫。跟她说了情况，她给开了中药。我想西医的治疗告一段落，要巩固疗效就得吃中药。顺便买了一本由孙桂芝大夫主编的、关于肿瘤治疗的书，回来就看，使我对自己的病有了更深刻的了解和认识。

　　在挂完号等待的两三个小时里，我和海棠去了一趟八宝山，给父亲扫墓，虽说已过了清明，但总算是尽了一份心吧。父亲离开我们已经十几年了，他也是罹患癌症去世的，而且是两种原发癌——肺癌和会厌癌，他在我心中依然鲜活，他是我生命的重要组成部分，我与他血脉相连。我祝愿他安息，希望他保佑我平安。我为他献上一束鲜花，并跪下磕了头，以寄托哀思。

2000 年 4 月 27 日　星期四　晴

　　天气真好，艳阳高照。街上一些急性子的年轻人已经穿起了夏日的短袖衫裙，而我则还穿着薄薄的羊毛衫和厚厚的裤子。

　　每天上午去打针，然后就到办公室坐坐，和同事们聊聊天，自然能体验到大家的关切和问候，但也常常感到有一个阴影在，那是一个叫梁兵的女同志，她于三年前去世了。对于她的死，有种种说法，但有一点却是相同的，那就是她也得过乳腺癌。于是，许多人在见到我之后就会提起她，特别是我说过了"五一"节要上班的时候，她们就会说："你认识梁兵吗？她也是乳腺癌，手术以后还挺好的，也是说过了"五一"就上班的，还参加联欢会跳舞了呢，可没过几天却突然肝腹水，不到一周就死了。"说完这话，还会很关切地说："别着急，多休息休息吧。"当然也有些人会正色地说："梁兵得的是肝癌，乳癌是转移的，肝上没发现，已经是晚期了。"

无论是出于什么心理，梁兵就像影子一样，总是飘在人们的话语中。听一次无所谓，听两次也只一笑，但听得多了，心里就有些疑疑惑惑的，真的会什么症状都没有，好好的就腹水（也有人说是尿不出来）了吗？肝癌会转移到乳腺上吗？乳腺癌会在不到一年的时间里转移到肝上而且很快就会死吗？莫非我也有这种厄运？想得多了，自然心情就不好，这可不就犯了病人之大忌吗？

于是自己找来孙桂芝大夫的书看，没有这种病例。又想到黄大夫那对我有信心的话，觉得自己很无聊，很不成熟。人各有异，病有不同，为什么要和别人去比，要去把自己扮演成别人故事里的人物呢？为什么让一个死去三年的、根本就没见过面、素不相识的人影响自己的情绪呢？那些走过癌症，已生存了八年、十年的人，像王祖香、朱学敏、江爱珍，为什么不能成为自己的榜样、成为自己的同党呢？是我对自己没有信心，是我悲观失望，这种情绪对恢复健康一点好处都没有，等于自己对未来弃权。且不说目前自己的身体状况很好，还有孙大夫的中药一直在护佑，只说医学界对攻克癌症也是新药迭出，只要坚持下去必定会取得最后的胜利。人家带瘤还能生存五六年，我什么事都没有了，怎么就过不去呢？现在认真过好每一天，保持科学乐观的态度就不怕两年或者三年后复发、转移，也就可能不复发、不转移。要是现在这样的状态还疑神疑鬼，那可就真的无药可治了。

让我的心像这明媚的春光一样灿烂、开朗，让所有阴影一扫而光吧，我不是梁兵，我是我——一个能坚强地面对一切、乐观地面对一切的人。命运在我手中，我一定能战胜病魔，完整地走完人生之路。

2000 年 5 月 6 日　星期六　晴

"五一"节放假七天，是春节后最长的一次假期。

妈妈是昨天回去的，她总是住不长，总惦记着庆安那边，尽管嘴上也说儿子、媳妇的不是，但离开那里还真不行。

现在是早晨，他们都还在睡觉。我坐在写字台前，这个写字台是由组合柜拼成的，台面上有一面镜子，望着镜子里的自己，不禁要问：你是谁？你怎么了？你将会怎样？

每次陪妈妈上街，我都会感到时光的无情。想起敏儿现在对我的依恋，又想起如今儿女们对妈妈的埋怨，除了个性的原因之外，难道没有时间代沟的因素么？早逝自是有一种遗憾，却留给亲人更多的思念和美感。活到七老八十，还能留给亲人们什么呢？更多的恐怕是麻烦了。珍爱生命也要恰到好处。我想我能活到儿女们都成家立业也就放心了，如果到了让人烦的地步还有什么意思呢？

怎么会突然冒出这些想法的，是因为病吗？太过敏感，太过忧虑，怎能做到心情舒畅呢？还是少想些没用的为好。现在，无论是家庭还是工作都还需要我，我必须坚强、乐观地活下去。还没到告别生命的时候，别乱想了。去练练书法吧，那天去劳动人民文化宫书市买回的几本书法的书，还没好好看呢。

（十五）终于上班了

2000 年 5 月 13 日　星期六　晴

8 日那天我开始上班了，同志们都很照顾我，郑局长说我是"实习阶段"，还说不要着急，先上半天也行。

虽说没把上班当成正事，只说是散散心、换换环境。但真的去了，就怎么也放不下了，会议要开，文件要看，事情要过问，竟然又是"身不由己"了。所幸心情很好，精神放松，没有什么压力，脸色看上去也还可以，只是眼睛有时发干、发涩。只要自己多注意些就行了。局里同事们很关心我，具体的、实质性的、劳累的事都不让我干，还调侃说我是"大熊猫"，意思当然是要特殊照顾的。我也调整心态，不急不躁。为有这样的工作团队和善于体贴照顾的同事感到欣慰。

2000 年 5 月 27 日　星期六　晴

去年的今天,我查出罹患乳腺癌,精神和意志经历着一场考验,这场考验至今也没结束,要走过三年,再走过五年,才能闯过复发期,我有信心。

前几天我过了 52 岁生日。这个生日不平常,因为在过去的一年里,我与癌症做了斗争,争取来了这个生日,我还要争取下去,赢得更多的生日,让生命焕发出更大的活力。

2000 年 5 月 31 日　星期三　晴

小群来办公室看我,我们畅谈许久。有朋友是幸事,有小群这样的朋友,更是我战胜疾病的力量。

2000 年 6 月 5 日　星期一　晴

天气突然就热了,高温 35℃,据说下午三四点钟的地表温度已经超过了 40℃。今年的高温仿佛提前了。记得去年最热的时候我是在医院度过的,转眼间已是一年了。

昨天的晚报上报道一个军官的妻子也患了乳癌,但似乎比我严重得多,已经骨转移了。我真想把我未吃完的药送给她,向她介绍孙桂芝大夫,但又觉得这不是她最需要的,她需要彻底的治疗。又一次感慨人的命运不同,同是生病境遇有别,除了深深地同情之外,又能做些什么呢?

2000 年 6 月 14 日　星期三　晴

这两天北京的天气温度很高，中午时分已达到 39℃，据说要到 16 日才会下雨。天气热，身体弱，最好的方法就是呆在家里。我没去上班，在家里上上网、浇浇花、写写字、唱唱戏，很悠闲。现在生活的全部意义就是活着，为了亲人，为了朋友，为了关心和爱护我的领导和同事们。

2000 年 6 月 21 日　星期三　晴

今天是 6 月 21 日了，去年的今天，此时我已经历了人生的重大关口——活检确定了患乳腺癌，第二天就要做手术了，晚上洗澡时我痛哭了一场，决心以乐观的精神面对病魔。现在，一年过去了，我活得挺有精神。这一方面应感激为我治疗的医院技术高超的大夫们，一方面也要感谢冥冥之中的命运，她虽让我患上了绝症，却还不是最毒的那种，给了我生存下去的机会，让我能够有条件振奋精神，好好生活。我也感谢海棠，这一年来他所付出的一点不比我少，他的压力甚至比我还大，我也感谢以老郑为首的局里的同事们和我的朋友们，他们给了我信心、勇气和实在的帮助。

当然，我仍然面临着挑战，不好的情形随时可能出现，但我决心乐观地面对。无论怎样都不悲观，即使到了生命的尽头，也要微笑以对，我知道只有这样才能使亲人们的痛苦减到最低，才不违背我做人的准则。

2000 年 6 月 27 日　星期二　阴

我又把日记本拿到办公室来了，觉得这边反而时间相对宽松些。去年住院时的病友小杜打来电话，讲了她的情况。为了治疗黑色素瘤，她一直奔波在各大医院，四处求医，但效果并不明显，可以说目前社会上流传的方法她都试过了，例如，成药针剂、生物疗法、基因疗法等，北京、外地能去的地方都去了，反而发生了转移。"你的病可能十年八年都没关系，我的病可能两年三年都过不去了。"电话里传出她平静的声音，但我却听出了其中的无奈和伤感。

放下电话，她的声音久久在耳边回响，她的模样也在脑海里闪现。她不过四十来岁，清清瘦瘦的，长得很俊。莫非老天这么冷酷，偏要收她回去吗，让她撇下恩爱的丈夫和未成年的儿子？（我和她自此再无联系，几年后，在医院偶然遇到了曾经看护过她的护工，告诉我她早已去世的消息。）

2000 年 6 月 29 日　星期四　晴

接到小叶的电话，她告诉我她的一个同事患结肠癌，已经转移了，正在求医问药，我力荐中医药。联想起小杜，我突然觉得那只冥冥中的手好可怕，又庆幸自己只是乳腺癌，而且有希望可以治愈。我不能辜负了命运的好意，要珍爱生命，活下去，并且活得好一点。

2000 年 7 月 4 日　星期三　阴雨

从昨天早上开始的雨天持续到现在，终于缓解了连日的高温。昨天中午丁东、小群夫妇来看望我，一起到"家常菜"吃了一顿家常饭，很高兴。下午在家看小群送给我的《我家》，是一个同龄人写的自传。

2000 年 7 月 18 日　星期一　阴

据报道，赵丽蓉同志于昨日清晨在北京家中去世。她患有肝癌，与之抗争了 17 个月，最终安详地走了。这个消息真让人难受。她是那么一位能带给人欢乐的老艺术家，精神状态那么好，却也走了，真是人强强不过命去——我是否有点宿命了？

2000 年 7 月 28 日　星期五　晴

也许是因为自己的病，我对癌症以及相关的消息格外关注。其实癌细胞是人类正常细胞的一种变异，从社会学的角度看，它还是很富有革命性的。它是人类肌体的变异，它比正常的细胞更具有活力，就这一点来说，还是可爱的。但对于属于人类只有一次的生命，它带来的却是毁灭和无可弥补的损失。实际上，如果生命终结，它也将死去，它们就是这样相辅相成、相依相存的。

我热爱生活，珍惜生命，我不愿意过一个不完整的人生。上天既然把我放到人间，人之初和暮年死，我都应当经历，即使无缘如伟人张学良等人那样活到百岁，至少也要活到平均年龄 70 岁以上。我要把完整的人生体验带走，我相信我会的。为此我将不懈地努力，这当然包括对疾病的治疗、与癌症的抗争、锻炼身体、拼搏工作和保护温馨的家庭。

2000 年 8 月 14 日　星期一　阴

星期六上午去五棵松看孙桂芝大夫。遇到一个老太太，两位女儿搀扶着她，看来是晚期了。孙大夫给她把了脉，开了药。待她出去后，孙大夫跟她的女儿说，老人没多少日子了，太晚了。听说这位老人只有 63 岁。孙大夫说她不是今日才得的病，言外之意是耽误了。望着老人蹒跚的背影，听着她痛苦的呻吟，我又一次感到了生命的脆弱，到了这个份上，再有什么医，什么药，也是无力回天了。联想到小杜的情况，真难期望会有奇迹发生了。

生命的老去是一个渐进的过程，要善待生命，要注意养生，特别是对本已有病的身体。这是对我的警示。

（十六）关注陆幼青

2000 年 8 月 18 日　星期五　阴

这几天媒体上正在宣传一位叫陆幼青的癌症患者在知道自己"大限已到"后，决心以日记的形式，记录自己一步步走向死亡的心理历程，他的日记叫《与死神相约》，在"榕树下"网站连载。日记从 8 月 5 日开始,我已连着看了近 10 篇,最近的一篇是 8 月 15 日的。

我很钦佩他面对死亡的勇气,但不解他何以拒绝治疗?他还不到 40 岁,五年前患胃癌,胃切除了 4/5,去年又发现颈部有肿瘤,做了第二次手术,现在颈部的肿瘤在他的照片中依然可见。

生命是很宝贵的,我们每一个人只有一次,我们应当很好地珍惜。生命从其诞生就伴随着艰辛,天灾人祸、物竞天择,何曾一帆风顺过?抗争可说是生命的本质特征。不错,任何生命都会消失,但难道因其必然就放弃了生时的努力吗?哪一个人都知道生的尽头就是死,生死相依,但每一个人也都在争取生的时间。生在这人世间,生就不是一种个体的行为,你的生连着他的生,你的命连着他的情,没有谁是甘愿去死的,不仅为自己,也为他人。所以我觉得他的选择有点悲观,与《相约星期二》不同。

也许这是一种炒作也说不定,网络上的东西太不可信。这一种对待生命的态度,常让我与自杀少年联想在一起,至少他有点宿命论的意味。

(十七)开始锻炼身体

2000 年 8 月 21 日　星期一　晴

从上周六开始,每天早上 5 点 30 分起床,6 点钟赶到地坛公园,跟一位姓谢的老太太学打太极拳,这是我加强健身的"重要举措"。

2000 年 8 月 30 日　星期三　阴

上午下了点小雨，空气清新而温润，凉爽得让人惬意。

听到那边胡琴响，我到了活动室，和京剧队的老同志们自娱自乐了一会儿，唱了一段《钓金龟》，心情很好。大家说我"底气足"，"唱得不错"。其实我知道大家在鼓励我，我只是嗓子还有，要说京戏的板眼可就差得远了去了，京剧这门艺术博大精深，我们只能涉其皮毛而已。不过，唱戏可以练习运气，也是一种气功啊。

唱戏回来打开电脑，开始看医疗与健康网站中有关癌症，特别是乳腺癌的知识，很有收获。我喜欢凡事刨根问底、清清楚楚面对，即使是残酷的现实也无所谓。

其实，事主本人的感受和别人是不同的，就像看杂技的人要比演杂技的人紧张一样。我自得了这个病，确诊后伤心了一次之外，倒没怎么感到世界末日似的，也许我的病还没那么严重，不属于"恶病质"，只是有命运无常的感叹。

（十八）定期复查

2000 年 9 月 19 日　星期二　晴

周五去医院复查，黄大夫开了一堆方子，昨天已经抽了血，拍了片子，我估计胆固醇会高，因为这一段有点累。

上周五所有的化验结果都出来了，除了血糖高（空腹132，餐后180）、脂肪肝外，其他均属正常，应该说我恢复得不错，结果也比较满意。可是黄大夫的一番话重新给了我压力。

他说，按照旧有的治疗方案，我可以到此为止了，但近两年来，有了新的方案，就是追加三个疗程的"紫杉醇"化疗，这种药是新药，副作用大些，要掉头发。可做可不做，但他主张做，认为这样更保险些。他很温和地问我："是不是觉得很麻烦？"我说，那倒不是，既然得了这个病，就不能怕麻烦了，我只是担心会不会对内脏有所伤害。他说，不要紧。当时没有决定，他让我考虑考虑。

我想了很久，周围的同志们都主张做，老袁还专门给他在肿瘤医院放射科工作的战友打了电话询问，那位主任医生说，只要身体容许能做还是做，因为乳腺癌与其他癌症不太一样，癌细胞生长时间较长，导管癌相对好一些，但淋巴有转移，虽然现在没事，但不能保证三年五年，甚至十几年后转移的也有。既然这样，我也想通了，就做吧，趁着自己身体还可以。原本也是该你受的罪，躲也躲不过，只有勇敢地迎上去，反正是最后阶段的治疗了，不能前功尽弃。我决定遵医嘱，下月 20 日左右开始做。但同时我也要做些准备，请孙桂芝大夫开点减少毒副作用的药，争取把损失减到最小吧。

2000 年 10 月 17 日　星期二　晴

足足病了三四天，是感冒，不发烧，但头疼、嗓子疼、咳嗽，清晨有浓痰，或许是葵花子吃多了，上火了。再加上这几日降温受了凉。不管怎么说，现在的身体素质是差多了。

随着阴冷天气而来的是两个坏消息：海棠的战友也是我们的朋友选民患肺癌在临汾做了手术，他是嗓子喑哑，久拖不好，反复求医，最后才确定是肺癌压迫了喉返神经，才出现嗓子哑的状况；另一个消息是我们在交城一起创业的朋友银宏得了胃癌，刚刚做了切除手术。真不明白怎么会有这么多人得癌症，莫非人类真的要走向自我否定了吗？

想起我们一起在交城时的日子，仿佛就在昨天。人生苦短，命运无常，心中平添了无限的感慨和忧伤！我只说自己如今活得无悲无喜、无心无肺，如同行尸走肉，只剩了这空空的皮囊，却不料听到这消息竟比得知自己患癌时还要难受。空牵挂，自留连，牵不住无常的手，锁不住流失的时光，我尚且如此，他爱人玉华又何以堪！

（十九）追加紫杉醇

2000 年 10 月 24 日　星期二　晴　大风

天气渐渐凉了，又到了秋风乍起时候，但我没有悲秋，心情尚好。无论如何我与癌症抗争了一年多了，我还活着。我知道这在很大程度上得益于先天的身体素质和并非恶病质，也得益于医生们的精心治疗和家人的悉心呵护，同事、朋友的鼓励支持。

过两天又将住院做化疗了，我已从身体到思想都做好了准备，自信定能闯过这一关。

正写到这里接到医院通知，让我下午住院。我有了一种奔赴战场的感觉。

2000 年 11 月 9 日　星期四　阴

大风降温已经三四天了，气温一下子降到了 0℃，白天还好些，晚上已是零下五六度了。

我是上月 24 日下午住的院，25 日做全面检查，26 日开始做化疗。也许是这次化疗前的种种铺垫吧，心里很有些紧张。25 日那天我和海棠专门跑到红桥市场去买了一个假发套。25 日晚上就开始服脱敏的药片，13 片，26 日早上又吃了 13 片，到中午 11 点多又打了一针，然后开始输液，同时进行心脏、血压监测，6 支紫杉醇，输了将近 7 个半小时，到晚上 7 点多才完。黄大夫说两周后会掉头发，我已有思想准备。也许是我的体质还好，也许是药量还不足以致害，也许是时间还没到，也许是中药在起作用，反正今天已经是两周了，头发还长得好好的。

虽然头发还在，但感冒却是三四天了。从这周二开始，至今已经三天，我连房门都没出过，看着阴沉的天空，觉得冷，好在有了些暖气，在家里还是挺舒服的。

本想下午到办公室去，觉得很累，还是明天再去吧。

（二十）掉头发、戴假发

2000 年 11 月 12 日　星期日　晴

黄大夫的预言不错，我真的是在受药两周后开始掉头发了，虽然目前还没造成什么后果。我只能随时准备接受戴假发的现实了。

有时真不想再做后两次化疗了，现在感觉到了对身体的伤害，我在考虑值不值得。但我的想法肯定无人支持，连我自己也没有决心，反正还有两次，就做完吧。

2000 年 11 月 15 日　星期三　晴

今天戴上了假发，虽然从外形看不出什么，但实际上头发几乎在不停地掉，梳头在掉，睡觉在掉，已经很稀薄了，而且头皮隐隐作痛。一起唱戏的林鸿英大姐说，别人做化疗早就掉头发了，你也该掉了，买个漂亮的假发戴着更好看。老郑说，没看出是假发，没关系，赵忠祥不一直是戴假发吗？（谁知道是不是真的。）

无论怎样，我今天是把假发戴出去了，过去从没这么珍惜过头发，现在每梳一次便掉一把，心中真有说不出的伤感，望着那假发，虽可乱真，但毕竟是假的啊！

好在其他反应还不大，精神还可以，脸色也还行，能坚持走动我绝不在家呆着。人活一口气，佛争一炷香，要是没点精气神，人不就完了吗？

89

　　据报道，陆幼青的《死亡日记》出版了，他的病在医生们的努力下得到了控制，这也算是癌症病人的好消息吧。可是，选民的情况却不好，又住进了临汾医院，说是复发了。海棠买了 5 盒参一胶囊给他寄去，但愿这个被媒体力捧的新药真能给他带来疗效。

2000 年 11 月 16 日　星期四　雪

　　早上起来，隔窗望去，嗬，下雪了，这是今年冬天的第一场雪。还是决定去地坛锻炼。走出楼门，雪似乎都化了，只是树枝上还挂着白霜，空气十分清新。我骑车去地坛，朦朦胧胧中已有不少晨练的人了，不时听到各种乐曲和人们的大声呼喊——在练吐故纳新。我觉得这是生命的旋律。

　　头发掉了许多，眼睛也肿肿的，背痛，精神也不大好。怎么时间越长反而越厉害了呢？

2000 年 11 月 17 日　星期五　晴

　　又是一天过去，早上起来外面就是一派冬日景象，满目落叶，不禁又使我想起自己那大把大把脱落的头发。叶子冬天落了，春天会再长出来，只要我的生命还在，过了春节，头发依然会再长出来的吧，还是要有信心，要泰然处之。

　　留下一缕头发作为纪念吧，这是生命经历考验的见证。

2000 年 11 月 22 日　星期三　晴

　　这几天荣凯、虎山、安民，几个蒲县的朋友相继打来电话，言及选民的病情恶化，现在在临汾住院。我和海棠商定，由海棠回去看看他，以免留下终生遗憾。

几天来，脑子里总是选民的影子，可叹时光的无情和生命的脆弱。

2000 年 11 月 23 日　星期四　晴

海棠到临汾去了，坐晚上 6 点 40 分的火车，是去看望选民的，愿此行能给选民些许安慰吧。他的命运真是太不好了，家境也不宽裕，偏得了这花钱也未必能保命的病，唉！

送海棠走出楼门，看他的身影拐过楼角，心里酸酸的，眼里酸酸的。多少年了，他送我出差的时候多，而我送他出去的却很少。不过，自打我回到北京，就总是我送他了。送人的滋味真是不好受。海棠此去看选民却是另一重意义上的送别，我的直觉告诉我，这也许是他们的最后一面了。人生苦短，情意绵长，多情自古伤离别，这是上天给人的惩戒，让人珍惜友情，珍惜时间！海棠出去这几天，我每天都会为他们祈福，愿选民安康，愿海棠平安，早去早回。

少年夫妻老年伴，我们已经相互习惯了对方，生活中缺一不可。

2000 年 11 月 26 日　星期日　晴

几天来一个人在家里，体味着孤独与寂寞。龙儿晚上要很晚才回来，他有自己的工作和生活，我不愿意给儿女们带来太多的麻烦。

现在的生活中有了那么多传播媒体，真的是"足不出户，天下尽知"了。想起老几辈的人，生活该是多么枯燥啊。但媒体的增多，给生活带来了欢乐与方便的同时，也把浮躁和浅薄带给了人们。

昨天一天我都在剪报，一边剪一边想自己这大半辈子，庸庸碌碌，似乎一直都在被动地生活，自己想干的事情，除了在报社那几年比较满意以外，其他时间都是在听从安排。但当记者也有些弊端，忙于找新闻而浮在表面多，深入思考少，特别是到了办公室搞了行政以后，连新闻也没得抓了，只剩下琐碎的事务。虽说最终结果是得到了提拔，享受了既得利益，但心中总有些失落，觉得当个副局长真不如一个记者来得洒脱和惬意。

得了这个病，感到了时间的紧迫，陆幼青的做法虽有炒作之嫌，却也表达了他人生的最后愿望，那么我写《路》的心愿呢？难道付之东流吗？我应当摈弃浮华，沉下心来，把《路》写出来，也算给亲人们的留念吧。

（二十一）再一次紫杉醇

2000 年 12 月 1 日　星期五　晴

一个星期过去了，我住院又出院，再一次化疗结束。身体经受的考验非语言所能表达。白血球已经降到了正常值的最低线，打了升白的针，又吃了升白的药，但医生说一周后我会很难受，比起上一次来，这一次要显得感受强一些。

昨天丁东和小群夫妇来看我，他们力主停止化疗，他们认为生命要有质量，以百对一太不值得，体内的癌细胞是否存在尚且为未知数，好细胞却已被杀得七零八落了，不如好好吃中药调理调理，保持良好的精神状态比什么都强。

他们的话不无道理，20天后若血象仍不高，我将决定不再做了。

2000年12月9日 星期六 晴

十几天过去了，我的感觉还可以，没有比上次更难受。小叶和海棠力主我把化疗做完，敏儿也说医生让做三次肯定有医生的道理，两次都做了，第三次不做就前功尽弃了。我的决心又动摇了，想着干脆做完算了，把疾病留在20世纪，让新的生活与新的世纪一起来临。再过10天我去查血象，只要能做就坚持做完吧。

因为生病闲暇时间多起来，除了玩玩电脑、剪剪报、看看书之外，也有工夫想了些事情。

写到这里竟然头晕背痛，只好暂且放下吧。

2000年12月11日 星期一 晴

今天的天气很冷，最高气温才1℃，所以没去上班。周六周日在家也累了些，觉得很疲乏，干脆休息吧。我想把身体养好些，赶在年前把最后一次化疗做完，不要再拖到明年去了。我渴望上班，总不能正常上班还按月拿着俸禄，于心不忍。脑子里总在想着辞职的事情，只是没有想好，所以迟迟没有付诸行动。

昨天打开邮箱收到了庆国和淑英他们的信，加上办公室的那封，前后共收到两封，这样我写的两封信他们都回了，躺在邮箱里没去取，白白搭上着急。

淑英在信里担心我的情绪不好，尽在开导我，其实我没有。我只是在提到选民和银宏的病时，偶发人生短暂，世事难料的感叹罢了。

自从生病以后，我对于生死的确有了些参悟，生命是很奇怪的东西，有时候很脆弱，不堪一击，有时候又很顽强，经得起千锤百炼。死是与生俱来的，从生的那一天起就注定有死的那一天，为什么要怕死呢？人们无法选择生，也无法选择死，但却可以选择在生时对时间的把握和运用，能用有限的时间做些有意义的事便是生得其所，在必须去死的时候也能泰然处之，坦坦荡荡，便是死得其所了。得了这个病，自是死的信息已经传来，死神的脚步日渐迫近，但还没到时候，还有自己掌握的时间，那就要把这时间掌握好，抓紧去做想做还没来得及做的事，让生命更有光彩，让生活更充实和丰富，让自己留给他人的记忆更丰满。我们都是凡人，不敢奢谈贡献社会、回报人民，能做到以上几点，足矣。

现在我已能坦然面对死亡——那只是早晚的事。亲情虽然难以割舍，但与亲人诀别则是人生注定的痛苦，经受住这种痛苦能坚强地走下去，孩子们会成熟，大人们会老练。我们自己不也是从失去亲人的痛苦中走出来的吗？

死亡是一个过程，也是一种境界，它能使人平静，去思考许多浮躁时难以认识的问题，让人生得到升华。做过了自己想做的事，没有遗憾，当死亡来临时不会惊慌。

我要感谢上苍，给了我从容面对死亡的时间，让我来得及对今生有所补偿，这时间也许三年五年，也许更长抑或更短，我必须认真地想好还能干些什么。眼下的事当然是先把化疗做完，待身体恢复之后要有个决定。

2000 年 12 月 16 日　星期六　晴

今天关注的一件事，上海的陆幼青终于还是去了。我买了他的书——《生命的留言》。日记看全了，也了解了，他并非放弃治疗、放弃生命，相反，他十分热爱生活，但他渴求生的质量，在知道自己"大限"已定的情况下，他用剩余的时间做完了自己想做的事情。对于他来说，目前的医学条件确实回天无术。他的抉择给人以启发。

2000 年 12 月 23 日　星期六　晴　大风

今日得知银宏因反应强烈，化疗不能坚持做下去，改为吃中药了。这消息让人心里不好受。他又问玉华的工作关系，想尽快把她的户口转回来。我突然感到他在安排后事似的，心里一阵酸楚。他真是个很负责任的人，无论是对生活，还是对家庭。但愿他能闯过这一关，不要成为我们中的早逝者。（很可惜，三年后他的癌细胞大面积转移，终于不治病故，还不到 60 岁，还是成了我们中的早逝者。）

与吴大夫联系好了，准备周一去住院，做完这最后一次化疗，新世纪来临时能有个好的开始。

（二十二）第三次紫杉醇

2000 年 12 月 24 日　星期日　晴

龙儿从上海回来了，他利用年休假和同事们去江浙一带旅游去了。如今的年轻人已把旅游当作了假日消费的首选。听他津津有味地谈及这一行，不免又勾起我当年的回忆。从1990 年做报社专职记者以后，几乎每年都有一二次出差的机会，足迹也算踏过了大江南北，那真是一段潇洒的日子，探访回来写文章，多么惬意！至今想起来，我仍留恋和珍惜当记者走南闯北的日子，不仅仅是为了游览。我觉得我生性喜欢、适合那个职业。但我却做了行政官员，还是应了那句话：有意栽花花不发，无心插柳柳成荫。人生真是捉摸不定，我喜欢那个职业，却在那个岗位上得了如此重病；我不喜欢当干部，却在这个岗位上享受了福利，使我得以无后顾之忧地治病。想到此，只有莞尔一笑了。

今天是平安夜，给敏儿和小群发邮件。小群和朋友们出去玩了，真羡慕她，羡慕所有健康的人。明天是圣诞节，这个外来的节日越来越受到国人的青睐，尤其是年轻人和商家。这个节却与我无关，我将再一次住进医院，去接受追加的第三次化疗。我希望这是最后一次。细想起来，这一年多的痛苦并非来自癌症本身，而是来自放、化疗。我希望我的痛苦没有白受，这种种手段能够阻挡住癌细胞的复发和转移，使我能够善终。我还有许多未了的事情，现在不是离开的时候。看看《生命的留言》我才知道，陆幼青是在千方百计寻医问药无望之后，才采取的"留言"态度，他并非拒绝生的希望。生命是可贵的，有百分之一的可能就要用百分之百的努力去争取，毕竟生命对于我们只有一次。

2000 年 12 月 28 日　星期四　阴

我又从医院回来了。星期一办理完住院手续，直接把我放到 ICU（因为没有床位，这是吴大夫找人加的，他说反正就是一两天），这里比病房更没有自由。我和海棠找到吴大夫要求尽快做完——快过年了。

他立即安排查指血——这一次白血球居然到了 4500，格外地好，其他血常规指标也基本正常，这样决定第二天就输液，输完了就出院。于是，我就在那个重症监护室住了一夜，周二下午 4 点多就打车回来了。这一次也许是回来得急了，觉得浑身乏力，回来就睡，昨天又睡了一天，今天起来就精神多了，虽然还是觉得累，但与前些日子的感觉也差不多。

我终于坚持做完整个放化疗过程。命运待我不薄，让我的身体承受了这样大的磨难。我知道前面等着我的还有不少难关，恐怕再也没有过去浪漫潇洒的岁月了。但我不怕，我仍要保持那一份豁达和乐观。人遇到什么事情并不重要，重要的是态度和精神。人人面前都有"关"，人人过关不一般。

我要始终微笑过完每一关，直到生命的终点。苦也过，乐也过，要把苦留给自己，把乐带给他人，当然首先是儿女、丈夫和家庭，不让人觉得和我在一起很烦，要让他们开心，让家永远温馨——写到这里，自己也乐了，好像宣誓似的。

（二十三）又到新年

2001 年 1 月 4 日　星期四　晴

一不留神，这日记就跨过世纪了。

我跌跌撞撞、步履蹒跚，但还是走到了 21 世纪，心中颇感欣慰。我将乐观地走下去，有一天就快快乐乐地过一天，做些力所能及的事，让生命多些光彩。

做完最后一次化疗已经快 10 天了，感觉还可以。这两天气温陡降，我还能坚持上班，没有感冒，不能不说是体质尚好。看看周围的人，没病的几乎没有。有的是高血压，有的是青光眼，有的是骨质增生……哪种病日子都不好过，我不过是其中之一，身体虚弱罢了。他们都在坚持上班，我已经比他们多了些保养和药物辅助，应当比他们条件更好。能上班就上班，何况我拿着全工资，所以只要能动，我就来办公室，连日记也拿来了，抽时间就写点。

2001 年 1 月 25 日　星期三　晴

转眼之间今日已是大年初二了。

节前海棠就出去采购，买回了许多福字、剪纸和彩带，把这个家装饰得喜气洋洋，颇感温馨，也深深感受到了他珍惜、爱护这个家的一片心。我的心情也极好，和海棠一起买了件紫红色织锦缎的绣花中式棉袄，上面的彩蝶栩栩如生。还买了新裤子。我很想庆祝一下，庆祝我的放化疗结束，庆祝自己走到了新世纪。

经历过大苦大难，我觉得什么都好。闲来在家养花、观鱼、看书、写字，打打拳，真是惬意，颇有些颐养天年的意味了。

时光荏苒，过去的已无法追回，未来的也还难测，唯有好好地把握每一天、每一时、每一分、每一秒才是真实、可行的。我还是坚信这句话：珍惜了今天，才会有明天。

2001年2月3日　星期六　阴　小雪

窗外飞着雪花，窗内我在写字。春节就这么过去了，七天的长假总也没闲着。妹妹来、弟弟来、妈妈来住，老四、银宏两家人来，大家一起聊天，其乐融融。

节就这样过去了。初八那天我和大家一同上班去了，身体自是十分虚弱，特别是下午，精神就不济了，所以总在考虑辞去实职的问题。但依着我的性子，没有了实职就不工作了吗？恐怕仍是事事放不下，反倒不如现在好处理问题了。我想关键还是在心态，若能将心态放平，该休息就休息，凡事不急不躁，也未必不能将养身体。工作也是如此，何况我是个副职，应当找对位置，不可强出头，也不必太操心。

小群建议我写回忆录，我觉得还需做些准备。不想她竟告诉了丁东，丁东立即打来电话，希望我先把父亲写出来，配上照片在《老照片》上发，重在他受冤屈的一段。放下电话，我竟然心潮起伏，情不自禁落下几滴泪来。父亲是我心中永远的痛，他走了，带着一颗无人理解的破碎的心。庆国曾对我说，他去看望病重的父亲，告诉他我要把他写进文章，他哭了。这一把热泪，谁解其中滋味？写到这里心中十分难受。父亲的一生曲折坎坷，有过辉煌，有过失意，更有过委屈。就是我这个他最钟爱的女儿也伤过他的心。如今，他去世已经十余载，对他的思念却如萋萋青草，更行更远……丁东的建议不错，我应当先写父亲，聊以释怀吧。

2001 年 2 月 14 日　星期三　阴

我的身体近来好多了，头发也渐渐长起来了，再过十来天就可以不戴假发了。每天去上班并不觉得累。其实该做就做，该歇就歇，这也是一种工作态度。一直以来我的状态都太过紧张，一根弦绷得太紧，忽略了"文武之道，一张一弛"的道理，这才有了生病，而且是重病。这病教训了我，也提醒了我，我要换一种松弛的态度生活，也许会有更大的收获。

2001 年 2 月 28 日　星期四　晴

昨天去看了孙桂芝大夫，又开了些中药。她说我有些阴虚，要调理一下。问及 32~36 个月会转移的说法，她大不以为然，让我不要瞎想，说没有事的。我这才放宽了心。

（二十四）"完成了任务"

2001 年 3 月 19 日　星期日　晴

上周五去医院复查，黄主任说，不用了，完成了任务，以后没什么事了。他说一般不会复发、转移。又说我的手术很彻底。我也相信没事的，至少妈妈的生命力那么强，我总会有些遗传吧。何况我会认真调整心态对待生活，不会给病创造机会，加上中药的辅佐，我一定会没事的。

2001 年 4 月 1 日　星期日　晴

昨天去看孙桂芝大夫，然后到八宝山去给父亲扫墓。站在墓前祈祷父亲的灵魂安息。我告诉他已经将他的坎坷经历写成文章，连同照片寄给了《老照片》杂志，也算是将他的委屈诉与公众了，他若地下有知，也该觉得欣慰吧。我请父亲保佑我完满度过余生，将自己想做的事做完，没有遗憾地去陪伴他。我和海棠将他的墓基和墓碑用清水擦洗干净，又将一束鲜花植于碑前，聊表哀思。

今天的天气终于转暖了，预报气温23℃，春天来了，玉兰、桃花都已绽蕾，柳树也吐绿了。我的头发也如春草般长起来，终于可以不戴假发了。那假发虽可乱真，但毕竟是假的啊，让人觉得不舒服，不自然。

101

（二十五）继续吃中药

至此仿佛一件大事告一段落，大夫说，治疗完成了，没事了，但是不能感冒，因为人一感冒免疫力就会降低，病症就会重来。那好吧，其他的都不要想了，坚持吃中药吧，祛邪扶正，中药正当时。

我依然追着孙桂芝大夫去开中药。后来又听说北京市中西医治疗癌症学会会长余桂清老先生的中药也好，就也去看了一次，开了方子。

我把他们的方子抄在下面，既可比较，又可应用。

孙桂芝大夫诊断如下：

右乳术后，化疗2次，病情尚可，WBC2000，血糖偏高，大便调，脉沉细，苔少舌红。

药方如下：

生熟地12g 生芪3g 杭白菊15g 鸡血藤30g 川芎10g 太子参15g 炒白术15g 茯苓15g 何首乌30g 枸杞子30g 鳖甲15g 郁金10g 白花蛇草15g 半枝莲30g 生麦芽30g 鸡内金30g 甘草10g

这是我吃的第一服药，开了12服，同时还有据说是他们医院自制的加味西黄丸3盒。

这以后，每隔半个月我就会去，再号脉、再开方，坚持每天喝汤药，药锅都烧坏了好几个，后来干脆买了一个电的，自动控制，但好像比自己煎的量大。她的方子都是在第一张的基础上根据身体状况调整。有几味药是不变的，比如：白花蛇草、半枝莲、甘草、太子参。

余桂清大夫的方子大同小异，只是药量少些。而且两天吃一服。

吃孙桂芝的药吃到 2001 年年底，改看本院的中医。经过询问，得知医院中医科李主任就是专家，于是挂号看病。他是个 40 岁出头的中年人，头发却已花白了，山东人，性情温和，对病人很有耐心。我把自己的情况说了，并且拿出了孙桂芝大夫的方子给他。他说："孙大夫就是从医院调走的，原来也是搞西医的，她的思路和我们是一样的。"噢，这就好了，不用再麻烦她了，从此就吃李主任的中药了。

汤药喝到 2002 年，李主任说可以不吃汤药了，吃点中成药吧，主要精力放到治疗糖尿病上了。

第二篇　复发

生活重新走回了以往的路上，2003年非典，我没什么事，2004年还去国家行政学院脱产学习半年。感冒虽然也没少得，有时还发烧，但都没什么大事。

本以为就这样没事了，都过去了，可惜，不幸还是发生了，2004年年底，它卷土重来：局部复发。

（一）无意间发现

2005年1月28日　星期五　晴

时间过得真是快，转眼间又是20多天了。这20多天里有一件事要记一下：我的病出现了反复。

早些日子就发现右腋下刀口附近有个小疙瘩，心想一定要抽空去检查一下。那天到医院，请普外科陈主任医师检查了一下，他觉得就在表皮上，问题不大。他说："你要不放心，找个时间我给你做了。"好吧，就定在上周三，我去找他，他就在门诊手术室给我做了个局部麻醉的小手术，做的时候，他就说："完了做个病理吧，好放心。"手术结束，他又说："就当是活检吧，随后再处理。"我觉得这话有点弦外之音的味道。果不其然，本周一去换药，他正在手术楼上，就打电话给病理室，然后告诉我："有点像。请肿瘤科、放射科再看看，再定如何做。"就这样，我怀着惴惴不安的心情，等到了周三。我去取了化验单，只见上面写着："送检物2×1×0.5，腺细胞，有癌组织浸润，是乳腺癌细胞。"这就是说发生了局部复发现象。陈主任说，要做一个全面复查。他对这种现象的解释是：常见，不严重。因为细胞很小，不能保证剔除干净，只要有一个，在身体抵抗力下降的时候就可能复发。随后要做的处理就是除了全面检查外，还要再手术，扩大切除范围，以求彻底。这就意味着我将再次进入治疗阶段。我用极轻松的口气向家人报告了情况，故意说得没有定论的样子。但家人还是显得比平时沉闷了许多。

24日那天晚上，我一个人走进卧室，窗外的灯光照进来，所有的东西都蒙上了一层神秘的色彩。我躺在床上，眼睛忽然就湿润了。心中只反复着一句话："这是为什么？"

五年半以前，在我完全没有思想准备的情况下，一次例行体检查出我患了癌症。我对医生说，这不可能，我的身体一直很好的，而且我没有任何感觉。但科学是严肃的，各种仪器的几番检查过后，我不得不接受了现实。手术前的那天晚上，我一个人在医院的洗浴室里痛哭，让眼泪和着温水尽情地流淌，我暗下决心，勇敢地面对这个现实，积极地配合医生，去争取我的生存时间，为了我的家人，为了我的亲友。我挺过来了，手术、化疗、放疗，忍受了常人难以忍受的痛苦，忍受了满头黑发大把大把掉落的煎熬，终于走过来了。三年后，医生说，幸好发现的早，手术又很成功，你没有什么问题了，放心吧！于是，我就像刑满释放的人一样，带着重生般的好心情，又和以前一样开朗、活跃，充满了激情。

谁想到，已经快六年了。那魔鬼又光顾了我，又是这样毫无察觉！这到底是为什么？

五年多来，我不仅完成了医生所有的治疗方案，而且，坚持打太极拳锻炼身体，坚持控制饮食控制体重，吸收一切关于预防和治疗的建议……可是，它还是来了，让我猝不及防。真的像一个躲在阴暗角落里的魔鬼，忽然一下就伏在你的身上，你找它时它无踪影，它找你时没有商量。说它是敌人，你却永远不能知己知彼；说它是朋友，你甚至永远无法走近它的身旁。

我的脑海里一点点放映着五年来的往事，想找出一点点蛛丝马迹，但我失败了，我不知道，我真的不知道，我哪里做错了，为什么它又找到我！

不知道等待我的又将是怎样的"处理"，一想起那噩梦般的治疗，就心中发颤。

就这样昏昏沉沉到了天亮，还是得收拾起心情，路总要走，有家人，还有朋友。面对现实吧，听医生的，该做什么做什么。医生说，全面检查可以住院也可以不住，不过走门诊，时间长，来回跑。我想，年底了，医院人少，干脆住上几天院，集中查一下算了。于是定了住院检查，再行手术。现在只等床位了。

（二）住院全面检查

2005 年 1 月 31 日　星期一　晴

上午接到医院电话，通知住院。

下午 2 点多，同事袁博把我送到病房，按照上午陈主任的电话，我是应该立刻到手术室，再将刀口切开，扩大范围清扫一遍的。但是，见到陈主任，他又说，王主任认为不必再做手术了，全面检查一次再说。这样下午就是拆了线，没其他事了，明天早上要抽血，所以尽管陈主任问我不回家了吗，我还是留了下来。

房间里有三张床，但只有我和另外一位老太太两个病人。老太太 87 岁了，因胆结石发作从北大医院转来，她的三个女儿和一个外孙在陪着她，大约周四要做手术。

我被分配在靠窗的那张床，四点钟以后就没什么事情了。看了一会儿书，又下去买了一张报纸，一股寂寞涌上心头。此刻，送我的人都走了，我斜倚在洁白的病床上，透过宽大的玻璃窗看外面的风景。还是五年前的楼层，还是五年前的科室，只是房间换了，那时的房间从窗户看出去可以看到蓝天白云，现在的窗户只能看到对面的房间。夕阳西下，日影儿正慢慢地一点一点地在对面的墙上爬，爬过的地方留下了阴影,把银灰色的楼变成了暗灰色。对面窗户里的灯一盏盏熄灭,只有一两个窗口还亮着,偶尔可见一两个迟走的人。一个窗台上放了一个食品盒子,许是怕里面的东西在房间里热坏了吧,主人把它放在了房间外。一个窗户里放着一盆花,是黄色的郁金香,透过玻璃也能看出它高高地昂着头,很骄傲的样子。过了一会儿,一两个迟走的人也匆匆离去了。空留下窗台外那一个好看的、不知盛什么食品的盒子,孤零零耐受着霜寒。

5点钟吃晚饭,是预先订好的。一团米饭、一碗粥和两个素菜,我吃不完,就连托盘一起送回了备餐室。

偶尔也和陌生的老人和她的女儿聊几句。想到她老人家87岁得这种病,是不幸也是有幸吧,哪里像我,才五十几岁就得了人听人惧的癌症!87岁,对于我来说还不知有没有呢。

想到这里,寂寞中又添了些悲凉了,这对于病体更不好吧。

(三)王主任讲解复发

2005年2月2日　星期三　晴

昨天一上午抽血、胸片和心电图检查都做完了。下午1点多,陈主任把我转到了C06-9号房间,这是个单人间,条件当然很好了,有电视、沙发和卫生间。不过,陈主任说,超标了,有部分要自费哦。

这倒也无所谓了。转过来的理由是王主任接手了这件事,这是他的病区。王主任就是当年给我做手术的专家，如今虽然退休了，却还在岗位上。他的技术是没说的。但昨天没见到他。这也许是因为我跑回家去过小年了，结果晚上已经睡下了，医院却打来电话，询问病人到哪里去了，让我觉得很不好意思。今天早上早早赶回来，向护士们说声对不起。

7点30分就空着肚子去做CT检查。先喝药水，然后打针，然后躺在那巨大的机器下的床上，推进去，听机器嗡嗡地响，有些紧张。眼前有小屏幕显示要求：憋住气、吸气、喘气，看着那圆圆的动画小人头，轻松了些。想象着看不见的射线正在我的身体里穿梭扫描，暗暗祈祷无事。

做完检查回来，9点多钟，正好赶上王主任查房，陪同他的还有一位姓谭的医生。看了看刀口，说安心住下来，全部检查完了结果出来再看下一步怎么做。

随后我到了他的办公室。一方面祝贺他新当了外公，一方面想听听他对病情的分析。

他对我说："恶性肿瘤和良性肿瘤的区别就在于它会反复。五年、八年甚至十年都有可能复发。乳癌在这些恶性肿瘤里是程度最轻的，但也不能掉以轻心。当然你也不要紧张，复发了就治，转移了也不要紧，带瘤生存十几、二十几年的也有。我们医院里二十几个得这种病的，也走了几个了，没走的有些人也是十几、二十几年了。我经手的十几个人都还健在。这是从大的角度讲。从你的情况看，局部复发已经有病理报告，是癌组织浸润，不是原位癌，所以有一种意见认为不必再做扩大手术，有一种意见认为要做。等你全面检查以后，如果其他地方还有问题,就要采取全身用药的方案再过一遍。如果没有,就考虑局部放疗,大的手术肯定不用做了,等检查结果出来以后,我们再谈一次。"

以上几乎是王主任的原话,这些话对我很重要,所以我很清楚地记下了。

走出主任的办公室,我说不出来是一种什么滋味。长期以来我太过乐观了,以为自己没事了,身体健康了。陶醉于体能测试的优秀和各种活动中,忘记了那个躲在黑暗中的魔鬼,就在一番劳碌之后,它趁虚而入了。如果此次全面检查其他部位没事,还算是它给了我一个警告,如果又查出问题,那就是它的全面反攻了。我仿佛已经看到了它躲在暗处的狰狞的笑脸。我的心正像那对面的墙壁,一点点变得灰暗。

我必须重新调整思路,正视现实了,心态平和十分必要。王主任说,你不要悲观,那样对治病没有好处,只会添坏处,既要积极治疗,又不要背包袱。话说得很诚恳,也很耐人深思,做到可不容易啊!

人生本来就是有时限的,不过是如今更感到了它的具体和深透。比起小叶(我的曾经一起插过队的朋友,也是我第一次手术时帮助过我的人,可惜,她于2002年底罹患直肠癌,一年后去世)和银宏(是我们在交城知青综合场创业时的朋友,他时任副总经理。2000年查出罹患胃癌,2003年去世),我已经算是幸运的了。从此后要认认真真、平平淡淡、和和气气地过好每一天,把自己最美好的一面留给亲人,留给朋友,留给同事,留给工作。珍惜所有的一切。也要把这种平和传递给海棠、龙儿、敏儿。终究是要分别的，人生在世都是几十年的缘分，让他们也都接受这个现实，珍惜每一天，过好每一天。

我一定会坚强地去争取每一天，给孩子们更多的关爱和快乐。我不会期期艾艾地沉陷在悲苦之中。我有这么好的治疗条件，我一定会闯过这一道道难关的，就算是到了那一天，我也会微笑着接受，平静地离去。

下午海棠来了，我把王主任的话说给他听。他沉吟半晌，然后说，你这个性格啊，凡事太认真太要强，得学学那些出家人，凡事要看开。我说，我不是正看悟禅的书嘛。他说，春节后不行就休息吧。我说，肯定得休息，要化疗、放疗，还不知得多少天呢。他说，再去找找孙桂芝大夫，接着吃汤药。还说，但愿检查完没事吧，去年这一年是太大意了，体检完了就应该再检查（他是说单位组织体检后，就应当继续到医院复查一下，因为体检毕竟不是专业的肿瘤科检查）。他还说：我平时说什么你也不听、不信。是啊，他有时的确说的及时，比如吃中药，比如去复查，比如不让我太累，比如……但我的确太自信、太固执、太不在意了。就说那个昔芬片（雌激素抑制剂）吧，当时医生让吃三到五年，我刚刚吃了三年，就自己停了。复发是否与此有关？说不好。现在能这样想也不算晚吧。他是一个好人，一个好男人，一个好丈夫，一个好爱人。他看我吃了晚饭又聊了一会儿天，我几次催他，他都说不着急，眷恋之情可鉴。我送他下楼，说：没想到五年之后旧事重演。他长叹了一口气：唉！我早有感觉，特别是庆国回来那几天，感觉特别不好。（大弟庆国从日本回来探亲，刚好赶上母亲那里要拆迁，事情太多，心情也不好。）正说着一辆出租车过来了，我赶忙催他上车，待车开出去好久，我才回来。

明日要做骨扫描，且看结果如何吧。

（四）第一次做骨扫描

2005 年 2 月 3 日　星期四　阴

上午 10 点按照预约，到四楼核医学科，一位女护士把要做扫描的人集中起来讲注意事项：先打针，然后去喝水，1 小时之内要喝 500~1000 毫升，然后排尿，不要让尿液污染了皮肤和内裤。3 个小时后来扫描，饭可以照常吃。

这个科室在四层，与住院部相接而与门诊大厅不相连。里面干净、安静、人少。我按照护士的要求，进入注射室，在左手背上的血管中扎一针，推进了一些蓝色的药液，没什么感觉。然后就回来喝水了，一个小时时间里至少喝了四杯，我想足够了，护士说，谁喝得越多，显影越清晰。午饭前没吃降糖药，我不知道那药是否会与身体里的药液发生作用而影响成像的显示。对于未经历过的事情，人总是会想得很复杂，捉摸不透就有了神秘感。护士的每句话都记得清清楚楚，每次去小便，都要用纸擦干净，1 点 20 分最后一次如厕，还用水清洗了一下，唯恐哪点没做好，影响了结果。

当我再次去核学科室时，我对自己说：相信自己，不会有事的，无论要做的是什么，都要"胜似闲庭信步"。

进去后被带进一间门上写着"照相室，射线有毒"字样的房间，迎面就是一个硕大的机器，像一个张着大口的巨兽，那舌头就是一张床，乳白色，显得很温顺。按照医生的要求，我脱去外衣，摘掉所有含金属的东西，包括假牙、眼镜、皮带，然后脱鞋、上床、平躺，两手放在身体两侧，手指向前，两脚脚尖相对。姿势摆好，身上被两条绳索固定。"眼睛呢？""闭上休息吧，十几分钟就好了。"于是我闭上眼睛。室内的人退出去，门关上了，那床自动地收进大口里，巨兽的上颚压下来，几乎碰到了我的鼻尖。我闭着眼，心里默念着：放松，放松。趁机练练气功吧："天灵盖，脑垂体，甲状腺（讨厌！又念成前列腺），扁桃体（又念成半导体），胸……"正默念至此，床动了，我的头露出"口外"了，停了一会儿，又往前走，露出大半个身子了。我知道这是那射线在一点点描画着我的骨骼。生平第一次这样照相！平时的照片有多少啊，春花秋月，青山绿水，哪里没留下过倩影？身份证、工作证、出国护照，哪里都是微笑的半身像，何曾有过脱去皮肉的骨相呢？这一次算是留下了，一定要留个纪念，照完后一定要问问医生：我的骨相是否漂亮，有没有仙风道骨，抑或是风摆扬柳？正自想着，大口已经完全把我"吐"出来了。

"好了，下来吧。"女护士给我解开绳索，我舒展了一下身体。"明天报告送到病房。"护士的眼睛很温柔。"出相了吗，有问题吗？""要等医生仔细分析后才知道，粗看没什么。"说完，她微笑了一下。我已经很满足了。我知道她是不能把话说满的，结论只能等医生来下。但至少她传递了一个让我满意的信息，我对自己身体的信任没有错。

其实，上午我去护士办公室，已经看到了抽血和胸片的结果，基本正常。只是血糖126，偏高，还有几项不太正常的，大约也反映在内科上，与肿瘤无关，因为癌胚抗原的几项指标（癌胚抗原是一个广谱性肿瘤标志物，它能向人们反映出多种肿瘤的存在，对大肠癌、乳腺癌和肺癌的疗效判断、病情发展、监测和愈后估计是一个较好的肿瘤标志物，但其特异性不强，灵敏度不高，对肿瘤早期诊断作用不明显。若与其升高有关的肿瘤切除后，观察其水平可用于该肿瘤复发的检测）都是正常的。肝功的化验也是阴性，我的心里就有了些底了。看来对我的定性就是局部复发了。放射科的王主任也来过了，他说，要放疗，不急，看看还做不做其他治疗，放疗看是否节后做。

至此，所有的检查都已经做完了。我想等王主任来后，请求出院。不见一下王主任就走，终归是不合适的。

（五）还要再做化疗

下午5点多见到了王主任。王主任提出的治疗方案又给了我一个意外。原来，他说的药物治疗就是指的化疗。他说，全身没发现问题并不等于没有问题，既然局部复发了，就是一个信号。医院的方案就是要全身用药，规范的五个疗程，把过去做过的再做一遍，这样做虽然有痛苦，但却有利于抗癌。不过，他说，你可以选择，现在不做也可以，等到其他地方有问题时再做，你自己选择，你也不会出去告我们的（这是玩笑吧）。

这话说的，我能有其他选择吗？到了其他地方有问题的时候不就是转移了吗？那时候再做不就晚了吗？再说，对于治病我们都是外行，只有听专家的。我表达了自己的看法，王主任说，那就从明天开始先做第一次吧。五天之后出院休息，过年，然后到王大夫那里去做放疗，放疗以后再做几次化疗，这才算完成。恰好海棠过来了，我让他也与王主任谈谈，王主任表达了同样的意思，海棠也表示，听王主任的安排吧。

就这样决定了，王主任立刻就给其助手谭大夫安排明天上午 8 点就下医嘱，用药，以 5FU 为主，是否上"顺铂"（是临床常用的化疗药物之一，具有抗癌谱广、疗效确切等特点，但其副作用大。银宏就曾用过，而后停用了）再议。

晚上，一家四口到珠市西口的双来晋阳饭店吃饭。我和海棠从长安街散步过去的，走一走，挺好。霓虹幻彩的王府井，天气虽冷，人流如织。我们一边走一边说着话，相互劝慰，都有了面对现实的态度。他说，做吧，好在还不算晚，治病为主，工作上就弄个虚职靠边站吧。

身体到了这一步，真是要重新考虑许多事情了。各种可能的情况都要想到，像银宏或者像小叶？都有可能，那也是没有办法的事情，只有向最好的方向努力，做最坏的打算了。但一定要积极面对，不是消极应付。如何积极？一是相信医学，二是相信自己。再就是从今天起，快快乐乐地做好每一件事，把一切妄想都抛弃，一切名利都放下，所谓"放下著"（禅宗用语，据传：黑氏梵志运用神力，以左右手擎合欢、梧桐花两株，供奉佛祖。佛祖道："放下著。"梵志于是放下左手一株花。佛祖又道："放下著。"梵志又放下右手一株花。佛祖又道："放下著。"梵志问："世尊，我今两手皆空，更教放下个甚么？"佛祖道："我要你内放下六根，外放下六尘，中间放下六识，十八界一齐放下，放到无可放之处，便是你安身立命处"）即是如此吧，解开一切心结，顺其自然，让自己真的如闲庭信步一般去迎接即将到来的痛苦，我一定能扛过去！我们边走边聊，不知不觉就到了。

晚饭吃的是太原地方饭食，挺舒服。儿女们说说笑笑也很愉快。龙儿说他坐在出租车上还想不行就再做化疗，保险一些，果然就让他说着了。吃完饭，敏儿像孩子似的抱住我，在我的耳边摩挲，一副小女儿状。我岂不知孩子的心情！她是在心疼妈妈，一股热浪涌上心头，很怕哭出声来，忙推开了她。孩子，为了你们，妈妈也要挺住，也一定能挺住！病魔，咱们就来斗一斗吧，你要抬头偷袭我，我就一定要把你压下去，直到最后战胜你。人固有生死，大自然的规律自是不能违，但我一定要争取到晚年，让我的人生完整，让我的孩子们都享受家庭的温暖，让海棠有伴相携。我的想法不是虚空的，我有许多有利的条件：好的医院、好的医生、好的工作、好的身体素质，命运待我不薄，老天自有公道，一定会支持我战胜病魔的。

写到这里自己都觉得可笑了，好像在开誓师大会似的。

117

就算战前动员吧，去迎接明天开始的战斗。反正已经是过来的人了，有经验了，我一定不会有事的。

禅语上说，有病的人最易妄想，这是人生一戒，还是要"风入竹林动，风过不留声（《菜根谭》里有一句："风梳竹林，风过而竹不留声；雁照寒潭，雁过而潭不留影"）"。

现在是晚上 9 点多了，我心已静，做好准备，五天后回家过年。

（六）又是紫杉醇

2005 年 2 月 4 日　星期五　阴（立春）

护士姑娘告诉我，今天立春呢。但外面的天空却是阴沉沉的。

早上起来就头晕鼻塞，试表 37.3℃，感冒了。

昨晚睡不着就想了几个问题：一是糖尿病是否影响化疗；二是感冒；三是综合检查结果。早上起来就去和谭大夫讲，他说都不影响，并告诉我除了骨扫描的结果没出来，其他情况都很好，有些指标与癌症无关系，现在全力治复发。（复发在哪里？不是已经挖去了吗？）

过了一会儿，他又过来跟我讲，医生们研究了一下，认为做紫杉醇比较好，这是目前对乳腺癌最有效的一种药，如果同意的话，三天就可以结束，但副作用是掉头发和影响心脏，问我是否同意这个方案，我同意了。他的理由不容辩驳：

对于复发的治疗要比初始重一些。

掉头发就掉吧，紫杉醇又不是没做过，反正也戴过 70 天假发了。这次要让孩子们去给我买一个漂亮的假发戴上，正好借此剃掉我这一头烦恼丝。

谭大夫又过来了，说紫杉醇有两种：进口的和国产的，进口的贵一些，9000 多元一支，要自费 20%，它纯度高，副作用小。我毫不犹豫地答应了，半年下来不就是一万多元钱嘛。这样我就不必熬五天，只要三天，然后就可以回家了。

一会儿药就要来了，估计今天不用紫杉醇吧，三天中只有一天用。能用最好的药也是福分了。

2005 年 2 月 5 日　星期六　阴

昨天 10 点钟开始上了化疗药，阿霉素，一种很漂亮的红色液体（依稀记得当年也用过）。看它被装在扁扁的瓶子里挂在输液杆上，熠熠生辉，满怀着克敌的自信，一副志在必得的神情。红色像血，有着勇气，但愿它马到成功。当然，功劳也大，成本也高，我必须付出好细胞来作为陪绑的代价，去忍受它厮杀带来的痛苦。无奈，只能如此。医院为减轻毒副作用已采取了周密措施，在它之前之后都输了些增强免疫力的药剂，也注射了胸腺五肽（一种可增加免疫功能的西药）。

也许是感冒引起，也许是化疗引起，只觉得困、累。海棠 7 点多走的，我 8 点多已经睡着了，以至于护士来给我送药都觉得奇怪：怎么这么早就睡了？

早上起来试表，35.6℃，不烧了。昨晚吃了护士给的感冒通 2 片。6 点 30 分起床，觉得还挺有精神的，就照常起来洗漱，例行大便，都很正常，又浇花、叠被，打回早点，再坐下来就不行了，气喘吁吁的。看来还是有反应。没关系，吃饭，只要不吐就吃，增加营养。看新闻，转移注意力。

护士又送来好几种药，昨晚吃了保太松，是为今日的紫杉醇准备的。今晨送来的是扶正胶囊、维生素 B，是增强免疫力、抵抗力的。这些药物统统进入我的身体，它们是去参与一场恶战的，我坚信正方一定成功。

昨天局里的同事们来看我，给我送来了一盆紫色蝴蝶兰，放在景泰兰花盆中。那花盆不仅有个金色的福字，而且金色滚边映着宽厚油绿的叶子，一簇簇紫色的蝴蝶形兰花，煞是好看。记得在海南时，多见这种花，但都是花树，姹紫嫣红。到了北方竟成了这小小的盆景了，也是适应水土变幻的生存环境吧，可见生命自有保护自己的能力。她可以舍去粗壮的外形，甚至可以舍去长远的花期，但其基本的花质不变，那一份美丽与高雅不变，她的生命伴随着不变的种子依旧绵延不绝，这不就是她的生命价值吗？

不禁又联想起在海南看到的不老松和红棉树。现在我有些想法了（当时还有困惑），就其生命而言，我更推崇不老松的随时应变，这需要更高的智慧、意志和能力。顺其自然要能理解自然，剔除许多人为的东西，"应变"要能了解变，有对应的办法，这才能够"应"，这是一种积极的人生态度，而不是消极的，不是委曲求全的，不是自甘堕落的，这其中的滋味不入其中是不得详解的。

过去所谓的"心结"，俱全是追逐潮流而给自身增加的所谓追求，全不看自身的条件，一味争强好胜，结果是屡屡受挫而仍抱定"不悔"之志。上一次的警钟只敲响了一半，所以才有了这一次的"再警示"。要解心结也非易事，俱得理顺、理清，细细找出其表现，再各个击破，趁着养病期间，慢慢解吧。

一会儿就要上紫杉醇了，精神抖擞上战场吧！

在卫生间里，微笑着对镜中的自己说：没事的。

2005 年 2 月 7 日　星期一　阴

在经过了 5 日那天的输液后，身体发生了明显的变化：乏力、胃腹部不适、头昏，这就是化疗药物副作用的结果。这化学药物真是厉害，就这样轻易地拿走了我身上的力气。

6 日早上去放疗科，为了约定放疗的事情。然后又回到病房继续输液。据说这次输的不是化疗药，而是营养液，增强免疫力的，但我仍觉得比 5 日那天输完还难受。下午 1 点多输完，给护士站写了假条，海棠把我接回了家。晚上，局里的同志们会餐，我还是去了，同志们那么热情地欢迎了我，又那么热情地关照了我，令我心中充满了感动。我坚持了一个多小时还是先回来了。几位男同事直把我送到大门外，在我一再要求下他们才回去，同志情谊啊，难得。

今天早上办公室小马开车来接我去医院办理了出院手续，然后到放疗科预约了初八早上去验血，定方案。回来后又到社区卫生所打了针。

昨晚下了点小雪，今日的空气十分清新。我就在家休息，待体力慢慢恢复吧。

手没劲儿，写到这里已经很累了。

（七）终于昏倒

2005 年 2 月 11 日　星期五（大年初三）

就在 7 日那天半夜，我晕倒了。

本来身体就很虚弱，又因为一天没大便，怕便秘难受，就吃了两次芦荟胶囊。睡到半夜，腹中如刀割般绞痛，就一个人起来到了卫生间。坐在便盆上，大汗淋漓，疼痛不减却一点，便意也没有。这感觉忽然让我想起多年前在交城综合场时的那次晕厥，心想要坏事。为了不影响他们休息，我就坐在那里不动，想等疼痛好些再起来。不知过了多久，大汗依然不断，从镜子里我看到自己惨白的脸。又过了一阵，似乎好些了，我就站了起来，谁想到竟一头栽倒在门口，那动静肯定不小，惊动了海棠他们。我却没有任何知觉，再睁开眼睛时，已经躺在床上了，海棠捧着我的脸，孩子们围在身边，我一点劲儿也没有，只说了句："我怎么了？"就又闭上了眼睛。

好不容易安静下来，忽然又听到"哐啷"一声，原来是海棠睡不稳，去了卫生间，匆忙中碰倒了门后的躺椅。这一夜真是不安生啊！

第二天，龙儿告诉我说："我爸见您倒在地上，大声哭着喊我，是我把您抱上床的。您也太不小心了。"我隐约能想起前夜海棠不停地给我盖被子，抚摸我的情形，心中多了一份爱的感受。

下午丁丁和小群来了，才知道了我的情况。小群说，赵诚（原来在太原时的朋友）也曾经有过这样一次，那还是他写黄万里之前呢。她给我送来几本好书。这两天我就在家看沈容的《红色记忆》。每篇文章都不长，很平和，就像一位慈祥的老奶奶，心平气和地叙述着往事，但很耐看。

昨天又是妹妹建华、小弟庆安两家在轮流陪护老太太的间隙赶过来看我（母亲因肺炎住院了）。我很高兴，我们在百富源酒楼请他们吃中饭。大家在一起聊家常，又赶上过年，很愉快。

今天就是初三了，这年很快就过去了。敏儿说真是太快了。

从医院回来以后，我每天去附近的社区卫生所打针，3针瑞白已打完，15针胸腺五肽也打了三次了。这个社区卫生站真是方便，四五间房、五六个医生护士，一般的疾病都能应付，基本上的治疗手段都有，看来这的确是医疗改革的方向。

身体感觉好多了，又找出余桂清大夫的方子抓了几服汤药，还真见效呢。

2005 年 2 月 15 日　星期二　雪（大年初七）

下雪了，看窗外棉絮般的雪花儿恣意飞舞，这天地间的精灵好惬意啊！

这几天的我可很不惬意。初三就开始鼻涕眼泪不停地流，又咳嗽，身上更没劲儿了。看来是感冒加重了。不是头重脚轻，就是剧烈咳嗽，很难受。让龙儿去买了吗啉呱（病毒灵）来吃，到了初五，终于不流泪了，可是咳嗽得厉害，鼻塞，尤其昨晚咳得最甚，我自己把嗓子周围的脖子都捏红了，料想可以起到刮痧的作用，又吃了维 C 银翘等药，今晨好了些。唉，这一次的反应怎么这么厉害呢？连口疮也疼得吃不了饭。海棠他们都说是因为初二那天大家来，又出去吃饭，太累了，又着了凉，本来就感冒了，这一重复就更厉害了。所以海棠拒绝了几个朋友的来访。

昨天一天我连屋门都没出。明天就该去做放疗了，就目前的这种身体状况和天气情况，看看再说吧。

2005 年 2 月 16 日　星期三　晴

今晨雪住了。早上 8 点我自己去打了针，然后就到了办公室（离家近就是好），见到了老郑和同志们，很高兴。我向老郑谈了病情和治疗方案，表示自己愿意尽量参加学习和工作，如果对工作影响太大，就接受组织的安排。他说，重要的会议参加一下，以治病为主，看身体状况。

然后，小马开车陪我到医院，先抽血，然后去了放疗科，又做了 CT、定位、划线，李明大夫（一个青春焕发的女孩子，大约刚参加工作不久吧）说，看来问题不大，周一开始放疗吧。
她让我把感冒赶快治好。中午我们返回家。

咳嗽仍不好，争取这几天养好吧。

2005 年 2 月 19 日　星期六　晴

又是两天过去了，感冒似乎轻了些，但咳嗽仍不见好。
吃海棠买来的咳喘胶囊似乎有些效果，但大便又不痛快。昨
天，局里袁博送记账单时，送来了交沙霉素和甘草合剂片，
今晨吃了交沙霉素和抗病毒口服液，看看效果如何。

昨天下午，三位京剧队的老同志来看我，带来了老同志
们的关心和慰问。

这两天我的手机也关机了，我真怕给同志们带来麻烦了。

头发已经大把地掉了，看来这化疗的反应一点也不轻。
这一次心情倒是十分平静，安心养病吧，急也没用。

妈妈还在医院住着，几个弟弟妹妹可真辛苦了。有时想
想，命运真是奇怪，大弟弟去了日本，我又生病在家，两个
大的都不能在妈妈的病床边，反倒是三个小的受折腾了。

2005 年 2 月 20 日　星期日　晴

风停了，雪住了，艳阳高照，看来今日天气不错。

感冒似乎好了，只是还有些咳嗽。昨日吃了一天交沙霉
素，见些效，但一躺下还是不行，只好又吃了咳喘胶囊方得
安睡至今晨 8 点 30 分。梳头，头发大把地掉，不敢洗头，只
怕一洗头就掉光了。

昨天让龙儿去看了老太太，说是大有好转，下周也许就出院了。那就等出了院再去家里看看吧。

2005 年 2 月 22 日　星期二　晴

昨天又出现了一个波折。

早上起来我和海棠到医院去准备做放疗。路上车多人多，打不上车也，挤不上公交，折腾了一个多小时才赶到地铁站，乘地铁去医院，到那里已经 9 点多了。抽血、拿药，10 点钟到了放疗科。一见到李明大夫，她就说，你的手机总不开，有个情况要讲一下，你的 CT 显示肺部有阴影，搞不清是什么，如果是肿瘤，那么治疗就要以化疗为主了。听到这话，海棠的脸色大变，一下子就趴在桌子上了。李明忙问："你爱人怎么了？"他慢慢抬起头说："没事，可能是早上没吃东西。"

我很奇怪，怎么会有阴影呢？住院时的全面检查没有问题啊，是照了胸片的。李明让海棠去病历室拿了胸片，看来看去，也觉得没有问题，又把肖主任请来，拿出在他们这里照的 CT 片来对照，比较来比较去，又在他们这里照了胸片，也没看出问题。于是他们提出要再做一次 CT。他们说，看来不是肿瘤，肖主任说，不能发展那么快，但为了搞清问题，还是得再做一次胸部 CT。这时已经到了中午，我又跑去找朋友老高，请她打电话给 CT 室，让我下午可以做。这样我和海棠就到地下一层的饭堂吃了午饭，下午 1 点 30 分去了 CT 室，2 点多做完，我们打车回家，筋疲力尽。

尽管我觉得不会有其他问题，但这"肺部阴影"还是让人紧张。海棠在放疗科，有一瞬间脸色苍白，他说是饿了，但我觉得他是着急。回到家，敏儿听到这消息也很紧张，又看到我的已经基本掉光的头发，她的眼圈都红了。

我自己又想了很多，假设真是肺部有问题也没有办法，该如何治就如何治吧，该走也只能走了。我无所谓，却会给他们带来多么大的痛苦！我还是要坚强、要快乐，要乐观地面对一切，去争取时间。连老高和她办公室的小吴都跟着我着急，不断地安慰我，真是好人。

我觉得最大的可能就是肺部炎症，不会是其他。

2005 年 2 月 23 日　星期三　晴转阴雪

今天是阴历正月十五，元宵节，但我没有一点过节的欢乐。

早上 8 点多，我和海棠坐出租车去医院。路上接到老高的电话，报告好消息：肺部的阴影是有炎症，无其他问题！这消息虽也在意料之中，但却实实地放下了一份沉重的心情，尤其是海棠，他立刻要将这消息告诉两个孩子。下车后，他搀着我说："昨天一天我快崩溃了，什么也不想干，只想着早就咳嗽了，为什么不早看？心里觉得十有八九是有问题了。"我被他深深地感动了。我知道，家里有人得了病，最难过的其实是家属，他们眼睁睁看着亲人的病痛，自己又束手无策，那一份痛苦真是难以形容。

我们去拿了结果，是慢性炎症。这样明天就可以做放疗了。

想起来昨晚，其实自己的心情也是极不好的，否则也不会为了敏儿一句让我看咳嗽的话嫌烦，惹得她生气关上房门，我自己又在卧室里掉眼泪。夜里做了一个梦，梦见自己站在房间里，却突然地陷了下去，第一次只掉了一层，又上来，第二次却掉得很深很深，但最后还是见到了家人。这或许是个预示。无论如何见到今日的结果，海棠的脸上也有了笑容。连李明大夫都说，你爱人今天轻快多了。

下雪了，望着窗外飞舞的雪花，敏儿说像看电影。海棠连连说："好！好！今年定是个丰收年。"一面就用他那30万像素的手机，忙忙叨叨地在几个窗户前拍照，结果全是模模糊糊。也许是由于他自小生长在农村吧，他比我们对气象变化更上心。

好了，早息。明天去放疗吧，天气不好，路况不好，早做准备。

（八）又做放疗

2005 年 2 月 24 日　星期四　阴转晴

今天终于开始放疗了。放疗之前，除了反复定位、拿出计划以外，还有一项过去没有的程序：患者或家属签字。李明医生拿出一张表，上面有放疗后可能引起的各种反应，属于我这种情况的大约有 9 种，其中最主要的就是肺部受损、肺炎或纤维化。她说由于用量不大，这种可能性也不是太严重，但要注意消除诱因，不要着凉，不要感冒，一旦引起肺炎要及时治疗，必要时停止放疗。我看了这张表，感觉和手术前的家属谈话性质一样，一堆可能出现的情况，但你还得做，这也许是为了使患者有更多的知情权，也许是为了一旦有了官司，对医院也是个保护吧。听她解说后，就签了字，同意放疗。反正也不能选择不做啊。

这次放疗的部位主要是右胸壁 25 次，完后还要追加 5~10 次在创口上。我注意数了一下，每次两个部位（正面、侧面）共 10 秒钟，比起上一次做腋窝和锁骨时间少多了。

大夫们很是尽职尽责，态度也很好。

中午回来休息了一下，下午去打针，然后又到办公室去了，一个多小时回来。风很大，也许是受了凉，也许是累了，晚上就有些咳嗽、鼻塞，赶紧又吃了板蓝根和交沙霉素。也许是年纪大了，身体弱了，这一次的放化疗反应要比上一次大。再加上母亲住院，海棠生病，心里总是不静。晚上躺在床上竟然又落下泪来。自己也知道这种状态不利于养病，也只能开导自己：该放下的要放下，现在的主要矛盾是自己的身体！

2005 年 2 月 27 日　星期日　晴

现在是早上 8 点多，他们都还在睡觉，我自己吃了早点，一个人静静地坐在客厅里写日记。

周五下午煎了余桂清老先生的中药，吃了一剂就觉得很有效似的，直到现在也没怎么咳嗽。细想起来，我的体质还算不错的，若是一个健康的人得了肺炎，也不一定能恢复得这么快呢，但总还是大意不得。

昨天除了打针就再没出去，看窗外阳光灿烂，天气不错，心情也不错，许多事能静心就对了。

下午孩子们去看了姥姥，回来敏儿说："姥姥瘦了。还认得我，让我听妈妈的话，看上去挺可怜的。您可要好好保养身体，要是躺在那里的是你们俩，我可受不了。"龙儿说，姥姥肌肉萎缩了，肺炎见好，但有时迷糊。我知道母亲脑萎缩，有栓塞，这是导致她迷糊的原因。这次医生怀疑她肺部也有栓塞，如果真是那样，情况就严重了。想到这里心中有些难过，也许妈妈要熬不过去了。海棠劝我说，没那么严重，她已经快80岁了，身体各方面肯定会有问题，还不至于过不去。还说，过几天天气好了，我们可以去看看她。

躺在床上，我想起《音乐之声》电影里修道院院长说的一句话："走命运安排好的路吧。"妈妈的一生快走完了，这是谁也无可奈何的事，我的一生还没走完，剩下的路布满荆棘，时时如履薄冰。我们都要安分。我得调正好自己，为了孩子们，为了海棠，为了这个家。"桃红柳绿""落花流水"，这应该算是大情义吧。

2005年2月28日　星期一　晴

孩子们给买了一个发套，除了颜色有点棕色外，形状、质量都很好，我已经戴上了，感觉不错。真奇怪，头发居然能给人这么强的自信。

2005 年 3 月 1 日　星期二　雪 阴

看了五年前的日记，好像那次在治疗时活动还挺多的：住在芍药居（北四环边上，离单位、医院都那么远）、报社的遗留问题、单位分房的事、海棠生病、母亲来住、亲友探视等，似乎身体都撑住了。这一次从家人来说就比较紧张，再加上感冒、肺炎，身体特别虚弱，所以格外小心。龙儿说得对：您那会儿还比现在年轻呢。是啊，小心没大错，这些日子天气不好，每天还得跑医院放疗，还是多多注意吧。

2005 年 3 月 3 日　星期四　阴

昨天给老郑打电话，说了治疗情况。他说，天气不好，办公室也没暖气，在家好好休息吧，看病为主，不要急着上班。

是啊，这一次大家都比上次小心了。我要领情，安心养好身体。时间也快，今天已是周四，这一周又过去了。

给建华打电话，知道母亲病情大有好转，也放心了许多。

2005 年 3 月 4 日　星期五　大风

早上去做了血常规检查，主要的三项指标——白血球、红血球、血小板都在正常值内。白血球 4300，李明说比起上次的 6500 来是低了，比起初八那天的 4500 也低了，看来放疗还是有些影响。但我觉得这似乎是我的正常水平，印象中几次体检也就是这个数。李明说不必吃药，下周再看吧。李明是个年轻的女医生，很细致，也很谨慎，不像有些大夫不管有用没用就爱给人开药。

外面大风凛冽，颇有严冬的气势，我还是老老实实在家待着，不敢出门。

小群打来电话，说要找些小说来给我看，我想自家还有书看，让她就别跑了，她的身体也不好。她总是很惦记放化疗对我身体会有严重损害。我告诉她，医生的治疗方案很谨慎，我的身体也还承受得了，让她放心。

唉，这就是朋友！仿佛自己就有切肤之痛似的！

2005 年 3 月 5 日　星期六　晴

天气忽然好了，看窗外阳光明媚，但我仍没出去，在客厅里打了一套杨氏太极二十四式。

虽说血常规正常，但放化疗的每一步我都走得战战兢兢，如履薄冰，毕竟五脏六腑是在承受着打击，不小心一点，万一出了什么问题就麻烦大了。这也叫做"战略上蔑视敌人，战术上重视敌人"吧。

昨天在放疗室，遇到一位病友。她只有 45 岁，去年 11 月查出乳癌，做了手术。三次化疗之后开始放疗。她说：得了这个病真烦！这不就是判了死缓吗？随时都可能死，即便能活 20 年，也才 65 岁呀！这话虽有些悲观，却也是事实。但命运的安排谁又能知道呢，生死本就是一线之间的事，既然无法知死，那就好好把握生吧，过一天就多一天，不是么？我以此话劝慰她，也告诫自己。

2005年3月6日 星期日 晴

天气突然热了，昨日的气温到了8℃，据说今日要到12℃呢。昨天下午和海棠、敏儿去家乐福买了三包一次性床单，准备每次做放疗时垫在身下，要不然那张床那么多人躺，虽说穿着衣服，心里也咯应。也许是转的时间长了，有点累，回来就睡着了，直到6点多才醒，两个孩子都不在，我俩熬了点粥。

这一段真是累坏了海棠，每天做饭、洗衣、买东西，不过看到我的身体渐好，他的心情也好起来了。我不要再与他生气了，平平安安地过日子，过好每一天。

晚上京剧队长老林又打来电话，说是我们的琴师李老师要来看我，这让我觉得非常不合适，让70多岁的老人登门来看我，这可不行。我想还是明天上午去一趟单位，看看他们吧。

2005年3月7日 星期一 晴

又一轮放疗开始了。早上起来先到局里，同志们都让我以治疗为主，不要着急上班，先把身体搞好再说。我又到京剧队活动室，见到了李老师和戏友们。收到了李老师送的雪莲（据说用它泡水喝，可增强抵抗力），还有戏友们的戏剧艺术照，真漂亮！9点40分同事袁博开车送我去医院，11点回到家。一路上还谈了谈工作。党委何书记说得好："干惯了工作，一下子停下来是有些不适应。"

2005 年 3 月 8 日　星期二　晴转阴

上午修地板的工人来了，所以我只能一个人去医院了。海棠还是不放心，我对他说：比起那时候住芍药居来，现在条件好多了，交通也方便多了。我还总不放心他呢，这就是牵挂，就是亲情。

下午 4 点多，原来插队时的插友们来了，几个当年的小姐妹如今都是 50 多岁的人了，脾性依旧，谈笑风生，兴趣盎然。

2005 年 3 月 10 日　星期四　阴 有风

又到周四了，上午先到李明大夫那里开了验血单子，明天又该查血了。算起来已经放疗第十一次了，也快。其实快与不快只是感觉而已，时间就这样过去了，在治疗中，在养病中，在家中……

今天上午从医院回来，坐在出租车上突然觉得胸口憋闷，后背疼，嗓子眼里有那种长跑之后干涩的感觉，心想这是不是心脏病啊？做化疗时医生曾说那药会对心脏有损害，是不是有反应了呢？待到下次化疗时一定要问一问，而且也要再开些药来。

（九）惊悉另一方案

2005 年 3 月 11 日　星期五　大风 晴 降温

海棠一早就去接蒲县（我原来插队的地方，我曾在县城一中教书 10 年，也是海棠退伍后工作的地方）来的人了，龙龙陪我到医院。今天要验血还要开药。

外面的西北风刮得好大，气温只有 0℃，倒春寒真是厉害。

验血结果很好，白血球 4700，比上次还高了，看来我的身体还可以。李明大夫的一席话又给了我惊喜。她说，肿瘤科的人认为我做完放疗后，可以不再做化疗，而开始内分泌治疗。这让我一下子觉得轻松了好多。李明说，这只是一种方案，最后如何确定还要再商量。

不过我认为肿瘤科的意见应当比外科的更专业些吧。当初我曾做了九次化疗和七周放疗，也没挡住复发，这是否说明内分泌治疗这块过去重视得不够呢？到时候看看吧，如果这个方案真的可行，我将选择。

海棠和孩子们的第一反应是：管用吗？看来大家的标准是一致的——怎样做更保险。我们都不是这方面的专家，李明说得对：多了解几种方案有好处。

向李明说了昨天的心痛，她给开了保欣宁（一种心绞痛时喷入嗓子的中药）。

2005 年 3 月 12 日 星期六 晴 风

昨天去开中药的时候，测了一下餐后两小时血糖，13.2，偏高。医生说，不能再喝含糖量高的口服液了，而且降糖药还得加量，除了每天三次、每次七片金芪降糖以外，还要早晚各吃半片格华止。医生说得对：血糖控制不好对恢复健康不利。

今天早上又查了一下餐后两小时血糖，7.9，降下来了，就按这个方案吃药吧，否则会引起心脏病的。

今天又开始注射胸腺五肽，这药很贵的，15天每天2支，5000多元。

又想起李明说肿瘤科认为可不做化疗的意见。作为患者真的无从选择，这种病又是谁也没有治好的把握。上次做了九个疗程的化疗和七周放疗，也没挡住复发，是否自身免疫和平时注意最重要？

下周看看化验单的结果再说。

2005年3月13日　星期日　晴

昨晚和建华通电话，言及母亲的病，脑部有囊肿，如果进一步检查不知高龄老人是否能承受，但要出院又不知有多大的风险。看来，要找回昔日的母亲是不可能了。

海棠又到蒲县朋友们那里去了。一方面，他觉得自己回县里时人家曾热情接待，应当礼尚往来；另一方面，我觉得他在这个大都市里太寂寞了，他和他们在一起，会有鱼水和谐之感，由他去吧，只要别太累了。

小群让丁丁送来四本书，不是回忆录，是小说类的。我正在看旅美华人、台湾联合文学奖作品、首发奖获得者袁劲梅女士的《月过女墙》，是写旅美华人在东西方文化碰撞中的生活的。其实，我想这种碰撞何止在美国，何止在东西方之间，就在我们身边也比比皆是：知青与农民，市民与打工者，知识分子与劳动者……差异、碰撞，本身就是生活。

下午，蒲县我曾经的房东家儿子小强，带着他的妹妹小丽、小丽爱人、他们的婶子一同来到家里。大约 20 多年没见了。1981 年春节，我们举家离开县城到交城原省委"五七干校"旧址，创办知青农工商综合场，但因为我是县城一中的老师，县里迟迟不给我办理调动手续，说是省里有规定：山区教师一律不许调出县城。没办法，我只好带着一岁多的敏儿回去给初二年级的学生上了一学期英语课，当时就是小丽的父母安顿了我们母女。

那时的小丽还是个一头自来卷发的小姑娘，他的父亲是海棠的好朋友、城关生产大队的支部书记。曾经家境十分贫寒，改革开放以后逐渐发迹，如今手中既有铁厂，又有煤矿，整个家族都成了富翁，资产可达数千万。从今日来的这几位衣着就可以看出，哪里有山村的踪影啊！已经是三个孩子母亲的小丽留着披肩发，依旧是自然卷曲，一身时尚的皮衣、皮裤，本就姣好的眉眼，略显富态，更是面如满月了。那两位中年妇女也是衣着得体，如不是说话的口音，走在大街上绝不输于任何一个城市白领。

小丽率真的性格依旧，说起儿时与我们的共同生活，尤其与龙龙共享玩具，津津乐道，如数家珍。童年给她留下了太深的印象。她还记得那年我们回去，与她同住在一条炕上，半夜里起来捉耗子的往事。确实令人终生难忘。

2005 年 3 月 14 日　星期一　晴

新的一周开始了，放疗第一疗程已经过去了一半了，也挺快的。其实，快慢已无所谓，这就是生活，就是一天一天的过日子罢了。

从医院回来的路上，海棠接到小强爸爸虎山的电话，说是海棠的三姐夫已经过世了。三姐夫去年忽然发现自己的脸色焦黄，开始没当回事，后来连眼睛都黄了，这才和我们联系来到北京，去医院检查，说是胆汁返流，不做手术很危险，以急诊进入医院，手术是做了，但最后诊断的结果是胰腺癌。就这样回去又过了将近一年，还是走了，医生说已经是奇迹了，原本以为只能活半年的。现在他走了，这消息也在意料之中，毕竟他得的是恶性程度很高的癌症，走了也解脱了，孩子们也解脱了。但最苦的是三姐。他们夫妇年轻时自由恋爱，甚至冲破家里的反对，不惜"私奔"，终成正果，一辈子相亲相爱。三姐身体不好，患有心脏病，曾到北京来做手术，三姐夫一直相伴左右，呵护有加。现在他倒走在了前头，三姐的悲痛可想而知，以后的日子多么难熬啊！

想到这里，真是慨叹人生苦短，命运难料！

下午去局里又听到了李全喜老人去世的消息，那个在门球场上活跃的身影立刻映现在眼前。老人今年79岁，死于心脏病。最令人敬佩的是老人生前已经留下遗嘱，遗体捐献，家属们也都支持，遗体告别后，协和医科大学来车拉走了。想到老人的遗体将泡在福尔马林液体中供医学院的学生们上课用，心中真有点不寒而栗，也更加敬佩家人的勇气。

2005年3月15日 星期二 晴

下午我和海棠到朝阳医院去看望老太太。她躺在病床上，看上去身形缩小了，人瘦了，但脸上气色很红润。建华说她能吃能睡，除了大小便有些失禁外，其他一切正常。我一直拉着她已经枯萎的小手，轻拂着她的头发。后来她哭了，我也哭了。自始至终她只说了一句话："我的孩子我怎么不认得！"

人老了很可怜，无论性情如何此时都是最需要人照顾的时候。可惜她五个子女能始终在身边的却是寥寥。建华说，周五她就可以出院回家了，但回去以后怎么办？只能走一步看一步，大家再商量商量。全都交给保姆恐怕是行不通吧。恨自己身体不争气，否则接过来伺候也是尽孝道啊，唉！

2005年3月16日 星期三 阴

一个电视节目上说，人过40岁，生理上争强好胜的激素减退，所以年龄越大越归于平和，此话有些道理。人的每个年龄段，其生理状态是不一样的，像我们这样快60岁了，即将步入老年的人，许多事确实应当重新对待了，比如对于疾病，年轻时可能只是暂时性的，而对于我们来说，则可能变成一种正常的生存状态，因此要有打"持久战"的思想准备，将心态调整好。

2005年3月17日 星期四 晴 风

又到了周四了，又该去开验血的单子了，到今天为止，放疗做完了第十六次，已经完成了 2/3。昨天李明大夫说要去找肿瘤科的专家对下一步的治疗制订方案，预定时间吧。

2005 年 3 月 18 日　星期五　晴

今天去验血，血象低了，由上次的 4700 降到了 3400，血小板和血红素也低了，是放疗的必然结果吧。随着剂量的累积，反应是一定会有的，李明给开了升白细胞的口服药，从今天起就开始吃上吧。

李大夫说肿瘤科那里已经打来电话，他们的方案就是内分泌治疗，用一种叫做芳香酶抑制剂的口服药，也要重新验肝功，这种药对肝、肾也是有损伤的。看来哪种方案也不好受，这就是治病的代价吧。我想，除了吃药，还是要适当锻炼，让身体强壮起来，否则连治疗的本钱也没有了。

李明说，下周三去找肿瘤科程主任。

抽血等结果的空当，我去看了老高和小吴。老高的意见是：到肿瘤科。因为已经没有外科的指征（一般指手术适应症）了，肿瘤科比较专业。这样，我和海棠就决定下周三去肿瘤科了。

人生了病总是急于治好的，但治病的方案却不是唯一的，这种选择对于患者来说有些困难，也只好"摸着石头过河"。

在放疗时，碰到一位靠低保生活的患者，已经作了手术，并作了三次化疗，完全自费，生活负担可想而知。

2005 年 3 月 19 日　星期六　晴

　　早上，静静的，我一个人起来。复习了一遍陈氏太极八十三式——这是去年在行政学院学习时新学的。中间连不下去了，忙把田老师的盘拿出来，看了两遍才算记住，可是已经没劲再打了，明天吧。还想趁着这些天在家把杨氏太极四十二式学会呢，看情况吧，反正要活动，左眼血管已经硬化，不要总是看电脑，太累。

　　中午二弟庆平夫妇来了，我们就在家里吃饭，海棠做了他最拿手的刀削面。

　　庆平说，老太太已于昨日出院，是他们夫妇、永来（建华夫）、小王（小弟媳）四个人办理的，庆安出差是晚上回来的。为了老太太回家，小王他们把床放低，又专门买了垫子和使用尿不湿的腰带。庆安夫妇对老太太尽心尽责，很不容易。庆平说，有些事情他有了新的认识。

　　说起家事，庆平认为做子女的，为父母出多少力都是应职应份的，不必抱怨，也不必指责别人。老太太心态不好，我们要调整好，不能任由她的性子。

　　无论怎么说，这副很现实的重担就摆在了庆安夫妇面前了，挺难的。

　　说起治病，庆平又是颇多感慨。他认为现在的医院不负责任的事太多，单纯追求效益，不为患者考虑。确实如此。他说，与老太太同一病房的一位 60 多岁的老太太，周五看着还挺好的，周一就去世了，因为高烧住院，至死没查出原因。还有一位不到 30 岁的女子，住了很长时间院了，也查不出病因，患者自己要求出院了，这不是耽误人吗？

我聊了一会儿先去睡午觉了，他们一直聊到 3 点多才走，而我则睡到 5 点多才醒，也许是上午转地坛公园、中午吃饭又聊天说话，累了。

2005 年 3 月 20 日　星期日　晴（春分）

每天都是早上起来写下日期，然后用一天的时间陆陆续续写出一天的事来。

想起昨天和庆平谈到的医院治疗问题，我自己也是一个例子：外科专家是一个方案，肿瘤科又是一个方案，不知该听哪个的好。从身体少受折磨看，当然不选择再做化疗，但从治病看呢？庆平说，对于医生来说这不过是学术之争，可对于患者来说呢？就是在赌命了。就自己身边的人来看，有不用化疗去世了的，也有用了化疗救不过来的。王祖香、罗英都没做过化疗，现在仍健在，李冠生、华荫昌、小叶都做过化疗，还有三姐夫，却都没保住命，到底该做还是不该做，化疗到底作用如何？这么高深的问题连医疗界都有争论，作为患者又怎么能明白呢？

我只能这样想：肿瘤科对于肿瘤应当比较专业吧，这一次全身检查没有发现转移，是否不必全身用药了呢？上一次完整地做完了所有的疗程，仍没挡住五年后的复发，是否因为内分泌治疗的力度不够呢？其实人生本身就是一场博弈，明天未知的因素太多了，权且当做是加强内分泌治疗吧（这也是乳腺癌治疗的一个方面），先选肿瘤科的方案，平时再提高警惕，保护好身体，不要再出问题。比如加强锻炼、吃些中药、适当休息等，真的出现了问题时，再按新问题处置吧。

好了，去打两套拳吧。

2005 年 3 月 21 日　星期一　阴

上午去放疗，又见到一位工厂的病友，也是普外科王主任做的手术，化疗用的却是一种叫艾素的药，全部自费，做完化疗需 10 多万元。还有其他几位病友的治疗药物也都不一样。看来同一个名字的病，治疗也是千方万法呢。

（十）第一次去肿瘤科

2005 年 3 月 23 日　星期三　晴　大风降温

昨天还是 17℃，今天就降到了 9℃，而且刮起了大风，这鬼天气！

早上 7 点多就和海棠一起打车到医院，去肿瘤科看程主任的门诊。说来奇怪，罹患肿瘤这么多年，今天却是第一次看肿瘤科，若不是李明大夫提醒，我还一直在外科转呢。程大夫认为完全没有必要化疗，因为如果化疗无效的话，3 年就复发了，现在已经过了 5 年多，必须考虑内分泌治疗。我还询问了为什么会复发的问题，他的解释是：目前的科技发展还没有到完全控制癌症的程度，作为医生用足了科技成果而没有成功是无奈，没有用足而失败是责任。他还说，目前对于乳腺癌来讲是癌症里面控制得最好的。像我这种情况应该没什么问题。他给开了验血单子，下周三有了化验结果之后再确定用药。

我去抽了血，先看了血常规，白血球4100，升了一点点。

程主任40岁左右，南方人，戴着大口罩，露出的两只眼睛很圆很亮。我觉得他说的关于复发不是化疗失败的话，有些道理，与我前些天的推测不谋而合。我们选择了这个方案。

2005年3月24日　星期四　晴

下午海棠去输液，我就到了单位，与同事们聊起治疗方案，大家也颇多感慨。老郑说，方案好不好还得看效果。这其实也是我多日来心中所想。但是，一则效果不会很快显现，二则效果不佳，岂不误了病情？这真是无可奈何的选择。觉得肿瘤科的说法似乎更有道理，更能让人接受，且他们又是专业，暂且如此吧。

2005年3月25日　星期五　晴

今天李明给我开了些涂抹的药，她说否则皮肤会溃破的。嘱一日三次。

2005年3月27日　星期日　晴

天气一下子就暖和了，但暖气还没有彻底停供。

昨天去母亲那里，老太太躺在床上，看上去气色还不错，但我感觉她有些语言迟缓。庆安夫妇在，保姆小花伺候得也很周到。

这两天我的精神不太好，走路多一点，手脚就会肿起来，想必是肾虚吧，好在吃饭、睡觉还正常，再坚持 8 次吧，不过后 5 次追加，会更厉害吧。

2005 年 3 月 28 日　星期一　晴

从今天开始启用新的日记本。

今天打车非常困难，辗转 30 多分钟后，才在北街口打上了一辆，这辆车是因为前面有车追尾才停下来的，市内道路不畅，司机们都不大愿跑，他们以要交车了为由，只往三环外去，加之夏利车大批淘汰，出租就显得紧张了。10 点 20 分到了医院，才发现这里的人也不少，等我做完已是 11 点多了。

总是感觉累，下午直睡到 3 点多，又把施普瑞和中药汤喝上，补一补体力吧。

（十一）内分泌治疗药——芙瑞

2005 年 3 月 30 日　星期三　晴

早早起来到医院，去肿瘤科，程主任大约 10 点了才叫到我，看了验血的结果后，对我说要用药了，这种药叫做芳香酶抑制剂。我关心的是对身体的作用。他说主要是加速骨质疏松和心血管病变，但不会很明显。没有选择只能如此。

我不知道如果再回到外科，他们是否会给我吃这种药，两种方案似乎都很有道理，作为患者只能赌一把了。我选择了肿瘤科的说法，觉得他们更专业些吧。

取药，又去做放疗——今天是第一个疗程的最后一次了，明天开始追加，回家已经是 12 点多了。

午睡起来吃药，那个内分泌治疗药，抑制雌激素生成的——芙瑞，看了看说明书，似乎副作用不大，毒副作用更没有，但一些人会恶心、头晕、腿疼等，唉，是药三分毒，避开了化疗，这种难受也避不开了，吃吧。连同保肝的药，升白细胞的药一并吞下（这次验血，胆固醇、甘油三脂和转胺酶都高出正常水平），一个多小时后，胃里感到不舒服，翻腾，直到快吃晚饭的时候才好些，不知是否药物反应，晚饭后胃里也不太舒服，但还是大便了一次，睡前喝了酸奶，保证明日不便秘吧。

这次检测血糖很高，空腹 141，不过已经是上午 9 点多才测的。程大夫说乳癌会导致脂代谢紊乱，血脂高、血糖高皆由此引起。我正是要精心控制，下周三去看中医科李主任，一则开些扶正的药，二则控制血糖。

（十二）开始追加放疗

2005 年 3 月 31 日　星期四　晴转阴

今晨又测血糖，6.15，还可以。

8 点 30 分过后就到了医院，李明大夫今天要给我重新定位，又照了 CT 片子，她一直在说，绝不能从这里再复发了。

不放心，又两次请肖主任，最后到了治疗室，肖主任还去了一趟，她们真的很认真、很负责。

在定位时，听了李明和她同室的邓大夫说话，邓大夫说她昨天还在网上看乳癌的治疗，一位专家还是主张发生了复发要做化疗，虽是局部的，也要做，这样对患者长远利益有好处。这话与外科王主任说的一样，我的心里又泛起嘀咕。李明说她们每周两次和肿瘤医院会诊，这种要化疗的说法理由不足，全身没有症状，化疗没有目标，只为了预防，代价太大了。想起在肿瘤科门诊遇到的那位病友，她是 1997 年得的，说是受体阴性，不易复发，也不宜接受内分泌治疗，又说她的一个朋友得这个病也是六七年了，根本没做放化疗，只吃中药……真是五花八门，各式各样，每个人的情况不同，治疗方法也不同，还是听了程主任的吧，毕竟他是这方面的专家。

定位之后，李明告诉我，经过研究，再加 7 次，只是一个点，以后每天早上 8 点钟到就行了。

2005 年 4 月 1 日　星期五　阴

早上起来就到医院，8 点 20 分已经做完了，和海棠一起吃了早点，又查了指血，白细胞 4500。

回来看小群送来的书——《沉雪》，作者李晶、李盈，是 1998 年版，写北大荒知青生活的。

2005 年 4 月 4 日　星期一　晴

早上 6 点 30 分起来吃了些东西，自己去医院。

7 点 50 分到医院，8 点 15 分已经做完了。追加的只是一个点，似乎没有前些日子那么难受。让李明大夫看了上周验血结果，又划了线，就打车回来。

（十三）胸壁皮肤又溃破

2005 年 4 月 5 日　星期二　晴

又是清晨，一会儿就要去做放疗了，胸壁的皮肤已有溃破、奇痒，每日搽药四五次，做追加已经三次了，过了今天就还剩三次，也算胜利在望吧。

昨天戏友老贾打来电话，我才知道原来早些日子写的四合院那篇文章，3 日的北京晚报登出来了，忙找出一读，除了标题改为"潜学胡同和大四条"之外，其他未动，这个标题更符合栏目的要求，想来给晚报的两篇稿子都用了，欣慰之余，也悟到些写稿的规则，总得适应版面。

2005 年 4 月 6 日　星期三　阴　大风

今天上午真够忙的，早上起来先去做了放疗，挂了眼科和中医李主任的号，李明给开了胸腺肽和擦抹胸部的药，然后和海棠吃了些早点，就先去了眼科，以为那里能快点，谁知人很多，又跑到五楼，又谁知李主任有事刚走了 5 分钟，于是去找小吴，想再约明日上午李主任的号，小吴又和我一起去找了程主任，开了自费药特批的证明，又忙赶回眼科，医生一检查，两眼结石，左眼白内障，交钱后就在门诊剥离了结石，又开了些药水和明目地黄丸，匆匆下楼查了指血，白细胞降到了4000，取了药，到李明那里还了病历，才发现小吴帮我拿的号不是李主任的，赶快去换，结果没有了，算了吧，又不是什么急事，下周三再预约吧，这时已经11点多了，龙儿又过来，说是没带钥匙，我们仨就打车直奔面馆，吃了饭才回家。

午觉醒来，给局里医疗处郭处长打了电话，谈及特批药的事，他答应明日去北京市医保跑一趟，又给他们添麻烦了。刚刚接到小虎的电话，说是看了晚报上的文章很喜欢，我们就聊了聊，话题自然是山西《白银谷》啦，《立秋》啦，朋友之间，经常联系联系，挺好的。

昨天是清明了，约周六或周日去一趟八宝山，去拜祭一下父亲。

（十四）放疗终于完成

2005年4月9日　星期六　晴

现在是清晨，昨夜一场春雨让空气变得十分清新，我打开了窗户，清一清肺吧。

昨天中午终于做完了最后一次放疗（真的希望这是今生

的最后一次）！看着自己惨不忍睹的右胸壁和腋下，倍生感慨。无论如何我又挺过来了，我感谢自己的身体，我也要善待她，准备休息一段，既便是上班，也最多是半天，而且绝不勉强，以后也不会强撑了，钟南山说得对："轻伤也要下火线。"虽然我们还算不得在火线上，这只是就态度而言，珍爱生命是对自己负责，也是对他人负责。大病以后对此颇有感受。

现在已经8点多了，他们都还在睡觉，这些日子海棠真是辛苦了，本来爱睡懒觉的他，每天却都要早起，家里家外的事都要他张罗，自己的身体又不好，一切都顺利的时候感觉不到，出了问题，遇到挫折，关系就一下子紧密得多了。我说他的心事太重，所以才总是胸闷气短，他叹口气说："心重也是这几年，你要不得病该多好哇，我倒无所谓。"他为这个家可以说是呕心沥血，百般呵护，老来自然希望顺顺利利，平平和和的。我一定保护好自己的身体，即使为了他，也值得了。

2005 年 4 月 10 日　星期日　晴

昨日一天大风，我连屋门也没出，龙儿去看了姥姥，说是精神大好，小舅在做螃蟹，他就回来了，在家吃的炸酱面。

今天天气似乎不错，无风，艳阳高照，应当到户外去活动活动。

下午一家人去游景山，踏春、寻春，感觉不错。

2005 年 4 月 11 日　星期一　晴转阴

早上去打针后就到班上去了，我想先半天半天的上，过了"五一"以后再正式上班吧。

身上起了一些疹子，很痒，在腰和胯部，先是一点一点的小豆豆，继而变成一片，红红的，买了皮炎平药膏抹上，只能管一时，过一会儿又痒起来，这几天大有串连的趋势，背部、双腿侧甚至耳后都有，不知是什么原因，是否药物过敏呢？想起过去，似乎每年都有过这种现象，不是春季就是秋季，又似乎有时间似的，每到三四点钟就痒起来（半夜也如此），加之头发新长，头皮也痒，常常睡不安稳，真是痛苦难耐。

2005 年 4 月 12 日　星期二　阴转晴

天气总是变化多端，这两天又是阴冷得很，没有了暖气，晚上更觉得清冷，只好开了热风扇。

从今天开始，每周二下午 3 点到 5 点，请一位阿姨来家里打扫卫生，这是平生第一次外请小时工，阿姨来自安徽，30 多岁，进屋就干活，很能干。

过去总把这种雇人来干活儿，看作是不太好，甚至觉得自己好逸恶劳似的。现在意识转变了，这样做既可以保护自己多病的身体，又为他人提供了一个工作岗位，是一件互利双赢的事情。

2005 年 4 月 15 日　星期五　晴

几天来，身上皮疹瘙痒难耐，集中在双股侧，抹了皮炎平、达克宁、尤卓尔、肤轻松……各种药膏，均不见效，又吃了脱敏的开瑞坦，仍不好，不知是什么原因，是哪种药物引起的，还是哪种食品引起的？细想起来，似乎 2001 年的时候也有过类似的现象，实在好不了，就得到医院皮肤科去看一看了。

2005 年 4 月 17 日　星期日　晴转阴

昨天去看了母亲，她总是躺在床上，眼睛有些浮肿，头发几乎都白了，但很浓密。她的脸上常常有一种痛苦的表情。她说我人都变样了，都不是我了。还说很想站起来，但当我说要推她出去享受一下阳光时，她又断然拒绝了。我不能勉强她，待我们要走时，她让保姆把她扶起来，坐着靠在保姆的身上，从窗户里向我们招手。

人老到不能动的份上，心里一定很失落、很痛苦、很无奈，我想下次去一定要给她带一个靠垫。

我自己的身体也不行，心劲儿挺大的，和海棠走到 110 路公交车站，坐公共汽车去，又从东大桥走到母亲家，天气又热，进屋坐下已经浑身是汗，气喘吁吁了。看来放疗完了应当休息半个月不无道理，海棠说怎么也得三四个月休息。想一想若按外科的方案，过两天又得去做化疗了，真是可怕，那种状况几个疗程下来，恐怕我也和母亲差不多了。

心态还是要放平和，不要着急，不要硬撑。过了"五一"节应该会恢复得差不多。正难得有时间多看些书呢，又在看老鬼的《血与铁》，同龄人的作品总是容易引起共鸣的，他比我年长一岁，也曾在华北小学读书，他的文笔朴实、耐看。

蒲县的虎山打来电话，说他们在北京，邀请海棠过去，海棠去了，他怕我劳累，不让我去。

从窗中望着他走出大门，心中的牵挂陡然加重了。很不放心他一个人出门，仿佛他是个未谙世事的孩童，连过马路都不会似的。

我这一次生病以来，我们之间的相互牵挂骤增，相互不放心独自外出，即便在家中，他也会时时关照是否开了窗，是否盖了薄毯……几乎每一次外出，我们都要形影相随，仿佛一件珍爱的东西失而复得，唯恐稍不留意又会失去一样。这种关切有时甚至会觉得累。

2005 年 4 月 18 日　星期一　晴

身上的皮疹仍未好，吃了孙大夫的三服中药，吃了四天开瑞坦，抹了四五管药膏，每天夜里还是被痒醒。也许真的如医务室小王大夫所言，更年期前后的妇女会莫名地过敏，也许这与免疫力有关吧，想起小时候患荨麻疹，看来秉承一脉。

下午休息，和海棠一起到美廉美超市，自感身体比之前好了些，但仍很虚弱。

2005 年 4 月 20 日　星期三　晴　大风降温

今天都谷雨了，气温还是那么低，十几度吧。

早上起来就到医院，昨天约了中医李主任的 1 号，很怕又看不上，不到 8 点就到了，终于在 8 点钟的时候见到了李大夫，谈了情况，他说余桂清原来也是医院的大夫，自身糖尿病，用胰岛素很多年了，余、孙用药与医院的思路是一样的。然后他一味一味地讲每味中药的作用，听得很明白。李大夫给我把脉，说是脉象不错，不是很弱的样子，这给了我信心。

开了七服汤药，他说黄芪降糖片可减一顿，因为汤药里已经有了，说是一周后再来开。

从李主任那里出来原本想让程主任给开出验血单子去抽血，结果遭到了拒绝，理由是：外面排队的人那么多，怎么能先给你开呢？但他同意我找别的大夫开单子后下周找他看结果。等候的人多，他又没有助手，我很理解。就上楼去找了老高，她开了单子，我下去交了款，抽了血，血常规上午就出了结果，WBC4200，升了些。

风很大，天又冷，下午在家看书，没出去。

（十五）养病、心情、朋友

2005 年 4 月 23 日　星期六　晴

又是周六了，日子过得真快，孩子们都没回来，此刻海棠还在被窝里看电视，我仍然是 6 点钟起床，第一件事当然是去卫生间，每天一次的大便是在此时解决的，这已成了定式，自从喝上"雪莲奶"，便秘的问题就解决了。李主任的中药大约也有这种功能，所以每天很痛快。洗漱完毕，喝一杯白开水，这也是定式，不过如今的白开水是配了降糖药喝的，金芪降糖片，餐前半小时吃，然后就做些家务，扫地啦，收收晾衣架上的衣服啦，自己做点儿早餐，半小时之后准时吃饭，通常就是烤馒头或是窝头片，一杯燕麦，一个鸡蛋，餐后稍稍休息，看看报纸或书，之后就打太极拳。半小时左右，出汗为止，这时如在平日就该收拾一下去机关了，今日休息就看书、写字，生病以来的生活基本上是这么规律的。

　　昨日看报纸，美国一位女作家朱丽娅·达铃，48 岁，在患乳癌多年后于 4 月 13 日去世，10 年前被确诊，治疗结束后 5 年复发，报上还刊登了她的照片和日记，从她最后一篇日记中看出，她是肝转移、腹水。我想最后应当是死于脏器衰竭。她的日记中有着强烈的期盼生命的感情，也有对亲人的感谢，以及将要离开他们的感伤和对癌症的憎恨，她写道："我恨癌症。它把我带离了生活。今夜，我真想按照它对待我的方式掐死它，可我必须看着窗外黑色的天空，看着那些烟囱，想象着来生。"这话催人泪下，癌症带走了她 48 岁的生命，多么年轻！

　　看到她也是治疗后 5 年复发，我的心中一震，想起自己，心有余悸。若非全身检查没有问题，等待我的也只有一年半载了，尽管曾经有过多次的思想准备，但若要事实来临，我恐怕仍难平静面对。现在老天怜我，又给了我机会，我一定要好好把握。一是用中药保肝保肾保正气；二是积极锻炼，平衡心态，务求自然平和；三是全力呵护，绝不使身体超负荷运转；四是严格检查，密切关注，不使病魔有抬头之机。我想我一定会把握好这个机会的，让我为了孩子，为了亲人，为了这个家的完整再多活几年，让我有一个完整的人生。

虎山来了，一个长得很像张艺谋的蒲县人，一身兰布衣服，平头、黑脸，走在大街上，你绝对看不出他是个资产几千万的富翁，他的儿子小强陪着他。虎山和海棠是从十四五岁就在一起的伙伴，是亲如兄弟的朋友。他说这份友情是无论多少钱也换不来的。是啊，他出身贫苦，我和海棠结婚时就认识了他，那时我和海棠是公职人员，薪水菲薄，他是大队村支书，守着土地刨食，是改革开放，让他富起来，大富则是靠了煤矿和铁厂。他爱喝酒，很讲义气，能处朋友。自从我和海棠结婚，他就进入了我们的生活，先是无偿地让新婚而无定所的我们住在他家房子里，后来又亲自主持批了地基给我们，亲自操持，帮我们盖了砖窑，让我们有了一个遮风避雨的属于自己的家。再后来我们迁往交城，他又帮助我们以当时看来的高价处理了那所房子，我们到太原后，他也曾多次看望。我们离开太原，他又象征性地购买接收我们的房子，给了我们一笔钱，他是个可信赖的朋友，遇到了困难可依靠的朋友。

这顿中午饭直吃到快2点钟，然后又上楼来聊天，三两酒下肚，他的话显然比平时多了些。一再讲你们不要为经济的事发愁，海棠心脏该支架就支架，钱我来出，语气诚恳，决不是做"秀"，临走时，不仅结了饭钱，而且留下了1000元钱。这让我觉得很过意不去。邀请吃饭是我的主意，甚至吃饭地点和菜都是我点的，结果却让人家破费，看来下次还是去登门看望，少做邀请吧。海棠却觉得无所谓，说你不请他们，他们知道你病了也会来看你的，想起他们父子从宾馆乘公交车而不是打车过来的情形，即可看出他的淳朴。

他们2点多离开我家，将乘晚上的火车返回去。

2005年4月25日 星期一 晴

龙儿随单位旅游团过境到越南去了，这是他平生第一次出境，很兴奋，昨天一连打回三个电话报告行程。又说出去后无法打电话了，随着改革开放，这种出境一半天的旅游很多，如我们上次去缅甸，其实就在边界旁转转，根本没有出去的感觉，不过他们要住一晚上，或许了解的多些。

敏儿打回电话，说是工作不重，倒是玩得挺累，年轻人到一起，干归干，吃归吃，想象着她们在酒吧，在卡拉OK厅，在水边的情景，很羡慕也很高兴。

孩子们都长大了，我们除了牵挂已管不了许多了，管好我们自己就是对他们的关爱了。

（十六）复查

2005年4月27日 星期三 晴

天气突然热起来，室外温度已是32℃了。

早上起来就和海棠打车去医院，先拿了化验结果，胆固醇和转氨酶仍高，但比上次降了许多，还有血糖，虽然还高，但也比上次降了（上次 144，这次 133）。到中医科，结果李主任不在，换了张大夫，开了些汤药，其他维持不变，又去肿瘤科，这次不错，预约的是 2 号，程主任看了化验单说"不错"，就又开了芙瑞和保肝的药，让他看了身上的皮疹，他说去看看皮肤科，又说这不是芙瑞的原因，接着又检查了放疗创口和左乳，说挺好。嘱三个月后再来复查，这三个月只开药就行了。我又去了皮肤科，说是湿疹，但不是药物过敏，开了点涂抹的药，10 点左右看病拿药全完毕，我俩坐 807 路到十四区面食馆吃了点饭才回家。

（十七）讲癌症的文章

2005 年 4 月 28 日　星期四　晴 大风扬沙

看到庆国发来的 E-mail，是一位明朝李氏太医的后代，讲"三分治病七分养"，剔除掉那些政治性的因素，一些养生之道还是很有启发性的，比如"提升胃气"的药方和熬牛肉汤的食疗方法等。

文章很长，若打印的话足有 100 多页，有些内容并不是自己想看的，如家族史等，着重看了有关癌症治疗的地方，归结起来说，他不主张癌症手术和放化疗，认为那样更易引起转移和复发。他主张三分治七分养，治也是中药治——喝提升胃气的"开胃汤"，由广木香和北山楂果制成，然后根据个人情况增加药材。还有一种"抗岩散"，以沙鱼胆为主要原料。七分养是让人喝牛肉、牛筋汤，每天都要喝。他甚至反对给患者服用增加免疫力的药，认为那样也会促进癌细胞的生长。他的这些观点自是一家之说，是否都有科学道理，我不是学医的，也不全懂，但养生之说可以接受。

对于癌症的研究，至今都是医学界的难题。孙桂芝等著名中医专家也主张中西医结合治疗，但身边也有只靠吃中药维持的病例。看来，黄主任的话是有道理的：每个人的体质不同，其病的表现也不同，不要去比。情绪好，于治病有益，情绪不好则有害。另外就是不要过于劳累，损伤身体。这次我的病复发以来，确是十分小心了，海棠和孩子们也都是很紧张。我努力让自己保持平和、愉快的心情，不急不躁，泰然处之。

两个孩子出差都回来了，都很高兴。

2005 年 5 月 2 日　星期一　晴

昨天是"五一"国际劳动节，除了电视节目外，人们更多关注的是"长假"、旅游和聚会。我们选择了去母亲家，是午饭后过去的。庆平一家也在，三家人一起畅谈了不到 2 个小时的时间，妈妈坐在轮椅上看着我们，听着我们聊，基本上没有说话，完全像一个活着的偶人。难道这就是人生的最后阶段？难道有了这个阶段人生才完整？有点令人恐惧。

下午回来，两个孩子都出去了，我们俩喝了粥，吃了剩饭，海棠这两天精神又不好，我们就在家里，哪儿也不去。

2005 年 5 月 5 日　星期四　阴雨转晴

"五一"黄金周就这么过去五天了，还有两天又到了上班的时候，时间真是过得太快了。匆忙中谁还注意人生的意义呢？

每天早上从 7 点 50 分开始，我看电视剧《冬至》，是一部安徽台五集连播的电视剧。偶然发现的这部电视剧，最先吸引我的是名角汇聚：陈道明、陈瑾、李成儒……看下来，再吸引我的是心理的分析。剧情并不复杂：一个小镇银行关于一笔拆迁款的挪用。主人公是陈道明饰演的银行职员，整部剧的重点在于揭示了他如何从一个人们认为的好人，逐步沦落为罪犯的心路历程。贪欲，使人走上不归路，这个电视剧最成功的地方不在于情节，而是对人心理的描述，在情节上倒实在有些疏漏。

有意思的是，几个罪犯的犯罪原因竟都是为了给亲人治病缺钱，这从一个侧面反映了我们社会生活中看病难的弊端。

凡事都有一个原因，却未必带来一个结果。

每天上午看电视剧，下午睡觉，然后起来去散步，两天下午是转电器商店，看是否能买到好一点的油烟机，结果，油烟机没买到，只买到一个榨汁机。

昨天下午去看了建华，自然聊起母亲，她的心情我能理解，但做为女儿，我们似乎无法获得母亲公平的评价，也不必，只尽心则已。母亲的状况确实堪怜，却又无可奈何，这是她的选择，是她的一生性格使然，除了理解似乎我们做不了什么。

看到母亲的样子就想起人生的不同阶段，我们应当做好各种准备，譬如我们将面对的退休、病痛、衰老……

中药吃完了，因是假期，也没再去抄方子，还有一个原因就是觉得有点上火，脸颊右边靠近耳根的关节，咬齿时似乎有张不开、疼痛的感觉，已经吃了两次牛黄解毒片，稍有好转。中药停一停，下周三再说吧。

2005 年 5 月 6 日　星期五　晴

中午让龙儿到楼下饭店买了一份粉蒸肉，给母亲送过去了。龙儿回来说姥姥的精神挺好的，还问了我们两人的身体好不好，让我们多注意。

母亲老了、病了，想起前些年，她每次到我这里都爱吃粉蒸肉，现在自己动不了，一说起来，还点头，我知道她想吃，这也算尽点孝心吧。那天在建华家看到一份报纸，上面说关东店这片城中村"五一"过后要改造了，不知能否涉及母亲家，也不知搬迁后母亲会怎样。对于我来说，母亲是唯一的，而对于母亲来说她有五个儿女，这常常使她在遇到问题时难以抉择，而我也无法一意孤行，只好静观其变，做好自己应做而可做的事吧。

再有一天，长假就结束了，该上班了，但上班在我心中的意义已经变化了，我必须接受我是个病人这个概念和现实，处理好工作和休息的关系，面对变化了的一切。这需要思想准备。

2005 年 5 月 8 日　星期日　晴

今天是长假后上班的第一天，我上、下午都在办公室，觉得挺累，还是回去休息。

昨天一家四口去晋阳饭庄吃饭，为我和龙儿的生日。

2005 年 5 月 12 日　星期四　晴

9 日下午开始头疼，觉得感冒了。10 日早上约李主任的号又被告之改为周一了，情急之下，立即打车到医院去看普通门诊，李主任在那里出诊。讲明情况，开了 7 服汤药，诊断有发烧，回来后吃了西药阿奇霉素，晚上又喝了汤药，真是见效。昨天早上体温就是 35℃了。这两天精神很好，今天下午部机关召开党员大会，所以我睡了午觉之后就来了。

同志们在酝酿去红旗渠参观，明天中午出发，周日晚上回来，我是去不成了，帮他们联系好，祝他们平安吧。

2005 年 5 月 13 日　星期五　晴

同事们中午 12 点出发到红旗渠去了。我睡了午觉后还是到办公室来了，天气很好，反正在家也是闲着，不如到办公室来，可以看看书报，上上网，也值了班。

一直在看一位老同志送来的书。老翟是前年体检查出的乳癌，做完了手术和放化疗，但她说自己年纪大了，身体也不好，吃芙瑞反应很强烈，就不吃了，经人介绍到"大道养生研究所"办了会员证，开始养生调理和吃那里的"八宝"食品方剂，交 300 元钱就赠了一套中医养生的书。作者是刘逢军。

我看了《中医养生简论》，有一个论点较新颖：善待癌症。他认为不要把癌症当作敌人硬攻，而要通过调整自身平衡，以潜能去化解，所以他用的方法不是药，而是养生调理，讲阴阳五行，等等，书中还有一个肾癌患者自述通过养生八宝治愈的例子。

书中讲的道理我也并不全懂，是否可用，是否虚假，是否骗钱，难下结论。老翟已经开始吃了，效果还没显现出来。

看看再说吧，也可以和李主任讲一讲。

2005 年 5 月 14 日　星期六　晴

早上起来很想活动活动，就出去走到十四区，顺便买了豆腐脑和油饼等早点回来。头却总是有点闷闷的。然后看书，老鬼的《血与铁》，这本书讲述了他从小学直到去内蒙兵团的经历，写得很诚恳，很真实，由于是同龄人，书中的许多事件自己也有参与，因此常常产生共鸣，甚至许多歌曲自己都可以哼唱，看得很过瘾。

局里的同事们此刻在红旗渠上，老郑发回短信说"精神很感人"，这是意料之中的。

想到若不是身体不行，我也会和他们一起去时，就有了些惆怅和失落。这一次病后，总有力不从心的感觉，也会觉得将被工作环境所抛弃，常常会有一丝丝悲凉潜上心头，有时甚至觉得自己像一个拼命追一辆车的人，这样好吗？

下午去了妈妈家，看上去气色还不错，阿姨刚刚把她从外面推回来吃了午饭，但她的精神状态不好，话不多，爱哭，我在那里的一个多小时时间里，哭了两次，我也能体谅一个整日躺在床上大小便失禁的老人内心的凄苦和悲凉！但却无能为力，只有劝慰，却也忍不住滴下泪来。回来的路上，海棠一直在开导我，希望我不要着急，要注意自己的身体，唉，命该如此，无力回天！

2005 年 5 月 15 日　星期日　晴

总是觉得累，一到下午背痛，两肩酸痛，有时甚至手脚肿胀，化疗已过去几个月，放疗也过去一个月了，难道还没恢复过来？上一次似乎没有这样，那么连续做化疗时也还常常到外面跑的，这一次除了年龄之外，是否与"芙瑞"有关呢，敢不敢停下来呢？

明天去医院，问问李主任看。

2005 年 5 月 16 日　星期一　阴雨

早上起来就打车到医院，挂到了 1 号，坐在医生桌前讲了近日的症状，他又号了脉，看了舌苔和上个月化验结果，然后说血糖控制得不好，换了药，停了格毕止和金芪降糖片，改用达美康，每次半片，一天两次，监测血糖，如不行就改为每天两片，又开汤药和活力苏口服液。到药房取了药就吃上，那时是 9 点，吃早点，拿汤药，然后和海棠一起到了北京中医院。赵大夫给他量了血压，说如果感觉还好，再吃了这 7 服汤药后就可以只服用心通口服液了。回到家已经 11 点多了。

下午还是去了办公室，坐在那里看看电脑，和同志们聊聊家常，谈谈工作，感觉挺好。

2005 年 5 月 17 日　星期二　雨 阴

从昨天下午开始下雨到现在，已是早上 8 点多了，还没停，天气也凉了许多。

从改吃达美康后，已连续测了三次血糖（昨天上午餐后 2 小时，下午饭前，今晨空腹），每次都是 5 点多（2 个 5.9，一个 5.4），看来效果不错，自我感觉也精神得多了，外面下着小雨，空气十分清新，我一定要出去走走。

2005 年 5 月 18 日　星期三　晴

那么好的太阳，那么晴朗的天空，这样的日子绝不能在家里窝着。

昨天几乎一天都去上班了，但下午 3 点多以后精神不好，就回来休息，恰好小时工来干活儿，今天早上起来血糖虽是 5.4，但眼睛有些浮肿，精神也不是太好，没有打拳。吃了三片全麦面包，一会儿还是要到班上去，一则走走，晒晒太阳，二则换换环境，三则还可以和病友在网上聊聊天，挺好的。

2005 年 5 月 19 日　星期四　晴

早上一起来就坐车到雍和宫地铁站，去取昨天敏儿放在那里的自行车。骑回来，这是我自 1 月底住院以来，第一次

165

骑车。从地坛东门外回来，颇有些新鲜感，但也有些累，因为清晨的血糖只有 5.4 左右，没吃东西。外面清新的空气，热烈的阳光，灿烂的花草，还是给人美好的心情。

昨天下午在办公室越坐后背越凉，没坚持到下班就和海棠转物美超市和华堂商场去了，转得浑身热乎乎的，虽有些累，却很舒服，但回来后血糖却是 10.4。

现在心情放松了许多，不再在意他人的议论和强求，自己做不到的事，只是顺其自然，能做点什么做点什么，一位病友说得对：我们战胜病魔就是强者的表现，我们在他们没有遇到的领域里展示人格的力量，这是命运对我们特殊的馈赠吧。

今日下午血糖 8.2。

2005 年 5 月 21 日　星期六　阴雨

没有预报，清晨下了小雨，空气极好。上午我和海棠回老太太那里，事先和好面，要给他们做刀削面吃。一进屋就看到老太太在轮椅上坐着，精神尚好，聊天间还会开个玩笑，庆安买来了面码儿和皮皮虾，12 点 30 分我们才吃饭，妈妈坐在轮椅上在桌旁和我们一起进餐，吃了皮皮虾，是庆安给剥好的，又吃了半碗刀削面，但她懒得自己动手，我和保姆分着喂了她。

我看这次老太太的精神状态比上次好，只是自我活动的意识太差，别说不坐不站，就连吃饭也懒得动手，这样恐怕肢体恢复就要慢得多，或者根本恢复不了了，海棠说她自己受罪了，没办法。

2005 年 5 月 22 日　星期日　晴

也许是前两天晚上洗了头没戴帽子就睡了的原因，这几天总是觉得头懵懵的，又加上昨日去老太太那里有些受凉，总觉得又感冒了。由于白血球不高，免疫力差，所以虽然不发烧，身体却很难受，昨晚吃了李主任开的阿奇霉素——不想牵扯到肺炎上去。今早起来，想着受凉是从头开始的，去风也从头开始吧，于是就用热水冲洗脑袋，又把两块毛巾交替在微波炉里加热，然后戴在头上，再罩上浴帽，多次反复，直到出汗为止，拿掉毛巾后就赶快戴上布帽子，现在舒服多了，头也清爽了。

2005 年 5 月 23 日　星期一　晴

啊哈，今天是我的生日，57 岁了，真是太快了，人生已近黄昏，这一辈子！还是值得庆幸，身患癌症六年了，又刚刚经历了复发，我还是迎来了我的又一个生日！感谢 57 年前母亲给了我生命，感谢命运让我身患绝症之后，又给了我享受生命的机会，感谢周围的同事以他们的宽容、理解和支持给了我和谐的环境，更感谢我的亲人、爱人、孩子给我的力量和关爱，使我能够渡过劫难，享受至今。这是为自己写下的生日贺辞。此刻我心情亦如窗外明亮的天空、灿烂的阳光，我不想将来，只想快乐过好每一天。

上午到医院去看中医，李主任给我号了脉，看了舌苔，说脉象不错，又开了中药方，说是可以两天吃一服了。还叮嘱不要吃什么乌鸡之类的补品。天气热，洋参也不要吃了。他在方子里给以调理，就这样吃一段看看。我信中医，也相信自己的身体素质，李主任着重强调了精神状态要保持好，这一点我一定会做到，思想里没什么包袱，对于病，我不知道是否还会复发，甚至转移，但我会尽量减少这种可能，并且无论遇到什么，我都选择坚强。

2005 年 5 月 25 日　星期三　晴

现在是清晨，想起夜里的梦境仍历历在目。仿佛是 20 世纪 40 年代，我在搞地下工作，又仿佛对方是亲戚，我们互相监视，互为敌人，甚至相互消灭。我窥视她的举动，派人去追杀，而她追杀我的人，将我前后堵截。并逼迫我吃下毒药，我环顾四周，仿佛在寻找亲人，又仿佛在回顾敌人。面临死亡没有一点恐惧，还能冷静地回想未竟事宜，跟旁边的人说，告诉敏儿存折的密码别忘了，又似乎在翻看什么记录，忽然又想看完与否有何区别呢，明日我已不在了，一切都毫无意义，此刻竟想出两句诗来：今日我是我，明日我是谁！忽然就醒了，看看表，半夜 2 点 30 分，这梦做得真是奇怪，蒙胧睡去，又似乎到了一处半坡上的建筑，集体生活或是乘车？似乎是很简陋的火车……乱七八糟，不知怎么就醒了。已经 6 点了，到了该起床的时候了。想起"今日我是我，明日我是谁"的话，还很有玩味的地方呢。

上午到中国进出口检验检疫局体检大厅去体检。这里硬件不错，是给出国人员体检的地方，但医护人员水平稍差，不知人员构成如何，但做耳鼻喉科检查的是一位老先生，他刚一看我的舌头就说气血两亏，我惊奇地问："您也看中医？"他很有些自得地点点头，老医生都是中西贯通的。写到这里觉得手都有点发抖似的，放下笔测一下血糖，哎呀，才3.9，赶快吃了一块蛋糕，好些了。这个药也太厉害了，是否与喝绿茶也有关系呢？明天注意吧。

就今日体检所有已知的结果看，我都正常，比许多人都强呢。

昨晚龙儿回来，说是朋友介绍了一个对象，是医院的护士，姓赵，北京人，他们见了面，还互留了地址，龙儿还把她送回天坛的家里，看来龙儿是动心了，但愿他们能够谈成。

说到梦，就想起第一次住院时，同病房的那位老太太，绘声绘色地对我说："做梦很准的，要是梦到了大水，就是好兆头，病就能好。"那几天，我还真的梦见几次大水，有一次记得最清楚，梦见我在一条河里，划着船，看到一座庙。早上醒来说起，老太太高兴地说："行了，你的病保管能好了！"

（十八）情绪总须调整

2005 年 5 月 27 日 星期五 阴转晴

这几天身体状况还可以，昨晚忽然想起体检时说我右肺下部纹理乱，应当是支气管扩张，炎症造成的吧。虽然春节期间也照过 CT，证明有炎症，又做了那么长时间放疗，会对肺部造成影响，但仍然有扩散到肺部的担忧，找来孙桂芝的书看，果然有个病例是在手术五年后刀口附近复发，又在复发一年后肺部转移，这让我的心里有些阴影，转念一想，那病例患者只有 45 岁，且发生在左侧，如何治疗的情况也不清楚，我大可不必以她为例而给自己不好的暗示，要相信科学，也要相信自己的身体素质。想想王祖香、许淑蕊等老同志，为什么不以她们为榜样呢，虽然嘴上说选择坚强，实际心里总有阴影，这可不好，必须扭转。

多想些开心和成功，有利于调整情绪。

2005 年 5 月 28 日　星期六　晴

昨晚就和建华约好，今天 9 点在地坛东门见了面，我们一起去逛"五月鲜花"地坛购物节，给老太太买些随身换洗的衣服，老太太年轻时是个爱美的人，现在病成这样，心情也一定不会好，买两件鲜亮的衣服也可以换换心情，何况也不贵。我们转了两个多小时，感到有些累，虽然中间吃了小吃，也歇了两次，但回家后还是觉得挺累的，饭后睡到 3 点多，有些咳嗽，眼睛和腿都有些浮肿似的，海棠说我不注意，他说今天不要再出去散步了。测了血糖 11.2，也有点高，虽然中午吃得不多，但劳累也会引起血糖高的，还是休息休息吧。

2005 年 5 月 29 日　星期日　阴

在家休息，节制饮食，餐后 2 小时血糖 5.4。下午睡到 3 点，起来和海棠、龙儿一起去超市买些吃食回来，看报纸、玩游戏，很休闲。《北京晚报》寄来了110元稿费，写点什么也算有了收获。但我没有拿起笔写下去的打算。我不想拼了，搞创作是很累的，我采取了"不执著"的态度，一切都顺其自然，想写的时候就写一写，没有目标，不去奋斗，还是以身体为要吧。

2005年6月4日　星期六　晴

天气热了，有点夏天的感觉。这些天没写日记，下午回来的晚了，总是快5点才回来，回来后又要出去散步，买东西，有点时间又想玩龙儿给我拷回来的电脑游戏，从中也可看出我的精神不错，比以前好多了。

这一周，老同志们体检两天，我都是在办公室，没去现场，周三开了支委会，晚上老郑带12个人去了井冈山，周四、周五我和留守的五个人在办公室，都很尽职尽责，明天下午他们才能回到北京，在家里也没什么事，昨天上午我去京剧队唱了一会儿戏，又和孙宏聊天聊《通讯》，4点多和海棠出去买了一辆自行车，这样我俩一起出去就方便了。

前几天和办公室小李聊起"为人还是为事"的话题。两代人的价值观差异凸现出来了，她说："有一种人说话做事考虑人，另一种人则只看重事。"对呀，后一种人很像我们，自小受"工具论"的教育，缺乏人本意识，也就常常会说话做事"得罪人"，更何况提倡什么"对事不对人"，完全把人排斥在外，这与如今倡导的"以人为本"相去甚远。两种观念，两种意识，应当说也反映了社会的进步吧。这就是碰撞、交流带来的收获。

2005年6月5日　星期日　晴转阴

昨天的气温还在33℃，今天就变成了25℃了，而且天色阴沉。不知是因为周五下午冒着酷暑去买自行车，昨天又在烈日下去看妈妈，还是因为这两天收拾阳台累了，亦或是枕头，玉镯的原因？找不到具体的原因，但早上起来眼睛浮肿，身体疲乏，下午睡觉起来仍是迷迷糊糊的，以至于小群打电话来请我们过去，我都只好拒绝了，左边的嗓子也有点疼，莫非是因为周五那天唱戏？思来想去，凭着我这点医学知识是找不出原因了，反正多休息就是了，反正明天要去医院了。

2005年6月6日　星期一　晴

上午到医院去看中医，李主任说我精力、体力恢复得不错，只是阴虚上火，调整了方子，还说"贞芪扶正"可以吃。叮嘱我不要着急、生气，不要劳累，千万不要感冒，我一一记下了。

2005年6月8日　星期三　阴雨

天气挺凉快，体检结果出来了，除了胆固醇轻微偏高、白血球偏低外，一切正常，比局里其他同志的情况还好呢。当然，我知道对于我来说，还是得小心、谨慎。

2005 年 6 月 10 日　星期五　晴

总是觉得累，看着窗外明媚的春光和健步如飞的人们，好生羡慕。

这一周来，眼睛和手总是浮肿的，是不是因为这次的药吃得不好，还是血糖降得太快？上午感觉明显，中午吃了饭睡过午觉后就好一些，今天下午局里不组织学习，没有什么着急要办的事情，我就不去了，好好休息一下，看看书，调整一下看如何。

2005 年 6 月 11 日　星期六　晴

今天是端午，海棠早早就买回了稻香村的粽子，中午吃饭就是它了。

从昨晚开始我把达美康改成金芪降糖片了，每天早上只吃半片，到现在为止感觉还可以。

天气有些湿闷，上午出去就有憋气的感觉，下午天气晴热，感觉倒好了些。我和海棠到物美超市去买了些东西，回来已经 5 点了。

2005 年 6 月 12 日　星期日　晴　闷热

今天是敏儿 25 周岁生日，时间过得真快，小女儿都 25 岁了。我 25 岁的时候在蒲县教书，那时候还没认识海棠，还在拿着庆平的照片"骗"大家说我有了北京的对象，以阻止每天没完没了的"说亲"人。25 年前在县医院生敏儿的情景还历历在目，从头天下午开始有反应到晚饭后一阵阵肚子疼，因为有一个产妇大出血占据着产房，我只好被安排在普通病房里，中间拉个帘子权作产房，到了深夜似不见生的动静，医生护士们都下班了，只留下大姑姐陪我。12点多，宫缩加剧，大姑姐赶快喊来医生，大约凌晨2点多，敏儿终于顺产出生了，听着她的哭声和大姑姐的喜报——女孩，我的心登时轻松了，人也软了下来。这一转眼25年就过去了，女儿大了，我们老了。中午一家人在"渝乡人家"吃饭，庆祝生日，望着眼前，如花似玉的女儿和壮实的儿子，十分欣慰。这是我与疾病抗争的动力。

2005年6月15日　星期三　晴

现在清晨7点多，海棠不在家。

昨天下午太原的朋友海军、启元和老四来到家里，启元专门请我们吃了饭，又力邀海棠和他们一起出去散心，劝导海棠要放宽心、多运动，海棠终于和他们一起走了，晚上住启元朋友单位——铁路党校，今天要一起到植物园去。这样他就"出差"了。昨晚玉贵还打来电话，听到海棠出去了，玩笑地说该让他出去散散心了，要不然都快成"华子良"了。看来海棠的现状也是诸位朋友关注的重点，我知道海棠不放心我，他十分呵护这个家，内向的性格又让他疏于与外界交流，我也很心疼他，昨晚站在窗前看他蹒跚的背影，心里阵阵发热，眼泪也在眶中打转，这就是爱吧。

下午海棠回来了，很累，洗过澡躺在沙发上，本想看他钟爱的蓝球赛，却睡着了。

2005年6月18日　星期六　晴

天气很热，每天都在34℃左右，昨天下午就包好了饺子，今天上午给母亲送过去，以为庆安出差没回来，到那里一看，他在家，我和海棠推着母亲在街上散散步，晒晒太阳，半个多小时后回到家，和母亲聊聊天，又给她送了两盒扶他林和两盒其他的药，我们做不了什么其他的事，聊表孝心吧。看上去妈妈的气色还可以，精神也还行，对面院里的王姨说得对：人老了都有这一会儿的。

每周去看看，也就放心了。

下午天气热，在家里听戏、看书。

2005年6月20日　星期一　晴

早上起来就到医院看中医，又做了一项血常规检查，血象4.15，还不是很高，李主任说要在中药里加些升白细胞的药，又说我的脉玄细滑，是生气、着急之相。但我的确没生什么气呀，看来还是内心深处有着急上火、强争硬抢的潜意识吧。联想起今日下午看到文件，同批入仕的人有升迁的消息，内心深处漾起的不平和无奈也当属此症吧。看来，要到那一种"风平浪静"的境界，还差得远呢，这实在与人的素质升华无关。这些并不代表人格的外在之物，又何必为此劳心劳力呢，还是修炼不够啊。

2005 年 6 月 21 日　星期二　晴

北京暑期到了，接连两天 38℃以上的高温让人体验到盛夏的热情。

自从改吃达美康以后，每日饭前就出现异常饥饿的感觉，有时甚至出虚汗、手抖，从明日起改为晚饭一次试试，按照李主任说的，保持空腹血糖不高，看看效果如何吧。

天热，上火了，嗓子有点疼。

2005 年 6 月 22 日　星期三　晴

仍是高温天气，气温已达 39℃，据报道河北一些地方的气温则超过了 40℃，南方则是大雨、涝灾，今年的天气有些反常。

2005 年 6 月 26 日　星期日　阴

现在是周日的早上，他们还在睡觉，我在写这几天的日记，几天没写，不是因为忙，而是因为迷上了一款电脑游戏——zuma，打球的那种，每天一回来就想打，过了一关又想过另一关，不知不觉中就把时间过去了。想想也挺没意思的。

闲来无事，又想写点什么，这个心结是难解了。

（十九）头发长出来了

2005 年 6 月 27 日　星期一　阴转晴

天气炎热，我终于摘去了假发，露出小平头似的头发，开始时还羞于见人，但发现人们并没专门注意过我的"发型"。看看大街上什么样的都有，我还不算"各色"，也就心安了。这一次头发比前次长得好，浓密些，海棠说可能是中药吃得好。

头发长出来了，稀稀拉拉的毛茬儿，很硬，手摸上去涩涩的。心里充满了喜悦，每天的小动作变成了抚摸头皮，就像农民看到了拱出地面的小苗儿，一种满足，一种喜悦，一种重生的激动。头发在抚摸中渐渐变长变密，终于覆盖了头颅，爬上了额角，甚至有些卷曲地探到了眼前。

"身体发肤，受之父母，不敢毁伤，孝之始也。"自古以来头发就被人们尊崇。秦时有"髡刑"，就是将人的头发割去以示惩戒，人格就遭到了贬损。三国时，也曾有曹操割发代首的典故。清初更有"留头不留发"的恶政，让多少明末士人为此失去性命，头发的重要超出了自然的意义，跨越了历史。

如今，头发的政治意义几乎消散殆尽，代之而起的是时尚的风潮，这乌黑的、有着中华民族血统的头发，自由自在地高高飘扬。随着个人爱好兴趣，将头发塑造成种种形状，分头、平头、短发、长发、染发、烫发……，抑或将它理顺、打乱、高高盘起，甚至可以像某位影星那样剃了光头彰显个性，头发长在自己的头上，自然可以随心所欲。

是啊，当你有着一头漂亮的头发时，你也许并没有特别地关注它，然而，当疾病缠身、头发掉尽的时候，相信那种痛彻心扉的感受非亲身经历不会有。

命运却将这种机会给了我。过去的六年时间里，曾经两次，大把大把的头发从手指缝中掉落在地上，想到它曾经恣意地披在我的肩上随风摇曳，陪衬着我的喜怒哀乐，为我增添了多少生动与光彩，如今躺在冰冷的地板上，委屈哀怨零落成尘，我的眼泪便不由自主地随之落下。弯腰拾起一缕卷曲的秀发，将它夹在我的日记本中，让它变作一份永恒。不久头发全部掉光，头上就像寸草不生的黄土高坡，摸上去凉凉的，软软的，一份冰冷从手指尖滑到心里。望着镜中没有了头发的自己的脸，几乎失去了所有的勇气，只有这时才刻骨铭心地感觉到头发是多么地不可或缺，它不仅给人美丽，给人形象，也给予自信和勇气。尽管买来了做工精良的假发，但我从此不照镜子，也不愿出门了。

命运总算对我不薄，新的头发陆续钻出来了，不可思议的是竟然如落发前那般卷曲！莫非落发有情重新转世了吗？如今看着镜中自己黑发簇拥的脸盘上又恢复了元气，眼中也重新有了自信呢。

到目前为止，自觉恢复得还可以，心中虽然还有未做化疗埋下的隐患的担忧，但想想"不要过度治疗"的观点和王祖香根本未做化疗的例子也就坦然了，何况要相信自己的感觉，这一段感觉的确挺好的，严格把关，不让自己太劳累，学会调节，注意休息会更好。

2005 年 7 月 11 日　星期一　晴

为了我昨天说的一句话，海棠今天特意跑到家乐福去买了那个凉枕，我很高兴，也很感激，笑问他："怎么对我的指示执行的那么迅速了？"他只哼了一句，又只顾忙去了。这就是爱啊。年轻的时候不知深浅，历尽沧桑才品出味道来。

（二十）再复查

2005 年 7 月 18 日　星期一　晴

早上起来去医院，先看中医，后看肿瘤。中医那边照例是号脉、开中药，不过说是可以三天吃一服，又讲了些中药用药的道理，然后查了一下血常规，白细胞只有 3.99，偏低。到肿瘤科让程主任看了体检结果，他说你按时来复查，不必参加体检，反映不出情况来。就开了抽血的单子和照胸部 CT 的单子，说是三个月后再来复查，待 CT 出来后让他看。这样我们就去照 CT 了，还不错，加了个号，上午就照完了。周四连抽血的结果一起看吧。程主任是个很认真的人，看病认真、执行规矩认真，期间接到门诊前台电话，说是特需部找他，他说他在门诊不能接电话。就连看病的顺序也要由他起身到门边的小桌旁拿起病历按号叫人，若想插进一个人去是万万不能的，理由是那么多人等着呢。性格可见一斑，是个好医生。

2005 年 7 月 21 日　星期四　晴

化验单取回来了，两张抽血结果（Ca135、123）都在正常值范围，CT 片子的比较复杂，什么看上、中叶，下叶什么条索状，磨砂玻璃等，让人看不明白，心中也就存有余悸了，特别是"右小叶一小片边界不清"几个字，更令人望而生畏，加之医务室大夫老徐的解释："磨砂玻璃和边界不清都不好"，就更添了紧张，好在医生有印象：前者为放疗后所致肺容积缩小，后者为少许炎症。这才释然，但终归是要待下周三让程主任看了再做定论吧，无论如何肺部转移的阴影总在心里。

（二十一）心理变得敏感

2005 年 7 月 24 日　星期日　晴

雨停了，天气立刻热了起来，气温蹿到 33℃。

翻看以前的日记，忽然觉得自己是不是太过小心了？注意身体、适当休息是必要的，但心理上似乎总有复发转移的阴影不时袭来，甚至总闪动着银宏和小叶的影子，似乎这已成了我的未来了。这有必要吗？昨日看晚报，有一篇写香港影人成奎安的报道，提到他被查出鼻咽癌肺部转移，已属晚期，医生判定他只有 4 个月的生命了，然而他乐观、自信，除了密切配合治疗、十分注意饮食外，他并不相信如医生说的那么严重，化疗后头发掉光，体重下降，而现在不仅长出新发，而且体重增加，还来参加赛事，精神焕发。同一张报纸也报道了一位北京某中医院的医生患胰腺癌晚期，割腕自杀未遂。也许他们会殊途同归，但其精神却迥然有异。又想起前些日子看到的一位白血病患者著文批评《妞妞》及其作者、父亲周国平，用自己的母亲在听到自己儿子患了白血病后，毅然选择救治的事来反诘：妞妞的父亲爱的是妞妞，还是自己心目中的女儿？这又是两种生活态度的对比，由此我想对待生命还是应当积极，要处理好"当回事"和"不当回事"的关系，既不能无视疾病，太过放纵，也不能时时处处疑心重重。

　　写下自己的病中日记，也不应是展示恐惧、自艾自怜，也应传递一种怜惜生命、乐观面对疾病的精神，而不是卖弄痛苦，哗众取宠。

　　之所以想起这些，是因那张 CT 片子中"边界不清"字样和医务室老徐的解释，似乎真的肺部有了转移似的，其实医生分析写得明明白白：放疗所致，少许炎症。只因"边界不清"就给自己下了断语，真有点杯弓蛇影了吧，还是那句话，相信科学，相信自己这半年的治疗应当是有成果的。

　　正应了那句老话：人有病就爱乱想，越想越复杂，越想越严重。恰如前些天为妈妈家里无人接电话一样，"为什么不往好处想呢？"一语道破这种思维方式，事情还没发展到那一步，先把自己吓住了，不是早就想好了吗？——人不能预测将会遇到什么，但却可以提前选择坚强与乐观，就是死也死得有尊严。虽然总是这样说，真要做到还真不容易，慢慢努力吧。

挂了周三程主任的号，让他看看自然就明白了，好坏都还要过下去，总不能坐着等死吧。接受任何不好的现实都需要勇气，只是不要自己吓住了自己，只有坚强、乐观地过好每一天，才能够充满信心地迎接明天。

2005 年 7 月 25 日　星期一　晴

今天没有什么事，下午在办公室看书，忽然很想小群，就给她发了一封 E-mail。

2005 年 7 月 27 日　星期三　阴雨转晴

上午去肿瘤科，让程主任看验血单和 CT 片子。他说验血没有问题，从 CT 上看，肺部有纤维化，但因为没有放疗后的片子做对比，也不好说，三个月之后再查一下吧，对于"边界不清"四字，他很不以为然，认为只是片小而已。这似乎让我轻松了些，海棠说他也很紧张呢。

看来肺部受损已成定论，那么肝和肾在化疗药物的作用下肯定也受损伤，否则血象不会那么低的，以后还是要多多注意。

晚上小群从宁波打来电话，说是参加一个会议，赵诚也在。他们谈起我的情况，赵诚说肺部纤维化就是肺部损伤，容易得损伤性肺炎，所以要特别注意，别感冒，平时不要过于劳累，以减轻肺部的负担（真的，身体健康时没有感觉，生了病才发现每个器官都很重要）。他还说血象低是免疫力问题，应该再到肿瘤医院去看看，他们毕竟是专业的，他最强调的是心情一定要愉快，只有这样才能增强免疫力，小群又强调心情不好免疫力会很差的。

朋友的情谊让我感动，那么远打来长途。

我的心情真的很差吗？细想起来还真是有些沉重，这一次不如上一次放得开了，海棠紧张情绪当然对我也有影响，还是要放松些，我们都太紧张了。好好调整一下吧。

2005 年 7 月 30 日　星期六　晴

上午去看了妈妈，妈妈真是老了，也瘦了，坐在轮椅上，话很少，但眼睛很亮，常常呆呆地看着我，我不知道她在想什么，给她带去了我做的"糊塌子"和绿豆汤，她说好吃，临走的时候她哭了，说是盼着我们常去，我也很难过，看着她发黑、肿胀的手脚，我也觉得悲凉。她说不想出去，也不想看电视，只想这么一个人呆着。唉，我们一点不能替代，自己的岁月自己熬。到了这份上总是有些凄凉，生命还有什么价值，活着还有什么意义？但我还是希望她能振作一些，快乐一些，可惜她做不到，这也是性格使然吧。

其实谈到生死，都知道死是必然的归宿，没什么可怕的，可怕的是死前的状态，那种绝望和无奈。

中午，丁东打来电话说是他的朋友患肠癌转移到肺部，医生判断时日无多，然而他购买了一种药，大概叫克瑞斯汀什么的，是针剂，据说在美国已上市 2 年，在香港 1 年，大陆尚无，7000 元一支，他用了三支，现在已恢复健康，医生也说是奇迹，他留了电话和姓名，嘱我可与他联系。

且不说这疗效如何，就是这份关切也足以令人感动了。

2005 年 8 月 7 日　星期日　晴

闲来无事常常叩问自己，是什么让我总是绷了一股劲就是放不开？不会自寻轻松，凡事看得太重，细想想也是传统教育留下的"正经""较真"，就失了随和与宽容，失了大度和宽松，不知此生是否还有得改。

突然发现字形有了变化，比过去有了棱角了，是坚持每晚日记的结果吗？反正总写点什么是会有收获的，坚持吧。

秋天到了，今日立秋，可我一点没感觉到，炎夏未退，酷暑依旧，但既立了秋，想来凉爽也就快了。秋天是天高云淡、空气清爽的；秋天是平林漠漠、原野丰硕的；秋天属于平和、属于收获，属于辛劳后的微笑，属于成熟里的黑眸；秋天是大气的，有着历经春夏的阅历，也就有一份成功的喜悦；秋天是自豪的，有了回首、有了脚印、有了历史、有了经验。固然春天催动了勃勃生机，夏日带来了火热激情，但都比不上秋天的稳健、成熟与老练，秋天是冲出峡谷，漫上平原奔向大海的黄河，秋天是蕴含了种子，低垂了头颅的谷穗。

与秋天相比，春天稍嫌稚嫩，夏天多了冲动，冬天过于肃穆，我更喜欢秋天。

（二十二）白细胞总是低

2005 年 8 月 8 日　星期一　阴

预报中的大雨并没出现，据说是"麦莎"高压槽之阻，会推迟，但一定会来，现在已经快 10 点了，雨还没下，搞得大家心里很紧张。连报纸上都登出了十年前的暴雨造成的泥石流灾害，还有去年大雨几乎造成北京交通瘫痪，也许大雨就在今夜。

上午去医院开了些中药，又查了血常规，白细胞还是不高，只有 3800，不到正常值，似乎比上次还低了，李主任看了化验单也皱了眉头，说是吃点贞芪扶正看看吧。也只有如此，看来休养得还是不够，恢复得太慢，没有别的办法，只有注意不要太劳累吧，过一段时间再看看。

下午快下班时忽觉得头重脚轻、心慌出汗，知道要犯低血糖了，急忙回来一查，果然血糖只有 3.4，赶快吃了桃子和老玉米，躺下歇了一会儿才好。也许是中午吃的太少，也许是下午又和他们一起跑了趟医院探视病人，活动量太大（上午从医院出来又去了西单，买了一件羽绒服）。总之，以后要小心，自身恢复得不太好，就要学会减重，这才是面对现实。

2005 年 8 月 10 日　星期三　晴

昨天就觉得头痛身疲，是感冒的症状，提前下班回来喝了双黄连，早早地休息了。今天没去上班，喝了感冒清热，

185

然后就睡觉。上午睡到快 12 点，午饭后又睡到 4 点，才觉得身体轻快了些，又熬了汤药，晚上吃了药，洗了澡，感觉还可以。

可能周六、周日累了，周一去了医院又到西单，身体有点顶不住了，看来还是体质不行，应当很认真地对待身体的这种状态，不能总像年轻时那样风风火火了，干什么都要有个节制。

2005 年 8 月 22 日　星期一　晴

今日上午去北京医院看中医，开西药，又查了血常规，结果白细胞只有 3500，是历来最低的，只好开了些升白的药，李主任也在中药里加进了阿胶，李主任说要注意休息，我也就打算 30 日开始休假呢，否则总是恢复不了，挺危险的。

这几天总爱头痛，上网查了一下，达美康的副作用中注明个别人会出这种情况，还会降低白血球，晚上就停了，改吃格华止，如果症状消失，说明这药不适合我。

（二十三）去朋友家散心

2005 年 9 月 5 日　星期一　晴

休假啦，上午到办公室，安排好工作就回家享受一周的假期了。

准备用两天时间去看看小群和老四，再用一天的时间去看望母亲，余下也就无多了，最多再去转转地坛，因为那里的日用品超市又开张了，且有书卖。

秋高气爽的时节，适宜出游，也可能去八宝山，给父亲扫扫墓。

总之会有一周时间不是被病痛限制的，而是自由的休息。

2005 年 9 月 6 日　星期二　晴

秋高气爽，阳光充足。上午 10 点出发和海棠一起到小群的新家去。新家位于昌平区，我们先乘城铁，到立水桥后又换乘公交，一个小时后我们到了梅苑小群的新家。

这是一个复式楼、楼上楼下，因为在顶层，所以有一间阳光房,屋中的装饰非常鲜明地表现出了主人的工作和兴趣，三台电脑、三台电视、三个书房、顶天的书柜，简洁的小摆设，舒适而雅致的卧室。最吸引人的是社区环境，不仅有亭台楼榭、小桥流水，而且绿树成荫，空气清新，十分幽静安宁。我对小群说："这一生足矣！"我们想起在太原的日子，慨叹时光易逝的同时，也慨叹着社会的变迁。

他们可算得是幸运的，一生中找到了自己的位置，为着自己喜爱的事业孜孜以求，并小有成就，人生何求？

我呢，总是没有定盘星；"有意栽花花不发，无心插柳柳成荫"，处在官场中却又深不进去，爱好文学却不能静心钻研，结果是什么都做了，什么也没做好，人生可算失败！

2005 年 9 月 13 日　星期三　阴　小雨

昨天局里大部分人和离退休支部的书记们一行六十人去承德开会了，会期一周，我斟酌再三，还是留下来没去，怕身体吃不消。

这两天停了升白的药，改吃格华止以后感觉好多了，头不再疼，也没有了那种如狼似虎的饥饿感，更没有低血糖现象，舒服多了。不知道是否会有其他的后果，但至少现在自我感觉良好，同事们也说我的气色不错，保持下去吧，好好呵护自己的身体，在保证质量的前提下增加饭量。

2005 年 9 月 15 日　星期四　阴雨

闲暇时间过得也挺快的，明天老郑他们就该回来了，天气也凉快了，看来秋天是真的到了。

又看了网上关于乳癌治疗的一些常识，知道芙瑞是近年的新药，从内分泌角度来抑制肿瘤，也让我明白这病的确没有痊愈一说，因为科技发展水平未到，尽人事知天命，永远保持一种坚强与乐观吧。

（二十四）总会莫名的伤心

2005 年 9 月 22 日　星期日　晴

几天没写日记了，那天家里的不愉快十分影响情绪，联想起这一生中的心结，总要落泪。海棠和敏儿在劝我。海棠说，最不愿意看着你写日记，没事的时候又要翻出以前的东西来看，白白养了半年，这一下子全完了。我很理解他的心情，他真的怕我动气伤心损害了身体，我的病已经给了他太大的压力，以致于朋友的儿子回家后一直跟他爸爸说伯伯的脸色憔悴、精神不好，朋友还因此接连打来国际长途规劝。海棠是个很内向的人，又这么早早地圈在家里，没有了外面的社会生活，我还是遵从他吧。

周一那天上午到医院去了，一则开了芙瑞等西药，再则做了血常规后开了中药，这次白细胞数终于超过了4000，达到4300了，好不容易啊，停了达美康，李主任说磺脲类药有降低白血球的作用，改用了格华止，每天早晚各1片，还可降体重（李主任也说我有点胖了），体重增加也有芙瑞的作用，真没办法，药物在身体里都打起架来了。自己协调吧。

2005年10月9日　星期日　晴

昨天小峰来了，多年的朋友见面，难免勾起对往事的回想，却已没有了年轻时候的激情。望着他蹒跚的步履和沧桑的面容，唯有慨叹时光不留人。

虽然说50多岁还不算老，但或许是今生经历的太多，沉甸甸的心已经超负荷，所以老态也就显现出来，特别是心理上。又逢秋凉，更添冷意。人生无奈，多少愿望已成空想，当年的慷慨志向如今全化作过眼烟云，无处寻找，连痕迹也早已淡漠了。空留下一具躯壳，应付这未尽的岁月罢了。

又想起当年的词曲来：

正是中秋时节，煮酒迎亲朋。依然杨柳凝翠，非关旧日景。把盏不言心事，且向深山访古僧。一曲乡歌入清风，多少往事如梦！

已中年，弃疑滞，探前路，未有终，风风雨雨虽无尽，化作心中一缕情，只望离却尘环日，无愧此生！调寄《踏歌行》。

这是二十年前写的，如今要写，怕也写不出那份豪情了。

（二十五）一首小诗

2005 年 10 月 10 日　星期一　晴

敏儿昨天到济南去了，出差，大约十天后回来，过去是我出差惦记着家，现在又倒过来了。

顺着昨日的思绪，居然酿出了一首小诗：

落花时节，我们相逢在秋风里，
蹒跚的脚步踏碎了时光，
鬓边的白发掩埋了记忆。

仍是一壶茶
浸泡了岁月的沧桑，
浓缩了往日的情谊。

淡淡的一声问候，

如风过水面，

吹起层层涟漪。

知否？

似水流年往事已去，

多少豪情早已化作烟雨，

空留下这残躯陋体。

想当初——

任意儿挥洒着青春，

全不知珍惜佳期。

到如今，

收拾起尘封的往事，

只把那无尽的遗憾，

托付给未尽的岁月。

多少事，俱晚矣！

2005 年 10 月 17 日　星期一　晴

今天上午到医院，挂了两个号：一是中医，按照惯例开药；二是肿瘤，三个月复查。先查了血常规，白细胞 4200，其他几项主要指标也全属正常值，开了中药和格华止。又到肿瘤科，程主任做检查后开了抽血和做 B 超、CT 的单子，B 超当时就去做了，并且有了结果，一切正常，抽血未出结果，CT 要到周四才能做。

无论如何，状况还可以，估计抽血和CT也不会有大问题，我相信自己。

回来的路上，海棠说看见我拿那么多单子出来，心里就一沉，虽然也想不会有什么问题，但还是很紧张。我安慰了他。其实我自己也紧张，昨天睡觉前还想会是什么结果，也许……但我很快就调整过来了，我想一定要相信自己，要镇定，要坚强地迎接一切，乐观向上的情绪一定会对战胜病魔有利的，这样想着，我很快入睡了。

心态是要靠自己调节的，同样的一件事，有人会感到压力很大，而有的人则视若平常，这是为什么？就是因为人的观念、气度、认识不一样，所以我要学会调节，还要帮助海棠去调节，共同渡过所有的难关。

几天来抽空看姜戎的《狼图腾》，还是挺吸引人的，看似写狼的，实则是写人，而且贯穿了民族史、国家史，有些知识性。

2005年10月20日　星期四　阴

上午去医院照CT，是三个月复查的一项内容，结果要到周一才出来。

有时想想人生说长很长，说短也很短，假若复查出了问题，我岂不是临近终点了？虽然说回头看看走过的路已经很长很长，但若要很快终结，还是颇多留恋，唯一能做的就是抓住当前，过一天就过得开心、愉快，抓不住的不去管它，顺其自然。

想到这里，就想起还能做的一些事和无论怎么努力也做不到的一些事，比如写作，恐怕只能当作遗憾了，或者闲来写点什么散散心，若再把它当做什么追求，立个什么目标，是不可能的了，这也是最后的一个心结，要散开、要化解。做点力所能及的，比如练练字、沉下心再沉下心，坚持下去，像那些老同志那样，让它成为生活的一部分，不图名利，只求喜爱，做来试试吧。

2005 年 10 月 24 日　星期一　晴

两个休息日又过去了，照例是去看了母亲，看上去母亲精神好多了，海棠说人都有一个适应的过程，现在她似乎已经接受了现实，心态平和了，还有就是对目前的这位保姆比较满意。这位来自山西晋东南的阿姨比较有经验，很耐心，也细心。这也是母亲和我的福气吧。

今天上午去医院，所有检查结果都出来了，除了肺部的纤维化和血糖高以外，其他都正常，这让我如释重负。又过去了，再过关就看半年以后了，日子就在这一次次的检查中过去，岁月也就在这一次次的检查中累积，也就是人生的小小胜利吧。当然我还是要小心谨慎，毕竟身体状况并非全是健康的，而且老迈的迫近也会带来许多的问题，要善待、要呵护，首先要调整好心态，然后是安排好时间。

从周五那天开始，我拿起了毛笔，开始一个字一个字地练习了，好好下点工夫吧，总会有收获的。从我现在写的这些字开始，每个都要认真。

（二十六）感悟人生

2005年10月28日　星期五　晴

又是一周过去了，时间真是过得快，眼看着人生一点点老去，好羡慕一张张年轻的脸。但时间是不可能逆转的，一如我损伤了的身体。人生还能干什么？对于我，仿佛只剩了养生，但我还有工作，还有责任，在岗敬业，把自己经手的事做得最好仍然是我的人生追求。许多老同志给我做出了榜样，他们的人生虽在暮年依然光彩。做力所能及的事，做就要做好，这是一个人的品格，与年龄无关。

2005年10月31日　星期一　晴

休息了两天，照例是去看了母亲，然后再办些家务。也许是周六那天太累了（先去晨练，然后去北新桥给妈妈买白魁老号的小吃，然后又骑车回来。又和海棠一道打车去妈妈家，回来时走到东大桥坐公交车），眼睛一直浮肿，周日那天似乎连手脚都肿了，发困的感觉，尽管周六回来一直睡到下午4点多，但还是没缓过来，周日吃了汤药，今天起来感觉好多了。

收到了小群的信，发来了她写的俄罗斯游记，写得挺好，没看完，有时间再看吧。他们的生活很充实，也很丰富。一生能做自己喜欢的事，而且还能做好，这已经是幸福了。

2005 年 11 月 3 日　星期四　阴

周二那天傍晚小峰打来电话，说原来山中公社的何玉安已经去世了，是癌症。电话里他很悲伤：咱们这拨人怎么啦？是啊，怎么啦？其实也没怎么，是到了多病多灾、生命末路的时候了。早年的营养不良、青年的过度耗费、到了中年又多磨难，现在老了，自然就全来了，我们这一代人所经历的，虽没有战争年代的血与火，却也是几番沉浮，历经坎坷，特别是心灵的磨砺，更非老辈人所能及。经历得多了也就坦然了，就如同当年从北京到山西，如今不过是从现世到那世去了而已，终归最后大家还是会相聚的，不必悲伤。

明天是周末，也是海棠的生日，但我要出去开会，所以决定今天晚上全家一起给他过生日。其实到了这把年纪，生日过不过都无所谓，但我想借此为生活添点情趣，毕竟什么都有定数，时不再来。

现在每晚的一百个毛笔字，又拾起来了，就这么断断续续的，也还有点收获。

《狼图腾》快看完了，真是一本好书，与时下流行的书大相径庭，不仅关心人，而且关心狼和一切生物，透出对人与自然和谐关系的探讨，很和时宜。但能看出，作者不是迎合任何潮流而写的，很严肃、很深刻、很有思想性。

2005 年 11 月 7 日　星期一　阴

周四那天下午才返回北京城里。此时大雾弥漫，久久未退。开会休息期间，泡泡温泉，做做足底，放松放松，很惬意。

我很珍惜这种集体活动，也很珍惜同志间的"工作缘"，因为机不可失，失不再来，三年之后退休，这一切就都结束了。

老同志们也很高兴，这些年过七十的老人们仍然保持那么高昂的生活激情和旺盛的求知欲望，对我们真是一种启发和教育。他们那种对生活的热爱，对知识的挚爱，对生命的珍爱和对社会的关爱，以及刻苦的钻研精神，都值得我们学习。

一个老人是一本书，好好学习定会收益的。

下午到医院，一则探望住院的两位老同志，二则去看中医。两位患者探望完了，看病却一直等到 4 点 20 分，李主任把了脉，开了中药，又增加了一种降糖药——文迪雅，说这是一种新药，是胰岛素增敏剂，但降糖的效果不是很明显，所以还要配合吃格华止。李主任说肺部纤维化的后果很麻烦，极易造成肺部感染，而且感染后抗菌药不管用，西医认为这是不可逆的，但他认为通过中药调理会有效果，让我注意以后复查时前后的变化。我想这次复查肺部炎症的消失就与中药有关，因为我并没有再吃其他消炎药。

回到家里已经快 6 点了。

这个周日没去看望妈妈。下周一定要去。

2005 年 11 月 9 日　星期三　晴

有了些冬天的意味，掉了叶子的树很有些肃穆。

想起一些往事就常常有隔世的感觉，一些念头、一些场景会突然出现在脑海里：一个叫不上名字来的村庄，田间小道、土窑洞……一些分辨不出男女，分辨不出关系的人群……一些无头无尾的故事，细细想来不知是梦境，还是曾经的真实，但总是和经历有关吧。人生就仿佛是一场梦，什么都还不清晰呢，就过去了；人生又像一个旧书库，走进去看书上落满灰尘，打开来看，字迹有清楚，也有模糊。

做老干部工作这么多年，让我看透了人生，就像跑道上的长跑运动员，总会先后到达终点，而我们不仅只是看客，也是选手之一，而且很快我们也要到终点了。年轻时并不知道珍惜，到老了才发现许多事已经做不了了。

倒也没有什么遗憾，这一生追求过、奋斗过、经历过挫伤，经历过失败，也有成功和收获，足矣。未来的日子还会经历许多，也会有失落，也会有所得，只要问心无愧，这一生就没有白过。

又一个老同志走了，应该说走得很漂亮，虽然有些突然，但他自己和家属亲友都没有受罪，用一句老话说，叫作"修来的福分"。只是当时他爱人就坐在他的对面，目睹了全过程，有点残酷。

我常常想起战争年代，总觉得这些突然死去的人很像战场上的战士，冲锋陷阵之时一颗子弹飞来，立刻倒地牺牲。而那些长久患病，痛苦辗转的人，则像被俘受刑的人员，忍受长久的煎熬。人的命运不同，死法也迥然各异，会是哪一种，全不受主观控制。见过那么多老同志逝去了，捕捉不到规律，真是天意难测啊。

细想起来，像他这样走的固然不少，而更多的人则是久病不起，屡受折磨的，也可见人的生命不愿或是不甘轻易离去。

2005 年 11 月 14 日　星期一　晴　风

终于有点冬天的味道了，气温降到了 10℃以下。而且刮起了风，走在街上满目萧瑟，到处是枯枝落叶，裹得严严实实的人们步履匆匆。

两天休息时间安排得很满，周六上午照例去看妈妈，带了些昨天做好的焖面，这次是我一个人去的。

周日下午去敏儿男朋友的房子看看，这是小户型独居经济适用房，位置还不错，在两广路上，房子虽说小点，但结构不错，厨、卫俱全，那个横贯了卧房、厨房的大阳台，更是让人喜爱，敏儿忙着收拾东西，一副幸福的小妇人样，这让我十分欣慰，想起自己初婚时的情景，恍若昨日，时间真是过得太快了，心中也漾起了一种做母亲的幸福感。

周末两天上午都在家里练字、去地坛打拳。

总是觉得身体有点不适，眼睛有些浮肿的样子，不知是否是文迪雅药性所致，下午就好一些了，今天早上起来又觉得要感冒似的，赶快喝了板蓝根，下午好多了，还是要好好呵护吧。

有时总想，我就要剩下这身皮囊了吧，年轻时的理想、追求以及敏锐的思维、飞扬的文采似乎都没有了，脑子里常常出现的也会突然忘记，有时说话也语无伦次似的。要写点什么东西更是觉得才尽词穷，提笔忘字。外人看来可能还不觉，似乎我还是像过去那么精干，那么活泼，实际里面早已空了。就像一个曾经辉煌的王朝走入了末路。这与老化有关，也与那么多次的治疗有关吧，这也是无可奈何的事，只能顺其自然吧。

现在能做的只有呵护身体了，这还有点积极的意义，舍此无他矣。

2005 年 11 月 21 日　星期一　晴

这个周末没有到妈妈那里去。一则天气不好，二则妈妈那里太冷，三则这两天身体也有些不适，眼睛总是肿肿的，到下午似乎就好些，也许是文迪雅这种药的副作用，我已经把它停了。今天感觉好一些，但有些胃酸，吃了胃药，中午拉了一次肚子，胃倒是好受了。

周日那天让龙龙去看老太太，恰逢庆安夫妇在，拆迁办的人也正在入户调查，这样龙龙也就有机会叙述了情况，这样很好，能做的做到了，争取到什么程度就什么程度吧。

机关里在组织免费打流感疫苗，许多人都不打，我也在犹豫，明天下午还有机会，再考虑一下吧。

这一次复发治疗以后，我觉得自己真是变了，不是思想上、精神上的，而是实质上的。我觉得自己迟钝了许多，过去的文气、才气、灵气似乎都没有了，要写点什么东西也是才尽词穷，对什么事情也都失去了兴趣和联想，要记什么东西都很艰难似的，这情景真的很让人害怕。这样下去岂不成了行尸走肉了吗？是不是放、化疗对大脑的损伤？很有可能。

那药物能损伤肝、损伤肾、损伤肺、损伤心脏，就不能损伤神经、损伤大脑吗？一定会的！我该如何抗争呢？我想没有其他办法，只有多读多写多练手了。注意积累素材，注意锻炼思维吧。

2005 年 11 月 23 日　星期三　晴

昨天写了一天东西，是为了今天中心组学习准备发言材料，学习"十一五规划"建议的心得。边读边思边写，发现自己的文采还可以嘛，也常常文思如涌呢（呵呵，给了点自信），从今天的发言来看，反映还可以，至少条理比较清晰，说理比较深入吧。所以还不必那么悲观吧，好好练练，能恢复能拾起的。有时间练练诗词吧，那能锻炼脑筋。

今天看报纸，偶然发现一篇写肝部损伤表现的，觉得跟我的情况很相似，比如劳乏、大便变化、胃部不适等。仔细回忆这症状，似乎是在停了肝泰乐之后，于是赶快把这药又吃上了，又上网查看了一下这药对护肝、解毒很有好处呢，还是吃下去吧。

昨天龙儿那里发来外调函，要发展他入党呢。

2005 年 11 月 24 日　星期四　晴

又一位老司长突发脑溢血去世了，看他的档案今年 76 岁，是一位出生于香港的老大学生，离休前是培训司的司长。我和他不熟悉，简历上看，当年也一定意气风发、气度非凡的吧。否则何以能放弃了香港的生活，而留在这为国为民的岗位上尽瘁终身呢。

看老同志的资料就像看一道道风景，是活动的甚至旋转的，我们看着他们老去，他们也曾看着我们成长，社会就是由这样一些环节连接起来的。

防疫针最终放弃了。这个决定是在给老高她们打了咨询电话以后做出的，她们说得有道理：疫苗就是病毒。以我的身体状况，不一定承受得了呢，还是靠中药等提高免疫力吧。

昨天在网上看到一篇一个母亲写她患骨癌 8 个月后最终去世的女儿的文章，小女孩只有 4 岁，心里很难过。真不明白为什么厄运会盯上这些刚刚进入人世的如花蕾般的孩子。我暗暗祈祷保佑我的孩子平安。这个世界有太多的苦难、灾难，人一路走过来真的很不容易，这就是人生吧。

2005 年 11 月 29 日　星期二　晴

天气终于冷了，昨天的大风之后，气温最低降到了 −1℃，最高也只有 9℃，有了点冬天的感觉，也许是"天人感应"，走在萧条的逆风中的大街上，心情也总是灰灰的。

母亲那边拆迁的事情终于进入了实质阶段，前两天过去，院子里已经有拆了的房子了，问庆安他们的情况，仍是补偿的事情没有定下来，但他们已经在收拾东西，准备搬家了。尽管春华、男男甚至阿姨都说已和老太太说好了，搬到他们的新家去，但提到搬家，老太太却情绪激动，连说："我哪里也不去，我没有家了，我要去八宝山！"这情景让我也很为难，也有些动气，不知她是否糊涂了。海棠的话也许有道理，在这个院子住了快50年了，说起搬自然心里难受。这件事对母亲来说的确不是小事，我也很后悔自己的不冷静，应当好好劝慰一下的，她老了，又有病，对于生存和生活质量已经很无奈了。我们也只能等待。现在的情势是母亲只能先跟庆安走，关键在于这是母亲的选择。唉！生活中的事很难有模式，也难有预测，只能是随情况发展而定，力求做到公平公正、合情合理吧，尽管这很难。

这些天，地坛那里又成了闹市，我趁机买了几本书。这里的书要便宜许多。一本老鬼的《母亲杨沫》只卖10元钱，正规书店里要32元呢。

我们策划、制作的挂历今日送回来了，真漂亮！老同志们的作品很拿得出手的，搞出版的说："不看署名还以为是名家名作呢。"老同志们的这种对生活热爱、对生命珍惜的态度和情趣，很值得后辈的我们学习呢，其实我们也快进入这个行列了，该有些准备了。人生真是快啊！转眼就是百年，不经意间已到晚年了。

也许是周六、周日走得太多了，从昨天开始两个膝盖就开始红肿，特别是左膝，走路上楼都有些困难，只好贴上了壮骨膏了。

2005年11月30日　星期三　阴

今天到医院去看中医，先测了一个血常规，结果白细胞又掉下来，成了3500，比正常的最低限还少500呢，淋巴细胞又有些了，这让我有点紧张，问李主任，他说是感冒引起的，因为白细胞少，所以反映不出来。接着又查了一下糖化指标，是6.6，还可以。李主任说："6.5是优，你可算优下。"然后开了药，说是有血淤，要先调理一下，原来的方子暂停，这7服药每天一服，下周三再去。我想中医就是这样吧，讲调理，讲和谐，从用药上体现出来。那就这样先吃吧，看看是否手眼胀涩的症状能减缓或消失。李主任的意见是，文迪雅还是要吃上，吃完这一个月看看结果怎么样。那也只能遵医嘱了。他说身体状况与劳累、着急、生气都有关系，所以要自我调节、平衡心态。此言不差，心中谨记。

这几天在看老鬼的《母亲杨沫》，看到文革中的种种事件，虽曾经历，也触目惊心，怎么理解人性啊，匪夷所思！

2005年12月5日　星期一　晴

从周五晚上开始大风降温，一直延续到今天，周末两天我连房门都没出，怕着凉感冒。今天早上上班全副武装：羽绒服、帽子、手套、口罩，将自己捂了个严实。其实并不是很冷，空气很清新，我于是去掉了口罩，阳光下的空气虽说寒冽，却很新鲜，天空也被风吹得十分清澈，算是难得的"环保天"呢。

周五那天龙儿回来说支部大会已经通过他入党了。无论如何这是个好消息，孩子在争上进。虽然眼下许多年轻人对入党已经不那么热衷，入党也不再是社会崇尚的热门，但做为一个公务员系统的人来说，这是个起码的条件，龙儿很安于自己的工作，也在按照这个岗位的标准要求自己，这让我们深感欣慰。

上午建华和庆安分别打来电话，告诉妈妈已搬迁的消息。妈妈终于告别了她厮守近 50 年的老房子，搬到高层楼房里去了。对于她是人生的一件大事，她心中一定颇多感慨，妈妈的性格有点怪，她的真实想法有时候很难琢磨，我想她一生遗憾的事情肯定不少。到如今，纵是有什么想法也无法实现了，只是苟延残喘而已，但愿她能接受这个现实，心态平和地渡过余生。

（二十七）心有余悸

2005 年 12 月 6 日　星期二　晴

昨晚因看希区柯克执导的一部悬疑片《西北偏北》而睡得很晚，也许是精神亢奋难以入眠，我在照惯例做了腹部按摩以后，习惯性地将手伸入腋下，想到去年此时的情景，仍然心有余悸。忽然手中有了那种触摸小结节的感觉，心忽地一沉，两条腿立即瘫软，难道说又是恶梦？手停顿下来，但并没有离开，强迫自己冷静，又缓缓地触摸一遍，不，不是那种感觉，也没有固定的硬块，只是有小片从手中滑过。本能地认定这不是。我闭上眼睛，让自己放松。心中的异样渐渐退去。为什么会腿软？还是有恐惧。是的，这种病就像一个魔鬼的影子，让人防不胜防，不给人一点预感就会突然袭击，让人承受许多非人的痛苦之后把命夺去，真是一个恶魔。

想起早上在网上看到的那个患白血病去世的 22 岁大男孩顾欢，那个让龙儿的女朋友（就在她们医院里）痛哭，让无数网友哀叹、悲伤、感动的顾欢，他年轻的生命就在他下岗的父母背债 30 万元、医院无力回天的情况下，被病魔索去了。我似乎看到那魔鬼狰狞的笑脸和那一个个心有不甘、死不瞑目的年轻的灵魂。当人类还不能征服魔鬼的时候，我们只能在它的魔掌中跳舞，我真心的希望我的亲人、我的朋友、所有的人们都不要陷入这魔掌，而我则只能借助现有的科技和医生，颤颤微微地、小心谨慎地抗争，力求延缓宝贵的生命，直到力尽，无可奈何之际，这抗争当然也增添着生活的内容，抒写着生命的光彩。

　　早上起来心中仍放不下，细细地想来自己最近的身体状况似乎没有去年发病前的那种疲乏、困倦和烦闷，甚至也没有做过什么恶梦，那一切在我看来是恶魔透露的信息。好像都没有了，况且还在服用抗恶魔的西药和增强战斗力的中药，我想应该没事的，心暂且放下。

　　其实想了这么多，还是反映出内心的恐惧，是，是有点怕，那怕只是不甘心现在就失去生命，家庭需要我、孩子们也需要我，我的人生尚未完成，我必须活着。无论如何我必须选择坚强、选择抗争、选择胜利。我相信自己心慌腿软是一时的，倘若可恶的事情真发生了，我仍会像去年一样，义无反顾迎上去战斗到最后，即使最终无可救药，也要将这对生命的珍惜、对生活的热爱、对亲人的眷恋以及乐观而坚强的精神彰表于人，留给后代，让他们更好地生活，完成他们的一生。

早上一到办公室就给医院打电话，预约了明天去看中医的李主任，有他的帮助，我会没事的。

（二十八）说中医

2005年12月7日　星期三　晴

天气晴好，但气温很低，早上起来就坐地铁到医院，因为天冷，打车的人多，车不好打，路上又塞车，不如地铁痛快。到了医院先查血，血常规和餐后两小时血糖结果是：白细胞4000，已达正常值；淋巴细胞稍高；餐后两小时血糖8.7，也还算理想；其他正常。李主任给开了调理身体、抗肿瘤的汤药，嘱可三天一服。谈起中医治疗的机理，他说："人生病，西医会通过各种检查渠道确定哪个部件出了问题，然后决定替换这个部件或是对其用药。中医呢，认为可能不只是这个部件的问题，而是几个部件相互作用的问题，因此要调理。"我觉得这是两种认识和分析问题的方法，我更倾向于中医，觉得它秉承了中华民族"天人合一"的传统理念，也附合现代和谐的理念。但中医是个慢工细活儿，要有耐心，要坚持。

2005年12月9日　星期四　晴

天气干冷干冷的，上午一上班同志们就分头去给老同志发送大米和油，这是局里为老同志过元旦准备的，自然是受欢迎的好事情，但做起来很麻烦，也很辛苦。大家对我十分照顾，怕我累，怕我冷，多次催促我回办公室，我总是心有不忍，总还想尽自己一点力气。我不愿意"食俸禄"而不出力，真要什么也做不了的时候，干脆退休回家，决不空占虚位。

也正是基于同样的想法，我不愿意接受机关工会的"济困送温暖"钱，觉得心里很不安，不能总是以这个病为由多拿钱，何况也不愿意总以病人形象示众。我很有些动情地表述了自己的看法，但看来同志们并不接受，随他去吧，钱真的领回来再花到大家身上去就是了。

年轻的时候想到老了以后退休，就觉得应该有一个小圈子，却无论如何没有想到这个小圈子会是这样一些人。

2005 年 12 月 12 日　星期一　晴

周日去看了母亲，她住在庆安的新家里，看上去气色不好，聊起来心情还算平静，但"我没有家"这个结始终在她心里，她一生好强，老了在儿子屋檐下，终是心中不平衡吧。我理解她的心情，却也无可奈何，事情一步步发展到现在这个样子，也没有什么好的办法，就如同历史上那些年迈的帝王，或被臣子挟持，或被儿子们所累，都非主观所愿。我们所能做的就是经常去探望，力所能及地满足老人的一些要求。

从庆安家出来，我的心情也不好，想到自己的儿女，想到两代人之间的代沟，忽然就有了和母亲一样的心情，似乎感受到了晚景的悲凉。许多事还是要早做打算，不给自己提前安排好，到时候就只能任人摆布了。眼下能做的，还是尽力恢复好身体，这样才有一切精神和物质的基础，否则就只有凄惨了。

周五晚上接虎山的电话，他们一家四口于周六早上到北京，我们帮他们安排在核工业部招待所，他的煤矿发生了事故，死了3个人，这件事发生在整顿期间，不仅让他损失了300多万元，而且矿主和包工头还要被判刑，他们的心情很不好，大约是来散心的吧，伴着窗外呼呼的风声，房中的气氛更显得凝重了。

这两天总在想着"人生如梦"这四个字，却无论怎样也品不出其中的味道来。

2005年12月13日　星期二　晴

昨天看了一天劳动部机构变迁历史的资料，并从中摘抄了离退休司局长们的履历，心中颇多感慨，想象着不同历史时期，他们年轻时工作、生活的情形，时间过去，如今做古的做古，年迈的年迈，所有的一切都变成了这冷冰冰的白纸黑字，又一次想起"人生如梦"，转眼就是百年。

今天中午请虎山他们吃饭，"上车饺子下车面"，应一应这句老礼儿，不提那件堵心的事，只胡乱地扯些家常。饭后回到家，他们喝茶休息，准备乘晚上的火车返回。我就到了办公室，想让龙儿开车去送站，他们执意不肯，也就作罢。

2005年12月14日　星期三　晴

刚刚去医院探视老同志何玲回来，她深度昏迷已经48天了，但今天看上去还好，眼睛可以转来转去，有时嘴也一张一合的，像是在说话。何玲今年 85 岁了，是已故的于光汉部长的老伴，他们相依相携走过 60 年春秋，今年 8 月份于老去世后，一向还硬朗的何玲倒下了，这一倒就是厉害的一倒，几近植物人。

探视回来，我们都在感慨人生，说着些叹息的话，不外是"今日活着今日就要快快乐乐""长寿要以健康为前提"之类的。我却在想象着那里躺着的仿佛是我的母亲，因为实在太像了。除了母亲有意识和部分语言之外，其他无异，母亲一生要强到如今又能怎样？人生真是难以琢磨，更无法预测，虽说有生就有死，但生且不同，死更有异，人能把握的实实在在只有今天。

2005 年 12 月 19 日　星期一　晴

这两天天气暖和了一些，周六、日早上就去地坛打了太极拳，总是觉得不如以前精神了。连着两天早上出去活动就觉得累，气喘、眼睛肿，加上每天下午又要到外面去转，第一天去了家乐福，第二天去了美廉美，今天早上就觉得累，看来提前老化了，是药物的作用吗？也许是，但精神上还是要乐观些，看看周围那些七八十岁的老同志，不是都挺精神的吗？无论如何我还不到 60 岁，既使是有药物的作用，也到不了七八十岁呀，该锻炼还是要锻炼，不要放纵了自己。人总会老的，要接受这个现实，要平和地应对这个现实，重要的是心态要年轻，要有一种乐观向上的精神，人才会越活越年轻。

2005 年 12 月 26 日　星期一　晴

这几天应当是数九寒冬，天气却转暖了。今年的气候有些反常。国内国外灾害不断，让人觉得老天爷也犯了更年期。

那天开党委会，老同志张伟的一席话很有意思。他说，人生就像排队买票，一个挨一个，偶而也有插队的，都在门口买了票就进去了。他说得很形象。他还说，退下来了才体会到什么是幸福。幸福就是想吃什么就能吃，想到哪去就能走，就这么简单。很有哲理的话。对人生的领悟，人与人各不相同，但都是源自个人经历和修养，也可称作人生观吧。

周六，我和海棠去看了张艺谋的新片《千里走单骑》，很好看，故事好、演员好、思想内容好。我和海棠都爱看电影，假日里有好片子去看一看也是对生活的一种调剂。

2005 年 12 月 28 日　星期三　阴

上午去医院照例是检查了一下血常规，结果还是偏低（3.86），淋巴细胞偏高，李主任问是否感冒了，细想起来是有点儿，开了中药，又去开了西药弗隆，算下来又是 170 多元，想一想给国家添了不少负担。应当知足了。

（二十九）世上没有完美的事

2005 年 12 月 31 日　星期六　阴有雪

终于下雪了，虽然时间不长，但也足以将房屋、树木覆盖成了白色。2005 年的最后一天，天空送给我们一场雪，一份清新的空气。

　　昨天上午去医院探视病人，下午开了全局总结会，结束了这一年的工作，晚上大家聚餐欢庆。今天就比较轻松了，和同志们聊聊天，整理书报上上网，午餐后和大家一起打会儿扑克，直到下午 3 点，就准备准备回家了。

　　昨天的会餐大家都说时间过得真快，又都祝贺我身体恢复得好，我也很高兴，又赢了一年了，每晚我都暗中祈祷，祝愿自己健康长寿，给自己以暗示，让自己更坚强。

　　日子就这样如流水一般过去，去年的事仿佛就是昨天，而日历已翻过了 365 天。距离退休只剩下 2 年 6 个月的时间了，在这段时间里除了保养好身体之外，还要尽力搞好工作，为今生的工作生涯画上圆满的句号。

　　前两天看一个电视节目，是采访山西省一位著名的考古学家张颔的，老人家讲到人生，提到了龚自珍的一首诗：

　　　　未济终焉心缥缈，百事翻从缺陷好。
　　　　吟到夕阳山外山，古今谁免余情绕？

　　竟让我如醍醐灌顶，顿悟了许多人生哲理，是啊，世上哪有完美的事物？人生总是有缺陷的，这才是正道，所以不能怨天尤人，还是顺其自然的好。

　　昨天打开邮箱，发现丁东发来的一篇关于保健的文章，且不说内容如何，只这挂念就让人感动。他们两口子都是专家学者，每天的事情那么多，还惦记着我的身体，这份情足够暖人心的了。

2006 年 1 月 17 日　星期二　阴

到年底总是忙乱。

周六去庆安家给母亲过生日，母亲老态龙钟，神情痴痴呆呆，完全像个人偶，抚摸着母亲花白的头发，心头真是感慨万千。

周日上午收拾了一下厨房已经累得气喘吁吁，看来体力是大不如前了，而且右膝红肿，特别是左膝，以致难以行走了。我已把文迪雅停了，腿和眼的肿胀得以缓解，这两天又停了弗隆，今日膝盖也好多了，是否由弗隆引起我不得而知，但这种雌激素抑制会促进衰老，加重骨质疏松和关节病变却是医生说过的。弗隆这种药是用于癌症晚期，我没到这种程度，是否会过度治疗呢？心中疑问颇多，完全停掉怕癌症复发，一直服用，不良反应又这么大，尽管医生和说明书上都认为没有什么不良反应，但自身感觉是很真实的。我自己减少药量，加大中医治疗，密切关注变化情况，这样坚持到 4 月份复查时，看怎么样再做打算吧。

2006 年 1 月 19 日　星期四　阴

两天来随大家去探望老同志，远远近近走了十几家了。家家不同，人人有异，令人感慨命运的神奇。有一位老同志年轻时潇洒辉煌，官至副部长，到老来却被肾病折磨，已透析三年，现在想要睡个安稳觉都不行，由于血液中毒素太多，致使身体奇痒难耐；夫人也患重病，血小板低于正常值很多，只能靠吃一种抗癌药维持，而这种药的副作用则是容易引起白血病。老同志一生只有一个女儿，生活也不如意，婚姻失败。看到他的样子，心中真是难过，这种生活质量真是生不如死，怎能乐观得起来？而另一位，是个一般干部，自己身患绝症，手术后情况尚可。他的儿子下岗，家中十分贫困，但是他心态很好，看上去也还精神。无论是哪一位，人老了都会身不由己，疾病缠身。老马是位司局级离休干部，自己身患子宫癌，7年前做了手术，如今又复查出问题，丈夫也是离休干部，年愈90岁，比植物人略强些，年届80岁的老马既要承担家务、照顾丈夫，还要承受自身病患的痛苦，虽然家里条件尚好，但内心压力非同一般。她说自己当年曾注射过"兰他隆"，效果不错，这次复查有问题，又想再注射这种药，却被厂家告之已停产，但有替代的升级药，名字叫弗隆，这与我正在服用的药是一样的，看来这是种有用的新药，但对于我是必需、适合的吗？

如果家里有条件好的儿女，情况就会大大改观。老孙和老曲家就是例子。老孙曾任劳科所所长，现在心脏已换过瓣，老伴儿也已去世了，儿子在亦庄开发区买了140多平米的房子，装修得很好，雇了保姆照顾，老孙的晚年应当说是平安、稳定的。老曲的老伴也已去世，女儿是美籍华人，一位从事油画艺术的画家，年方40岁，小有成就。女儿为他在CBD旁买了300多平米豪宅，也雇了保姆照顾，老曲不仅衣食无忧，而且相当享受。两天走访下来，对人生命运又有诸多感触。

有点累，但心情尚好，从老同志们身上也看到了许多人生的亮点，学到了一些养生之道。

2006 年 1 月 24 日　星期二　阴

时光越发地快了，转眼间离春节只剩下几天，一年就这样过去了，从 1999 年发现癌症至今过去六年了。六年还算平安，去年的局部复发又是个小高潮。一年谨慎小心，加之付出抗争的代价，又过去了。随着头发的重新长出，身体的逐渐康复，"好了伤疤忘了疼"的故事又将重演。但细细品来，体力、精力还是大不如前了，放弃了一切的劳心费力之事，只剩下吃喝玩乐了，这是不是应了病友们的那种话："没心没肺"？但我知道这其实是苟且求生，是不顾一切地为了生，甚至不管这生的价值，只把"生"当作唯一的目标，可这样做真的能保住生吗？

近日总做恶梦，有些梦轻松，有些梦沉重，而有些梦却是莫名其妙，细想起来似乎能在生活中找到模糊的影子。比如同事间的意见，对某些人的看法，由于某种原因感情的失落以及对另一种可能性的渴望等，能想出原因的也就释怀，却有时又担心是某种疾患的暗示，我是否过于紧张了？

我是个内心丰富而外在封闭，渴望交流又拒绝交流的人，很矛盾的一种性格，处于这样一个公职，许多话不能随便说，回到家里，相互间太在意，许多话也不能随便说，孤独与寂寞自然时时潜于心间，那虚幻的网络自己也喜欢，但又不愿多付出，许多时候也就在心中自我消化吧。好在时光过得很快，如湍急的流水，一股脑儿就把一切都带走了。看看妈妈现在的情形，活得还有什么意思呢？所以我想要长寿必得健康，没有健康不如短寿，但这岂能尽如人愿？也只好顺其自然，自寻其乐了。

2006 年 1 月 25 日　星期三　晴

今天早上去医院，照例又做了血常规，淋巴细胞比白细胞低，却比上次高了，是 3.9，淋巴细胞虽高，也比上次低了41%，仅比正常值高 1%，情况还是很乐观的，照例开了中药，是汤药。我还是喜欢汤药，因为这很个性化，而那些中成药则过于共性了。吃药已经成了生活的重要组成部分，不怕麻烦。

从医院出来，天气好，心情也挺好，就坐车到"三友商场"去买裤子，买了两条，然后到东四七条，约上建华夫妇去吃北京小吃。九条口上有一家护国寺小吃店，豆面丸子汤、面茶、扒糕什么的，边吃边聊，说起妈妈的近况和后半生，姐妹俩也只有唏嘘。

再有两天就是除夕了。海棠在家里收拾，还买了鞭炮，今年要好好除除晦气、秽气呢。

2006 年 1 月 28 日　星期六　阴（农历除夕）

今天就是除夕了，想起去年此时，正是难受的时候，去年此日的前一晚刚刚在家中昏倒，化疗后的不良反应，让我几乎难以承受，今年已然大不相同，能恢复到这样子，很满足了。我心里从不把自己当作病人，除了看病吃药。在内心深处我时时呼唤着健康与长寿，我珍爱生活、珍爱生命，珍惜有生之年的每一天，再加上和谐的家庭，不，应该说是美满的家庭生活，和谐的工作环境，科学的医疗保健和稳定的经济基础，这些都是我能够战胜病魔的有利条件。生病不可怕，在当今这样极速运转的社会里，环境污染现象丛生，不可能不生病，生了病悲观失望和因无力救治而绝望才是最可怕的。所幸我有条件，而且是那么好的医疗条件，我没有理由悲观失望，我还要高高兴兴地再过几十个除夕呢。

昨夜又做了一个很奇怪的梦，梦中的自己似乎在一个集体环境中，忙着完成一项集体任务，忽然海棠拿着一份化验单来，说怀疑子宫又有了问题，于是我说那就住院，去手术吧。说话时，心里还想着反正手术也不知疼，手术后还跟现在一样，只不过做了子宫切除手术后会发胖吧，这样想着仿佛又要准备去住院。我拿过化验单一看，却又项项显示合格，什么"未见异常""表面光滑"之类赫然于目。我怕海棠着急，就说不然再到医院复查一下吧，说着竟然醒了，看看表，才半夜4点多，黑暗中自省其梦，一定是白日间忽然想起4月份要做复查闹的，加之想去厕所，憋得小肚子疼吧。人说梦是反的，一定不会有事。

自打得了这个病，人就变得神经质起来，冥冥之中信了许多传说和宿命，一时也会窃笑，但更多的却是苦笑，但我始终相信：存在决定思想。

216

（三十）又一个春天来了

2006年3月15日　星期三　晴

天气暖和了，人的心情也不一样了，每天上午和同志们一起做做广播体操，中午去地坛转转，沐浴着春光，挺舒服。也就忍不住想出去踏青，看看朋友，于是给小群和小虎发邮件，由此心中又漾起了一首小诗：

> 听到春天的脚步吗？
> 她正急急地赶来，
> 那稍纵即逝的白雪，
> 是冬天不甘退却的抗争，
> 那呼啸的北风是春与冬的抗争。
> 如果你还没感受到春天，
> 就去看枝头拼力努出的绿芽儿，
> 公园里泛起潮湿的草地。

2006年3月29日　星期三　晴

昨晚一家人一起去吃了过桥米线，然后龙儿送海棠去火车站（他的哥哥去世了，他要回到老家去办丧事），敏儿和小孔陪我回家。到晚上一个人进屋睡觉，心中凉凉的，没人进来看看窗帘是否拉好、被子是否盖好，问问屋里冷不冷，要不要打开热风扇。唉，一种习惯的积淀，酿成了深情厚意，怎一个爱字了得！我甚至体会到了父亲走后母亲的心境。

今天早上起来去医院看中医，先测了一个血常规，结果很差，白细胞只有2800，印象里这似乎是最低的一次，包括做放化疗时。李主任说与吃抗感冒西药有关系，还说病毒性感冒也会这样，但是反映有病毒的淋巴T细胞却又正常。他给我开了五服汤药，是针对感冒的，也是解毒去热的，说是每天一服，下周三再来。从医院返回来就先煎了药，饭后半小时喝下去了。然后睡觉，2点多才来上班，一下午感觉还好。

晚上孩子们都回来陪我，还是有儿女好啊，和建华通了电话，她又去照顾母亲了，很感谢这位妹妹，给了我很多安慰。

2006年3月31日　星期五　晴

这次的感冒气势汹汹，半个月来吃了不少药，尤其吃了三服中药，有好转，但似未痊愈，过低的白细胞给了我不小的思想压力，很怕并不全是感冒惹的祸，小心翼翼地，减少了活动，等待着下周三的再次复查，如果仍是不见好，恐怕要提前去看程大夫了。

2006年4月2日　星期日　晴

天气不错，身体也可以，下午就和龙儿一起去看老太太。从和平里到康家沟，不到2点出发，3点15分才到，又舍不得每次都打车去，坐公交车就是费时间，好在天气暖和，车上又有座位。

妈妈还在床上躺着，见到我又哭了，她说："一见到你就想哭。"我问为什么见我就想哭，她说："见着亲人了！"这话让我心里也不好受，她好孤寂，失落心理可见一斑。给她换了尿布，洗了屁股，服侍她穿好衣服，阿姨把她抱到轮椅上，我推到厅里，见到我买的点心就要吃，我给她用温水擦了脸，梳了头，就拿了蛋糕给她吃，阿姨冲了露露，怕她吃多了影响晚饭，就不再让她吃了，她很不高兴，呆呆地看着阿姨："她不让我吃。"我只好劝解，过了一会儿，她突然说要站起来，我和阿姨搀起她，但她根本站不起来，我突然意识到这只是她的一种心理而已，她想站起来，她不愿意接受自己目前的现实，唉，可怜的妈妈！

4点半离开那里，龙儿去接阿云了，我一个人坐地铁回来，买了菜，洗了澡，自己热了饭，一会儿敏儿就要回来了，明天此时海棠也回来了，一家人在一起多好！

2006 年 4 月 6 日　星期四　阴转晴

今天早上天气阴沉，才想起昨日是清明了，和海棠一起乘地铁去八宝山，给父亲扫墓。

天气阴沉沉的，一如走进墓地时的心情，父亲离开我们快二十年了，记忆却未模糊，经过岁月的洗礼，反而更清晰。细想父亲的一生，可谓坎坷跌宕，带着他所处时代的明显印迹。一生际遇造就了他内敛、孤僻、羞涩，有时暴躁的性格，也造成了他晚年疾病缠身，痛苦凄惨的生活。

他一生追求事业，追随政治，却屡被风浪冲击，尤其文化大革命中竟将他冲到狱中；他一生痛恨说谎作假，却无论如何逃不脱谎言的魔爪，直至让他百口莫辩，无处安身；他一生忠于自己追随的组织，却被组织以"莫须有"的罪名剔除出去，即便如此，他也还在教育自己的孩子，不要记恨组织，是他自己不好。他曾经坚守在自己的岗位上，为了上级布置的任务累到吐血，因此患上胃病，得到的是一本立功证书，但当他被人污蔑、被人栽赃时，却没有人相信他，一副冷冰冰的脸孔，一纸文书将他扫地出门。

在我的记忆中，父亲就是个工作狂，很少在家中见到他，只记得他很严肃地告诫我们要按照毛主席的教导，做个共产主义接班人。

父亲晚年很痛苦，被组织剔除所造成的心理阴影始终未散，父亲身患肺癌、会厌癌两种原发癌，最后吞咽十分困难，但他依然惦念着我们的学习工作，不肯多耽误我们的时间。那时候本就寡言少语的他，言语更少了，常常一个人呆呆地坐着，不知在想些什么。

至今父亲已走了十多年了，但他却还活在我们的心里，父亲的耿直、敬业甚至忍辱负重都化做了我的血液，流淌在我的身上，变成了我的性格，展现在我的人生中。

安息吧，父亲，人都有一死，我们会在另一个世界再相聚。

从墓地出来，苍茫而阴沉的天上，有一只纸鸢独自飘舞，我知道，那是父亲的灵魂，他在看着。我目送着它，在心里说着再见。

2006 年 4 月 24 日　星期一　晴

今天是个难得的好天气，不仅晴空万里，艳阳高照，而且无风无尘，又很暖和。

早上起来就到医院去看中医，这一段时间白血球总是上不去，使我产生了换方子的想法，恰好周三又要去春游，所以就挂了另一位李医生的号。果然一个医生一个说法，她听到我的情况以后先是说，可惜，你已经吃过 3 年三苯氧胺，应当坚持吃 5 年就不会复发了。又说西医不主张减药量延长吃药时间——这是针对我把弗隆改成两天吃一片说的。接着号脉，说脉象不好，免疫力差，要很好调理，还说中药不能隔两天一服，要每天吃，吃上一段看看再说。停了阿胶，认为糖分太高，开了生血丸。嘱我"五一"节过后好好调理一下，我想吃她几服药看看如何，这样节后就是周一，正好可以来看病。

每个人有每个人的情况，每个医生有每个医生的特点，多听听、多看看会有好处的，何况这位李医生也曾是李主任推荐过的，说她看妇科癌症有经验。

回来跟海棠一说，他很生气：早知道必须要吃 5 年，也不会出这些问题了。

唉，说这些有什么用呢，始知人的生命贵贱真不相同，有多少人有我这样看病的条件呢，知足的同时，也有几分苦涩。

2006 年 5 月 4 日　星期四　阴雨

终于迎来了春雨，两天来在家中休息，又喝汤药，似乎好了许多，眼睛的浮肿也没有了。

孩子们都在家休假，自然就乱些。

想一想人这一生也挺有意思的，赤裸裸来到这个世界上，先是逐渐地熟悉了自己成长的环境，熟悉父母、兄弟姐妹，待到长大成人，又熟悉自己的爱人，在这个过程中不断地调整和改变着自己，让自己也不断地变化或成熟，最后走完自己的路，这或许就是人生吧。

细想想自己这一生也已经走得很远了，快到终点了，没有这种思想认识和准备是不行的。

有这种认识也并非悲观，敢于面对现实的人才能够平静地接受现实，并在现实中扮演好自己的角色。

2006 年 5 月 23 日　星期二　阴

早上起来就往医院赶，两个科的号全挂上了。肿瘤科程主任的是 2 号，我就先去。到了那里恰好 1 号还没到，我就成了第一个。进去，例行检查，他仔细地查看淋巴，颈部、腋下，然后看双乳，然后腹部按压，背部敲击，"疼吗？""不疼。"简单对话，然后起来。"不错。"程主任是个不爱言语的人，涉及病情时，更是出言谨慎。既然要做复查，就要各项都查，抽血、胸部 CT、腹部 CT，他问："上次做骨扫描是什么时间？""去年 2 月。""那么这次做一下吧。""一定要做骨扫描吗，是怀疑骨转移？""不是怀疑骨转移，而是说你这种病容易骨转移和肺部转移，还是要做一下。"我无话可说。接着又开了钙尔奇 D 片。他说，吃"弗隆"容易引起骨质疏松。我问："那么家里的生命液钙还要吃吗？"他没正面回答我，只说："钙尔奇 D 要吃。"我明白了，这意思就是说，我开的药得吃，至于你家里的药你自己决定。我觉得这就是他的风格。

我拿着一堆单子，开始楼上楼下跑，划价、交钱、预约，CT 约到 30 日（下周二），骨扫描约到 1 日（下周四），一交钱，加上弗隆，药费一共 4000 多元呢。接着到五楼去抽血，这边人少些。中医的号还早着呢，踏踏实实下楼去喝了碗粥，吃了个包子。直到 10 点 20 分，李主任的号才排到我，问诊、号脉、开药，说到升血丸，他说："这还是我进的药呢。"我说："那怎么您没给我开过？"他说："怕上火。"我说："那倒没有。"说到喝药间隔的问题，他不以为然："一直在喝着，无所谓间隔一天半天。"等到拿了中药回到家已经快 12 点了。

有点累，有点晕，还是要好好休息。

2006 年 5 月 30 日　星期二　晴

上午去医院做 CT，顺便看了抽血的化验单，除了血糖偏高（128）、白血球偏低（3.43）、胆固醇偏高外，其他基本正常，特别是肝功和癌胚抗原等几个关键指标均在正常范围内，所以心里也就有了底了。不过，也说不好，2004 年复查时这些指标也正常，结果 2005 年 1 月门诊手术切除那个结节来化验就不正常了，害得我又做了化疗、放疗，所以，CT

和骨扫描的结果也不能小视。吃药、检查，一次次提心吊胆，似乎已成为生活的常态，大约要伴随终生了，那就成为习惯吧，以一颗平常心来面对一切，不急不慌。

第三篇 转移

时光如流水。2006 年儿子结婚，年底母亲去世。2007年，我生平第一次出国，去了澳大利亚，参加一个就业培训。2008 年，我结束了 40 余年的工作生涯，终于走到了供职的最后，退休了。退休后，我帮助儿子带孩子、上网写诗词、打太极拳、学唱京剧，当然也一直在坚持吃药，坚持锻炼，坚持工作，坚持复查，虽然每一次复查都如履薄冰，但每一次也都过来了。每年都曾多次感冒，却也都有惊无险地过去了。伴随着癌症，日子一天天走过，慢慢地走向了晚年。想起当年初病，曾那么希望自己的人生能够完整，有青年、中年、老年，这个信念支撑着我，走到了退休，走进了夕阳。

（一）退休后的生活

2008 年 1 月 17 日 星期五

我终于在新浪网上开了自己的博客，名为"寥廓冬雪"。

取自重新联系到的朋友老周新年贺卡中引的一句古诗：

借问冬雪意，寥廓写满天。

今年的日记基本是要写在博客上了。

2008 年 2 月 29 日　星期五

无论如何今天我都要写点什么，因为我最后一天上班了。终于有了退休通知，3 月份就领退休工资了。

我们这一代人对单位有着特殊的感情，没有 70 后、80 后那样的"现代派"，那样的勇于跳槽，敢于不断选择新的环境。尤其像我这样的"守旧派"，对自己经历的东西，像自恋狂，怎么看怎么喜欢。这几天收拾东西，心中难免生出许多的感慨来，当然免不了有时光荏苒之类的心绪，悠忽间就有了紧迫感，觉得许多事情还要做，而时间确乎很紧了，倒有些紧张起来。想想自己这么多年都是在干着别人安排好的事情，几乎没有干一件自己想干的事情，那时总是说等退休吧，退休了就有时间了。现在真的退休了，时间呢？精力呢？当年的激情呢？似乎都同往事随风飘去了。要重新收拾起心情和愿望，岂非易事？但我还是要做点什么，写点什么，尽力去填补往昔的空缺吧。

2008 年 3 月 10 日　星期一

早上睁开眼，哦，今天有点不一样，不必急着起来去上班了，不是周日却可以照常去打太极拳了，心中就有了一丝喜悦，原来我已经厌恶上班到这种程度了吗？窃笑。

自退休那日起，每天的生活变得轻松了许多。早上照样早早起来，梳洗完毕赶到地坛公园去和拳友们打太极。自从1999 年做完了那个大手术以后，坚持每天打拳就成了生活的必需。9 年了，几乎没有间断过，别人夸我有毅力，其实和我的那些拳友比起来，我算什么呢，他们有的已经坚持了 30 多年了。

说起太极拳，真有一股神奇的力量，即便是我们这些半路出家的，只要坚持，体质就会增强。这些年来，我的病体恢复得快，在很大程度上得益于此。

每天清晨，伴着鸟语花香，在林中空地上，深深吸上一口气，起势、揽雀尾、白鹤亮翅……蹬腿、下式……舒展了身体，吐纳了丹田之气，两套拳打下来，神清气爽，再和拳友们聊聊家长里短，社会新闻，一个早上在愉快气氛中过去，一天的精气神都是好的。

回来上上网、整整素材、写写字，闲来逛逛市场，自己动手做几个爱吃的菜，给孩子们一个惊喜……每周两次的京剧队活动也是不能少的。一群戏友痴迷在皮黄腔韵之中，品味着国粹的魅力。别人唱的时候，自己闭上眼睛，轻轻地打着拍子，心中追随着悠扬的乐曲，像一只小船倘佯在碧波湖上。轮到自己唱了，沉下心来，先运口气，然后随着胡琴声起，自己的声音就融在了琴音里了，或高亢或沉郁，那一口气在胸中高昂低回，冲出口去真可以绕梁三日了，呵呵，自吹自撺！一个上午不知不觉过去，还没过够瘾呢。

人生是有阶段的，我想我的这个夕阳阶段也一定会过得很好。这个阶段来得多么不容易啊，是与癌症的多年抗争得来的！

2008 年 3 月 22 日　星期六

七律·感时

悄然一夜及时雨，又见枝头绽蕾急。

带露红桃烟柳荡，凝湿绿草暮云低。

韶华满眼须臾去，岁月浮生顷刻移。

最是一年春景好，菊花过后鸟空啼。

（二）学会潇洒

2008 年 7 月 5 日　星期六

人到了这把年纪，似乎已经看透人生了，可是仔细想想，人生到底是什么，人从哪里来会到哪里去，人为什么活着，死后又会是什么样子？

站在大街上，看来来往往的人群，他们或急匆匆或慢悠悠，都有自己的目的地，无论是去哪里，不外乎为着吃喝，为着生存，为着今日的存在，也为着明日的告别。看看天，天上日月星辰，它们也在完成着自己的宿命，然而它们却古老永恒得多，和他们比起来，人类不过是匆匆过客而已。有点天文知识的人都知道，我们今天看的星光有的其实是上万年前发出的，所以古人说"天上只三日，世上已千年"，不是没有道理的。这样一想，人生真如草芥，所谓人生一世，也就是草木一秋罢了。

坐在书桌前，翻看自己的旧时日记，几十年的时光，就在这一翻中过去了，给自己留下了什么呢？给人世留下了什么？看看镜中两鬓染霜的容颜，自问还有多少日月可以挥霍，半世追梦寻缘可有了答案了吗？日子如流水般过去，时光有自己的事情，它铁面无私，从不给任何人多留一份，只让你自己去掌握。就像属于你的那些钱，你不算计，就全流走了，等你迫切需要时，已经没有了，而且不给重新来过的机会。

去医院看望病人，自己得了重病，到墓地送走自己的亲人，你会亲身感受到生命的脆弱、人力的无奈、人生的有限。每一个人，无论是伟人还是凡人，无论你曾经怎样地风光无限，怎样地权势显赫，怎样地富贵堂皇，甚至怎样地不可一世，你都避不开那最后的时刻，正所谓：纵有千年铁门槛，终须一个土馒头。人从无中来，必到无中去，而且是赤裸裸地来，也将赤裸裸地去，追名逐利徒费浮生。一人头上一片天，谁和谁也无法比、不能比。

还是从从容容地活吧，该学习的时候就好好学习，该奉献的时候就好好奉献，该退避的时候就安心退避，因为这世界不停地发展，旧的生命必定要走到人生的边缘、社会的边缘、人世的边缘，新的生命需要新的生长条件，也创造着新的环境，明天总是属于新生命的。

天人合一、顺其自然，大约这就是自己悟到的一点生命哲理吧。

2008 年 7 月 27 日　星期日

记得小时候曾在北京的香山上看过落日。晚霞映衬着一轮夕阳，缓缓地滑向云海。那夕阳没有了正午时的骄奢，圆圆的、红红的，在彩霞的围衬中，那么安详，那么温馨。天空更加澄明，仿佛要让太阳回山的道路更加清爽。慢慢地，夕阳坠入云海，在消失的一刹那，轻轻地跳了一下，就像是告别，然后不见了，只留下金黄色的亮光和满天的云霞。我和许多游人仍久久地站在那里，为这壮丽所感动。许多年过去了，这一幕落日的辉煌却深刻在我心中，生活中许多时候，那时的情景会油然浮现。

有一段时间，我骑车上班总要经过体育场外的林荫道，在每一个没有风雨的早晨和黄昏，我都会看到一位坐在轮椅上的老人，有时是他自己转动轮子行走，但更多的时候是另一位老人用自己蹒跚的步子推着他走。无论早晨，还是傍晚，两位老人总是向着太阳，他们的身上总是披着霞光，他们的脸上总是带着微笑。有时，他们会促膝交谈，不知是在回忆逝去的风雨，还是在谈论仍存憧憬的未来，那一份相依相携的深情，那一种平静坦然的神态，常常让我想起香山落日的余晖。在趟过了曲曲折折的岁月之河，经历了狂风暴雨的命运洗礼之后，他们平静与自然地走着最后的人生之旅。

由于工作关系，我经常接触患病的老人，并且参加他们的葬礼，这不仅让我领略了生死，看到了人生的最后阶段，而且让我常常想起香山的落日，给人以悲壮，也给人以辉煌。

日有朝升夕落，人有生死相随，这本是大自然的规律，不以主观意志为转移，大不必"对逝水则伤心，望落叶而悲秋"。"君不见，黄河之水天上来，奔流到海不复回。""落花不是无情物，化作春泥更护花。"当人生进入晚年，意味着生命之火烈焰渐衰，正如那落日，照耀过晨露，跨越了大地山河，即使有一天突然熄灭，也如夕阳沉入山谷，化作绵延的云霞，散成五彩的尘埃。像生命的诞生一样，生命的逝去同样美丽。

这就是夕阳给予我们的启迪。

（三）过年的联想

2009 年 1 月 28 日　星期三

今天是大年初三了，春节又将过去，再一次感慨时光流逝的匆匆。2008 年到底如何，不同的人已经有了各式各样的描写，但于我，却是别有感触。

当年圣人站在河边发出"逝者如斯夫"的感慨时，是一种什么心情，今天的我当然不能全知，但有一点应当是相通的，那就是对时光流逝的慨叹和对人生短暂的无奈吧。年轻时每到过年，总会有一种兴奋，一种放松，一种恣意的欢乐，即使到了中年时，每逢过年，也都会有许多节前的忙碌，置办年货、购买新衣、理发盥洗……过年那几天，布置房间、贴福字和对联、梳妆打扮……也是心气儿足足。过年，是孩子们的期盼，是年轻人的欢乐。

这两年，这心劲儿对于我，却是年年减少，先是母亲两年前在新年前一天过世，后是一年里连续去世几个亲友，自己也在 2008 年离开了工作岗位，结束了 40 年的职业生涯，开始了退休生活，逐步接受"老人"的称谓和身份。自从得了那场大病，身体日渐衰弱，终日药物不断，随着自己一步步走进夕阳，身边的亲友一个个离开人世，心情也变得伤感和脆弱起来，始知情绪和身体是密切相关的，如同那个大观园里的林妹妹，想要豁朗都不可能。过年，只不过因为孩子们都放假回家，兄弟姐妹们借此相聚，比平时更加忙碌罢了。

想想这一生悠忽间就过去了，许多年轻时想做的事情都还没来得及做，如今要想做成，已然是难上加难，有些甚至已经成了终生的遗憾了，比如对亲友的那一份情感。有一首古诗讲年轻时不知愁的滋味，"为赋新词强说愁"，到老了，识尽了愁的滋味，却只说"天凉好个秋"了！

这两天也看了不少写过年的诗词，最喜欢的竟然是周作人的那首：

转眼三百六十日，又是风寒雪紧时。

放下闲书倚窗坐，一尊甜酒不须辞！

（四）总是胸闷

2009 年 8 月 4 日　星期二　闷热

又是这闷热的天气，这恼人的天气！每当这时候，我就会胸闷、气短，很难受。仿佛是上天在提醒我是个病人。虽然手术已经过去 10 年了，但那把达摩克利斯之剑总悬在头上，让人时时不敢掉以轻心。1999 年下半年到 2000 年年底，长达一年半的放化疗，随后三年的抑制剂药物，并没有阻止住复发，2004 年年底到 2005 年初夏，又重新进行的放化疗，让人心悸。随后又是三年的口服抑制剂药物。事后有人告诉我，这一次属于过度治疗，还好，我自己做主将六个疗程的化疗变成了一个，后面的五次我没做。但是，这已经足以将我的身体摧毁了。化疗损伤了我的肝肾，破坏了我的胰岛，让我的血糖升高，得了继发性糖尿病，抑制剂药物使我的骨质疏松，让我的骨关节提前进入了老龄期，头发更是脱落了两次，特别是我的肺，连续钴 60 照射，不仅让皮肤受损，留下了疤痕，而且 CT 显示右肺已经出现条索状纤维化了，也就是说那疤痕也留在了肺上，这是导致肺活量减少、呼吸不畅的直接原因。西医说，这是不可逆转的，也就是说好不了了。最初听到这句话的时候，非常沮丧。但中医说，可以恢复。

我开始吃汤药，吃了无数剂。每次复查的时候中医问我"片子上有反映吗""范围缩小了吗"，拿来两张片子比较，嗯，小了。也许真的小了吧，可是一到这样的天气，还是憋气。阴沉的天气本就让人忧郁，再加上胸闷，心情就坏到了极点，连做梦都是悲伤的了。

唉，赶快下雨吧，让明天开朗起来！

2009 年 8 月 5 日　星期三

单位里一个老同志去世了，70 多岁年纪，很有风度、很精神的一个老太太。去世前两个月刚刚参加了台湾十日游。端午节那天突然觉得不舒服，好像全身哪里都疼，到医院一检查，原来是肺癌晚期，已经骨转移，并且肝、肾部都已发现了癌细胞，两个月之后，她去世了。在八宝山举行的遗体告别仪式上，大家都很难受，想起她一贯的好身体，想起她参加老年合唱团、参加组织支部活动，想起她的儒雅风度和乐观精神，一阵阵惋惜，一阵阵唏嘘。

我却为她高兴，觉得她是一个有福的人。既然死亡是不可避免的，那么当然遭受痛苦的时间越短越好，突发心脏病、脑溢血，抢救无效，虽然给亲人带来了撕心裂肺般的痛苦，但却"当机立断"，干脆利索，留给人们的永远是最体面的记忆。

因为我所从事的工作的关系，看了太多的病痛和死亡。年轻人说到浪漫的爱情，总爱说"和你一同变老"，其实老了更多的却不是浪漫，且不说人老了以后体形改变、容貌改变，甚至脾气性格都会改变，就说生病吧，就足以让所有的浪漫化为灰烬，所有的耐心变成无奈。一位锅炉方面的专家，留苏学生，著作等身，晚年却是疾病缠身，高位截瘫十余年，最初时神智清楚、思维敏捷，我去看望他时，他躺在床上微笑着，用右手食指和中指贴在眉边马上伸出，给了我一个俏皮的敬礼。没过几年，他过 80 岁生日的时候，再去看他，他已经连手脚都僵硬，只能抬头，而且神智不清了，我们送上花篮和蛋糕，曾是中学教师的夫人想把他扶起来照一张相，但他目光呆滞，一连声地说："别、别、别动！"不知是有意识的，还是无意识的。留给我印象深刻的是他的家，那个两居室的房屋不仅空气浑浊，而且凌乱无比，他的夫人形容憔悴，年届五十的女儿也患上了乳腺癌。他家平时的生活是怎样的艰难，可以想象。就这样过了十余年，在他将近 90 岁的时候去世了。我们都为他夫人和他那个家感到欣慰。

我常常想，死亡其实不可怕，因为人人都有那一天，不过早晚而已，如果每个人到了该死的时候，都能痛痛快快地赴死，倒也无所谓，可怕的是谁也不知道谁怎样的死去，不知道死亡前会有怎样的挣扎。如今医学发达了，靠药物和机械也能够延续生命，但那样的生命对于本人没有任何意义，对于家庭徒费了钱财和精力，远不如顺其自然的好。所以我想，假如我到了那个时刻，我绝不要求上什么呼吸机，甚至会选择割断气管，毫无益处的抢救，就让我体体面面、有尊严地走吧，既然走是无法避免的。

老王走了，她曾经是我的偶像。倒不是因为别的，只是因为她在 20 多年前也做过乳癌手术。我得病之后，她曾多次看望，并且告诫我说：得了这种病就得没心没肺，该吃吃该喝喝，千万不能生气不能劳累。我还记得她第一次见到我时就告诉我，给她做手术的是黄主任的老师，现在去了美国，她就没做过化疗，那个大夫对她说："你若是我的亲戚，我就绝不给你上化疗。"她自己是一个开朗乐观的人。其实她的病比我的厉害，腋下淋巴转移不少，做了改良根治术后，没过两年又做了子宫切除术，后来因为肠胃不好，又做过一次腹部手术，但她的精神状态一直很好，是老干部书画会的成员，写意花卉画得很好，不仅经常参加各种展览，而且获过大奖。我很喜欢这个胖乎乎的老太太，每次见面我们都会聊上一阵子。我最后一次去看她是两年前了，那时她已经 80 多岁了，因为腿不好，已经不能下楼了，老伴儿已经去世了，儿女们也不一起住，雇了一个保姆，小小的两居室满是宣纸、画笔和画稿。虽然还是高门大嗓地说话，脑筋却有些不清楚了。后来，孩子们把她送到了松堂关怀医院，前些日子她走了。

这个消息很让我郁闷了好几天，也说不清是为什么，其实，单位里的老同志走的也不是一个两个，况且谁能不走呢，可是老王走，我却有些异样的感觉，仿佛有什么暗示似的。我知道她和我没有任何血缘上的关系，可我就是爱这样瞎想。我知道这是一种阴影，一种得过这种病的人的阴影，心理问题，毫无益处的。但我还是郁闷了好几天……

（五）看病的思索

2009 年 9 月 30 日　星期日

在家休息忽然想起了这句话：多看几个医生。这句话是那位中医科主任说给我听的，他认为这样可以避免偏听则暗，有助于了解病情、确定方案。遵循这个原则，这些年来给我看病的医生也不下十个了。前天去医院看的是一位退休的老专家，一个慈眉善目的老太太。听完我的情况，就问我："是看还是开药？"我说："看。"我知道如果我说只开药，她就会按照以前医生的方子开药了事。听我说看病，她的话语就多起来。告诉我，她曾经跟随著名的余桂清大夫十几年，深深知道余老的看病方略，对于像我这样的癌症病人，绝对不可以吃螃蟹和鳝鱼，牛羊肉和虾只能"浅尝辄止"。每年四节：中秋节、春节、端午节、清明节前后，一定要服汤药。还说，千万不能大意，一定要定期检查，不能劳累，以防止复发。接着又为我讲了她的几个没有按时复查、吃药不对路，在几年之后去世的病人的例子。然后，给我开了七服汤药，又开了健脾健肾的成药。离开医院的时候，我不仅满载而归，

237

而且心理上也多了不少收获。

2010 年 5 月 23 日　星期日

今天是我 62 岁生日，敏儿夫妇送我一条金项链，链子 18K 金，吊坠是朵小花儿，24K 金的，花了那么多钱，孩子们的心意，我很喜欢，也很高兴。

自题贺词一首：

满庭芳　生日

柳絮飞檐，榆钱惹眼，又是浓绿余春。

白驹逝水，自在又乾坤。

回首韶光碎影，休道是，几缕烟尘。

看庭院、老桑树上，结子亦缤纷。

销魂。当此际，眉梢添喜，美酒盈樽。

漫思量平生，鸿爪泥痕。

纵使鬓增霜发，又赢了，一岁光阴。

倚楼望，彩霞照晚，燕子正穿云。

本以为就这样安度晚年了，可惜，那个"朋友"又来了！

2010 年 10 月 16 日　星期日

这一场感冒折腾了十来天了，确切地说，我不知道这是不是感冒，若不是又是什么呢？

上个星期日，孩子们休息，早上我自然是要到公园去打太极拳的。天气不错，打完拳还很惬意地在地坛公园转了转，因为这里正在举办健康、养生博览会。我买了两副号称具有远红外效果的护膝，准备送给小群一副——她的腰腿也一直不好。下午，他们夫妇刚好到附近来办事，也就顺便到了我家，我们一起聊天，很快乐。看看时间到了傍晚，我们一起去吃了大同刀削面。饭后，余兴未尽，我一直把他们送到了地铁站。从站里出来，才觉得有些冷了，越走越冷。回到家，竟然冷到发抖。很多年没有这种感觉了，莫非发烧了？一试表，果然，38.3℃。心中一惊一喜。我居然发烧了！自从 10 年前那场大病，还真没好好发过烧呢。听人说，发烧是自身免疫力强的表现，是自身抗击外来病菌、病毒的结果，只有身体素质好的人才能够发起烧来，若是身体弱些的，还烧不起来呢。十来年了，尽管当初医生曾千叮咛万嘱咐：千万不能感冒！可伤风咳嗽流鼻涕，却总也没断过。就拿这次来说，过"十一"的时候，刚刚感冒了十来天，这一次又来了。但这一次发烧了！这是不是说明我的身体素质好了呢？心中还真有些窃喜。

吃了些抗感冒的药，早早睡下，海棠给铺上了电褥子，还给我又加了一条压风被，床头放了一个小暖壶，让我多喝点热水。半夜醒来，一试表，38.7℃了！心里有点紧张，扛不住了，赶紧起来吃了阿司匹林维 C 片，围上被子出透了汗，想着明天就好了。可是，第二天，烧倒是退了，病症不仅没好，反而加重了，浑身一点劲儿都没有，咳出的都是黑黄黑黄的浓痰，嗓子已经哑得说话都变了声音，孩子们着急了，催我去医院。我却不愿去，想着家里还有不少抗感冒的药呢，什么清开灵、川芎茶调颗粒、银黄颗粒……反正我又不能吃抗生素——这是十几年前医生就嘱咐过的，理由是我的血象太低，也就是免疫力太差，抗生素是杀灭白细胞的。所以，凡有不适，我一直是吃中药的。

这样坚持了两天，实在不行了，周四那天，终于去了医院，照例挂中医科，一位主任医师接诊——是位山西籍的老大夫。没多说什么，号脉后只说了一句："吃汤药吧。"我还在说着吃过的成药，他摇摇头："不管用了，热毒已经入肺，吃汤药吧。"不容争辩，其实，我也真没想争辩，当下拿了方子，划价、交钱、取药。只因自己的那个病，我总是很谨慎，又去照了一个胸片，还好，没大碍，只是有些纹理粗重，正合了大夫的诊断。自此，每日煎药、吃药，两服下去，半夜 1 点多上厕所水泻（这大约就是医生说的热毒下来了吧），三服下去，症状就缓解了。浓痰没有了，嗓子清爽了，浑身有劲儿了。假如看西医，一定会说我是重感冒，但中医说热毒，几服汤药解决了问题。看来，这世上的事情，本来就是多解的。

（六）肺部发现结节

2010 年 11 月 7 日　星期一

人生真是无奈，你永远也不知道明天会发生什么，尽管经历过跌宕起伏，尽管接受过不少专家们的建议，但最后发生什么，你还是不知道，永远是被动的。难道这就是命运？

那天的 X 光片结果出来了，右肺中叶有小结节，建议做 CT 检查。不知道这将带来什么，也许没什么，但也许就有了什么，尤其对于我来说，不能不往最坏处去想。十一年了，莫非那个恶魔真的又来了吗？

没有任何办法，只能去做进一步的检查。

既然不知道明天会发生什么，既然想不出明天会怎样，那就不要想了，按照那个冥冥中的安排去做吧：明天去医院抽血、做 CT，无论什么结果，坦然面对。

这件事，我没有告诉家人，老伴儿高血压，怕他受惊，还是等有了确切消息、不得不告时，再说吧。

2010 年 11 月 25 日　星期二

今天去看了抽血和 CT 结果，抽血化验没有大问题，但 CT 结果还是同 X 光片一样，肺部有小结节，建议做进一步检查。我不知道那抽血是不是属于进一步检查的范围，但医生还要我做骨扫描和腹部 B 超。她的理由是：要重视，需要全身检查一下。我问："那结节会是转移吗？"她答："不好说，如果其他检查没有问题，就可能是一般结节。"我无言，开了检查单据，然后去交钱，预约到下周二。心情还是有些惴惴的。1999 年的那一场病，居然延续到了 11 年之后。癌细胞真的是很顽强啊。这十年，也没消停，2005 年胸部刀口处出现一个结节，尽管很小，也在门诊除去了，但仍然做了化疗和放疗，又吃了内分泌药三年多。如今，又是五年，又在肺部出现了结节。从一开始治疗，所有该做的都按照医生的安排做了，包括放化疗，包括吃中药，包括打太极拳锻炼，包括调整心态……但没有阻止它的脚步，它还是来了。

抽血没有问题，这让我的心里有了些底，觉得骨扫描和B超应当也不会有大的问题。但凡事都要做最坏的打算，向最好的方向努力，用生命的顽强来对付它的来袭吧，我不会放弃抗争的。无论是什么结果，我都会坚强面对，一步步走下去吧，过好今天就有明天，反正那最后的一天是谁也躲不过去的。

还是没和家人详细说，只是告诉他们：医生很认真，要求全面复查。反正这种检查以前也曾经做过的。一个人得了病，其实最受煎熬的是亲人，能给他们宽心就宽些吧。

2010 年 12 月 20 日　星期一

其实我真的不知道是不是感冒。周六早上起来，觉得身上很难受，发冷，冷得我把棉裤、棉衣都穿上了，甚至毛袜子、棉拖鞋。就是发烧的感觉，可是，一试表只有 35.2℃。晨练是不能去了，偎在沙发上，看书吧。

不知道是怎么了，这几个月来连续感冒。10 月一次十来天，11 月一次十来天，现在是 12 月。刚刚才停了汤药、消炎药，怎么又这样了呢？上个月的感冒，胸片显示有结节，一系列的检查还没做完呢。抽血、B超、CT、骨扫描，除了肺部的结节，其他都没问题，可就是这结节，成了大问题。9 日那天去看的肿瘤科主任周大夫，她反复看了片子以后说，还是不能定性，需要再做增强 CT，约到了 1 月 4 日。她给我开了抗生素，让我连续吃六天，她希望是一般炎症，但不排除转移。我问："如果是，是不是要手术？""那倒不用，要做化疗。"又要化疗！我怀着等待宣判的心情回到家，只说了要再查。不能多说什么，怕给他们增加心理负担。但自己的心却总在是与不是之间颠簸着、熬煎着。

也许这就是身体总会出问题的原因之一吧，否则，为什么吃着中药、西药，却还在不断地病着。但也许，这就是信号，预示着再查的结果吧。

仔细想想，人真是挺可怜的，了解天文了解地理，却对自己了解的最少，能战天斗地能搞阶级斗争，却抵不过无穷变幻的病菌病毒。刚刚看完了电视剧《医者仁心》，最大的感触就是，面对死亡时人类的绝望。是啊，生生死死世世不休，谁又能避过呢。

这样想想也就释然，管它什么什么呢，该怎么着怎么着吧，反正也不由人，能由人的只有自己的心态。既然躲不掉，就不要躲，愁也是过，笑也是过，那就笑着过吧，至少自己坦然了亲人也好过些。拼着这条老命，撑到哪天算哪天，真到了过不去的那一天，也笑着离开。

2010 年 12 月 23　星期四

冬至过了，转眼间一年又将过去，时间的匆匆甚至让人目不暇接。就想起半世时光，心中涌起诗句，是感慨，是小结，也是自我激励吧。

古诗 遣怀

(一)

疏帘楼上月，照我不眠窗。

长风几万里，难追旧时光。

少小读一经，热血复衷肠。

天下皆为我，山河尽红装。

巨龙一摆首，躬耕别故乡。

山高路途远，欺花风雨狂。

憔悴心已老，无处话悲凉。

一别数十载，归来人已苍。

纵然东风起，无奈两鬓霜。

慨然一声叹，半世俱已殇。

(二)

一帘春梦远，梅笛在耳边。

往来多少事，随风化云烟。

曾经沧海变，有何不坦然。

点点昔日泪，化做新诗篇。

水自山中澈，出山水成川。

变幻本正道，何须独自怜。

桃花夏荷美，秋菊亦光鲜。

伏枥休弃志，无须再扬鞭。

人生叹苦短，盈缩得永年。

桑榆犹未晚，夕阳霞满天。

（七）疑似转移

2011 年 1 月 7 日　星期五

　　早上 4 点多就起床了，顶着凛冽的寒风，我打车到了医院，时间是早上 5 点 35 分，医院的大门刚刚打开，在寒风中等着挂号的人们涌进门诊大厅，在这里有 6 个挂号窗口，人们继续等待，等到 7 点的时候开始挂号。我很幸运地在一个窗口排到了第二名，要挂那位肿瘤科主任的号，不这样恐怕会白跑。真不错，我挂到了 1 号。这时还不到 7 点 10 分。8 点开始看病，我还必须到 CT 室去取 1 月 4 日做的加强 CT 检查的结果，这是我今天来的主要目的，也是内心忐忑的主要原因。从 11 月感冒照胸片发现肺部有结节开始，为了查清那结节的性质，我已经先后做了包括抽血、B 超、骨扫描、CT 在内的多项检查，虽然其他检查没有问题，但 CT 检查却是右肺中部结节：不排外转移可能。也就是说，我在做了乳腺癌手术 11 年之后，又出现了转移的迹象，这真让人郁闷。4 日那天做了增强 CT，用肿瘤科周主任的话说：不放心。今天就要看这最后的结果了，排队等着的时候，我把自己这些年的病例从头看了一遍，那里有每年做各种检查的记录，的确以前没发生过出现结节的现象，我想，做最坏的打算吧：那比中大奖还难的概率，也许就真让我遇到了。片子拿到了，但我看不懂，看文字说明：肺部结节与 11 月片子比较基本相同。这是什么意思呢？不明白。赶快到诊室等着医生解释吧。

坐到诊室门口，心情倒也平静了，等着吧。想起哪位作家说过的，人的一生就是在等待中度过的。其实等待是最磨人的。

"1号——"，我站起身拿着片子走进去，坐到主任面前，这是一位中年妇女，戴着眼镜白白净净，十分文静，那个片子就是她给开的诊疗书，此刻，她拿起片子，十分认真地看着，我觉得她看的时间好长哦。"嗯，没什么变化，从11月到现在。"她终于开口说话。"但只有一个半月的时间，有点短。我还是不放心，你还是要再'吃'些射线，三个月后再做个CT吧。"噢，比我想象的要好。我的心终于轻松了些。"我以为要上化疗呢。"我有些调侃地说。"化疗可不是轻易就上啊。本来你已经10多年了，应该不会有什么事了，可是，你看，"她把一张片子举起来，指着上面的一个点点给我看，"这个结节是新发现的，过去的检查中没有，所以，要重视。""是不是因为从10月份以来我连续感冒导致肺炎引起的？"我搜索着原因。"不是。那些毛玻璃影子是炎症，那些瘢痕是放疗致使的损伤，结节不是这些原因。"过了一会儿她说："看看中医吧。"这话让我多少有些吃惊。虽然我同时已经挂了中医专家的号，但一位西医大夫建议我看中医还是让我有些意外，要知道许多西医对于中医要么讳莫如深，要么不屑一顾，眼前这位肿瘤科主任建议我看中医呢，无形中对她增添了些许敬佩。开了点降脂药和阿司匹林，又开了补硒的药，她说这对肿瘤患者有益，说可以常吃。结束了，我告辞出来，虽然还是留了个尾巴，但这结果还是挺让人轻松。

接着转去看中医。这位中医专家李大夫，也是位中年妇女，也戴着眼镜，文文静静的，我吃她的药已经好几年了，我们很熟悉了。我把大致情况告诉她，她开始给我把脉、看舌苔，然后说："肺中淤气未消呢，有结节不怕，不少病人吃中药最后结节都化开了，你不要着急。但你要听我的话，第一每天晚上 11 点前必须睡觉，第二绝对不能劳累，要放松心情。我给你开药，一个月后再来把脉，调整，咱们争取三个月复查时把结节化开。"这一番话真让人振奋！"好吧！"我信心十足！接着开了散坚化结的中成药和增强免疫力的中成药，告诉我怎样吃，让我坚持。至此，我的心情完全好了：在与病魔的战斗中，我并不孤立！一句"咱们……"让我增添了无穷的力量。

拿上药，走出医院，虽然依旧寒风凛冽，我的心里却是暖暖的了。

（八）继续看中医

2011 年 3 月 9 日　星期三　晴

早上 5 点多就起来，准备去北京医院看中医、拿药。宝宝孙儿已于 3 月 1 日正式上幼儿园了，虽然还只是半天，我的感觉就轻松多了，至少看病不必等阿云倒班了。

但今天还是没按计划，因为李大夫和李主任都没出诊，我又不愿意白跑，于是挂了另一位专家的号，张大夫——一位须发斑白的老者。他认真地看过病例，听了我的叙述，问：

"今天来主要想看什么？"我知道他看到了我以前吃的谁的药，这一问既单刀直入，又儒雅得体，我答："药快吃完了，想让您给看看是否需要调整？"他就认真地把脉，然后告知："血糖要监控、记录，看看情况再调药。清热解毒的可换成西黄丸，停了小金丸，百令胶囊继续吃，另外加上河车大造胶囊。其他降脂西药和阿司匹林、格华止不变，吃到清明后再来，我酌情再调。"问起肺部结节，他只说要继续复查，对于能够化开一说，似乎不以为然。

一个大夫一个思路，对于我这样的慢性病患者，多看几位，多听意见和建议，似乎也不是坏事，何况李主任之前也曾说过，有病要多看几个医生呢。

2011年3月21日　星期一　晴　大风

京剧队戏友老王走了，那个和善、温厚的老人，摔了一跤造成两处脑出血，在重症监护室躺了两周后，一句话也没留下，去世了，享年83岁。今天我们到八宝山去送他最后一程。回来的车上，大家一直在说，就差一个人！大家都明白，在老人摔倒的那个早晨，如果身边有个人扶他一把，就绝不会出这样的事情了。

人啊，真是需要相互支撑的，尤其对于高龄老人，实在需要身边有个相扶相持的人。

2011年3月22日　星期二　晴　大风

太阳真好，照得天空蓝蓝的，纤尘不染。但温度并不高，还有四五级大风。这些年来的气候确实变了许多，灾害连连，地震、海啸、暴雨、暴雪……频繁发生。人类把地球开发得太狠了，大自然开始报复了。

大到地球，小到个体，凡事过度，物极必反。想起周五去看腿病。照了片子，医生说，膝关节退行性病变，有增生，有炎症，还有游离物，"用得太狠了，这不像是你这个年龄的关节。"医生这样说。是啊，当学生时的任性长跑、登山，插队时的上山担水、挑柴，工作后的率性歌舞，所有这一切从未曾想到过对膝盖的损伤，它默默地承受着，终于在重病之后，骨质疏松之中，垮掉了，也反抗了，却也为时晚了，无可救药了。医生说唯一能做的就是置换关节，但那也只是权宜之计。我知道，面对如此精密的一架人身机器，如何能容得下异物同存？何况，现如今的人工关节都是国外进口的，都是按照西方人的身体尺寸设计的，对于东方人相对瘦小的身躯，那尺寸能合适吗？

我决定不做。我说，我要善待它，不让它累、不让它冷，要与它和平共处，聊度残年。

这也如同那生了病的地球，不要再去开发、使唤了，让它好好休养生息吧，善待它吧，与它融为一体，让我们回归到自然之中，共祈和谐，或许还有明天。

2011 年 4 月 14 日　星期四　晴

上午医院放射科打来电话，问右胸肋骨是否骨折过？这让我觉得奇怪，莫非胸部阴影看不清楚而怀疑骨折吗？我如实说了手术、放疗等情况，对方说，噢，手术过。听上去是个年轻的女孩声音。放下电话心里很不踏实，莫名的有一种紧张。我知道海棠也是。想了想，给医院小吴打了个电话，请她帮忙给问一下。过了一会儿，电话打来了说："没事，不是你想的那样，只是想弄清楚些。"至此，心里踏实了些，由它去吧。应当相信自己的感觉，相信其他的检查都没有问题。

人哪，常常很脆弱，无论在人面前怎样坚强、乐观，其实心里的恐惧埋藏得很深。又想起那句话：我不怕死，怕的是那份折腾。

2011 年 4 月 21 日　星期四　阴雨

今天去看了 CT 结果，基本上与前次相同：肺部术后损伤，微结节，其中一个仍是 0.7 毫米。看来一点没变，那些化结药基本不起作用。有一个结论是：右胸三、四肋骨高密度影，陈旧性骨折可能。什么时候骨折的？自己都不知道。不过，想起来 2008 年检查时那地方也有问题似的，当时医生说可能是手术伤，也可能是骨质增生之类。看来人对自己的身体的了解真的还有很大的空间呢。

2011 年 6 月 27 日　星期三　阴

去医院看中医。让李大夫看了头上的包、颈上的结，李大夫说：上火、炎症。停了河车大造，开了解毒下火的药和清洗的外用药。

2011 年 8 月 1 日　星期一　晴转阴

这几天为了写回忆录，搜罗 20 世纪 60 年代上中学时的日记。重新翻阅，颇多感慨。过去的岁月真如茫茫烟雨中的远山，已然模糊不清了，但又分明闪烁着点点足迹，让我一点点去探寻、去发现：我从哪里走来，如何变成今日。的确，当年旧迹已模糊，但留下的却不是轻烟薄雾，任由风吹雨打去，那是坚实的根基，是今日大厦的地基、今日之树的深根。

《我的六十年》已写到文革前，就要去经风雨了。那个曾经一帆风顺，热情、活泼、聪明、能干的小姑娘，就要走进人生坎坷的第一道门了。

2011 年 9 月 6 日　星期二　晴

今天阿云休息，我一早赶去医院抽血、做复查，然后去取了周四做的 CT 片子。看分析上写的都是与前同，仔细一看，却发现是与 9 月 1 日的片子作对比，这就不对了，怎么用同一张片子对比呢？立刻返回去询问，那位护士马上给写报告的那位打电话，回话说"日期写错了"。我说，如果只是日期错了问题不大，只要不是别的问题就行了。她说，那不会。最后把片子留下了，让等那位写报告的人休假回来改过我再去拿。但愿只是时间的错误。

每次复查心里总是惴惴的，总怕会出现恶性的情况，是脆弱吗，还是恐惧？还是缺乏自信？似乎都是，又都不是，说不清楚，反正是惴惴的有些紧张。

2011 年 9 月 21 日　星期三　晴

　　今天到医院去取了 CT 结果，都与 4 月份相同，也就是说那些结节依旧在，没变化。按照那位肿瘤科女医生的话说："看上去有点像转移，但一直没变化，说明你自身免疫力控制住了，没有发展起来，半年一复查吧。"这话让人心里有了阴影，但又想，中医还是很有效的，就这样控制着吧，将来的事情不好说，总是有个地雷埋在那里似的，没有办法，只有处处小心，保持身体健康吧。

（九）结节明显增大

　　说是保持身体健康，但在实际行动上往往就忽视了。自那以后，忙着出游，忙着杂事，忙着自己写作，甚至忙着房子装修……一点也没把身体放在心上。这期间，感冒没少得，眼睛也闹病——眼底黄斑病变，导致视力下降，不可逆。 又多了一个不可逆的病症了，而且是"心灵的窗户"。忽然想起一位作家说过的："人是一点点死去的。"尽管早已参透了生死，但这个话题依然让人沉重。 不是我消沉，是病患太无情！经过治疗，特别是吃中药，眼病有所缓解，但接下来的忙碌还是没停：家庭装修，忙得忘了半年后，也就是 2012 年 4 月份应当去复查，结果，直到 9 月份，装修完了，有时间去复查了，可出了问题了。

2012 年 9 月 8 日 星期六 晴

我必须要记住今天这个日子：终于确诊，那 13 年前的恶魔又回来了，肺部 0.7 的结节明显增大。

在忙完了家庭装修以后，上周去做复查。自从 2010 年冬天发现肺部结节以来，每隔半年照一次 CT 已经成了惯例，但 4 月份本该去的，却因为家庭装修忽略了，直到 9 月才去。周五去拿结果：与 2011 年 4 月相比，结节明显增大，建议做进一步检查，不排除肺癌可能。我的头轰的一下大了，一直以来担心的事情还是发生了。但我很快冷静下来，我赶快又挂了肿瘤科专家号，这一次出诊的是一位副主任医师李大夫，把片子拿去给他看，原以为会让我再做一次增强 CT 的，没想到他看了片子，立刻就说：还是做掉为好，不管是什么性质，拿掉再说。接着给我推荐去海军医院做伽马刀，他说，用射线把它烧死，这样创伤小，痛苦少。我问：那能知道它是什么吗？良性的还是恶性的，是乳癌转移还是肺癌初起？他摇摇头说，不能做病理。不过，无论是什么都还很小，不必做放化疗的。但我是个喜欢把什么都搞清楚的人，即使最可怕的结果，我也要知道真相。他给我留了电话，也推荐了医院胸外科专家，让我回去考虑。

周五是我们京剧队活动的日子，从医院里回来我先到了活动站，把这个消息告诉给他们，因为我知道他们中也有肺癌患者做了手术的，我想听听他们的经验。李老师向我推荐了一位看片子的专家，让我去找他看看片子再决定。当时就打电话联系，约好周六过去。回家来，我上网查看，这位名叫李铁一的专家真个了得，今年已经 85 岁了，业内人称"火眼金睛"、放射治疗一代宗师！

（十）幸遇李铁一

今天下午 2 点，女儿开车，我们去了李大师所在的友谊医院，如期见面。这是个十分随和的老人，非常朴实，让人很难与大教授、博士生导师、知名专家等名衔联系起来。只有在他工作的时候，认真看片子的时候，你才相信他真的是个专家。他拿出自己专用的一把小卡尺，把我从 2010 年冬以来的历次片子，一张一张看着、量着，然后在处方纸上记下来，怕纸小写不下，他的字很小，几乎可称之为蝇头。过了很久，他终于抬起头，放下片子和笔，面对我说：两件事，先说是什么，再说怎么办。据我看，你这是乳癌转移，不过很小，又只有一个，适合做手术。话语简洁明了。我已有所准备，也没有心慌意乱。只是问：怎么做，伽马刀行吗？"我不主张，"他说，"那做不干净。"至此，我要做手术的决定就在心中形成了。

看完片子，老教授没让我们立刻离开，他想和我聊聊天。他说，第一，不要被肿瘤吓住，其实每个人身上都会有肿瘤，有的人死后尸检才发现，而生前竟没有感觉，带瘤生存已经不是神话了。所以，思想上要放松——不过你已经有经验了。第二，就是要面对现实，事情已经来了，悲观也没用，要积极对待，肿瘤不可怕，可以针对性治疗。第三，心态要平和，不要去想那些很悲观的事。今天活着今天就高高兴兴，至于能活几天不必去想，因为想也没用，谁也不知道谁什么时候死，反正那是每个人早晚的事。第四，要放得下。李大夫说："我看你就是个爱操心、放不下事的人——我会相面啊。你要学会'自私'些，想办法把自己照顾好，别人的事情别人自会解决，就是儿女你也没必要包揽，你不欠子女们的，你好好活着比给他们干多少事还要让他们高兴。只有放下了，你的心态才会好，你的健康才会好。"接着，老人还给我讲了他自己的家庭、自己的故事。他和老伴相依相携70年，一双儿女都在国外，他自己在这个医院工作了56年，过去历次运动都是批斗对象，"走白专道路的典型""资产阶级反动学术权威"，70多岁时曾经做过心脏搭桥手术，老人让我看他胳臂上的那条粗粗的伤疤，他说，当时是从胳臂和大腿上截下血管安装到心脏的，手术不小，风险也大，但老人挺过来了。面对这样一位老人，我感激的不仅仅是他给我看了片子，告诉了我结论和办法，而且还有教给了我人生的经验，教给了我做人的道理。离开的时候，我有些激动，说："谢谢老先生，等我做完手术，一定还来看您！"

回来的路上，直至到了家里，海棠和敏儿一直都在劝我，让我学会放下，学会呵护自己，这样大家才放心。

我对待这个病，已经十几年了，达摩克利斯之剑终于落下来了，这是命运，无法逃遁，只有面对，只有笑对，别无他法。无论明天会遇到什么，我都会坦然面对，这是我早已说过的话，也是我的真心话。

（十一）准备手术

2012 年 9 月 10 日　星期一　晴 有雾

今天早上敏儿 5 点多到医院替我挂了胸外科主任的号。我在网上查了，这位主任姓佟，也是位专家、博士生导师。他看了片子后，决定住院手术，他说：手术有点麻烦，因为要穿过放射损伤的地方，会有粘连。他说手术是胸腔镜，微创，不必开胸。然后开了住院证。我们去办了手续，就回来等通知了。

13 年了，走过的路又重来了。

2012 年 9 月 11 日　星期二　阴雨

在期待中度过一天。上午去理发馆，把长发剪掉了，为的是住院手术方便。买来了饭盒、洗洁精、洗碗布。脸盆、毛巾等家里是有的，到时候拿上就行了。翻检手边的书，掂量着带哪几本去，还记得上次手术带的是贾平凹的《做个自在人》……做着随时出发的准备吧。

阿云和龙儿又到中日友好医院和肿瘤医院去请专家看了片子，结果都一样：切除。

2012 年 9 月 18 日　星期二　晴

还在等待。闲来赋诗一首：

霹雳一声平地起，旧日风雨又重来。

几曾有意伤身体，何事无心损病梅。

始信疏忽生恶果，休言壮志唤春回。

谁能与共千秋月，只把余年细剪裁。

2012 年 9 月 19 日 星期三 晴

上午 9 点接到胸外科吴大夫电话，告知下午 2 点 30 分入院。

现在是晚上 7 点多，我一个人坐在电梯间明亮的灯光下写我的日记。

5 点钟吃完晚饭，自己一个人从东单公园里转到公园外，梳理思路，也为了控制血糖。

已经和小于大夫谈过话，他详细地询问了我的情况：为什么来胸外科、什么病因、身体状况如何、有无过敏史、用过什么药，等等，问得很详细。从他的话里，我得到的信息是：（1）外科只负责手术，糖尿病等要找内科调理；（2）基本上不做开胸手术，而是微创；（3）做过放化疗，身体做手术就有些麻烦。他举例说："是从年糕上取东西方便，还是从泡沫上取方便？放疗过的身体就像年糕。"至此我明白了自己手术的难度和风险。我开玩笑地说：那就把那块年糕一起拿掉呗。

明日开始做各种检查，且走一步说一步吧。

敏儿和海棠送我来的，4 点多送他们出去，望着他们的背影，不禁悲从中来。

晚饭后在东单公园，一个人坐在树荫里，望着四面灯光，听着人语喧哗，心中一片死寂。给家里打电话听到宝宝的声音，不禁热泪盈眶。

2012 年 9 月 20 日　星期四　晴

今天做了几项检查：抽血、胸片、心电图，明天要做 B 超等检查，不知下周前期能否手术。

同屋两位病友明天都将手术，她们术前的准备都已做好，与十年前我的手术又有不同。

建华下午来看我，姐妹们说些体己话。

也许是累了，餐后血糖 12.4，明天要注意了。

2012 年 9 月 21 日　星期五　阴

上午 2 床、3 床的病友都去做手术了。昨天晚上她们都睡得不好。3 床的中午时分就被推回来了，家属说是五个结节，没大碍，这当然比"良性"的结果还让人高兴。片子上显示的 2.7×2.8，结果却是五个小结节。心中暗想这样的好事大约不会发生在我身上吧，李铁一已经断言我是乳癌转移了。嗨，事已至此，多想无益，做好最坏的打算吧。细想起来，许多当初的警告，诸如：千万不要累着，千万不要感冒，"芙瑞"要吃三年到五年等，当时并没有重视，甚至有感冒了也没什么的侥幸心理，两次吃药都只吃了三年，2005 年那次复发，一位医生说过：可惜了，你应当坚持吃五年的。当时也没在意。再次吃"芙瑞"，又只吃了三年，如今想来，这些只言片语都如同"天籁"一般，是无意中泄露给我的天机，而我却轻易地放过了，这是我的天缘不足吧。又一想，也是上天一次次提醒我，给我机会，让我还有时间和精力来回顾和反思。但再一再二，不能再三，这一次若还不醒悟，恐怕也就无力回天了。

早上躺在床上，望着窗外灰暗的天空胡乱地想着，给朋友发短信。周回说："冥想也对健身有益，当然得是美好的冥想。你能做到！多听音乐！我等着你康复！加油！"我很感动，立即回复："放心，我会坚强面对一切！"并把那首小诗发去。中午时分，他回复一首："谁能见得千秋月，何必自苦费剪裁。只把正气存高善，遇难成祥天赐来。"我自然感谢这鼓励，"有此赠诗足矣！"朋友间的这种友情，也是一种巨大的正能量啊。

房间里又来了新病友了，一个是从新疆来的老太太，还有陪伴她的老伴儿。她女儿说老两口从来没分开过，非要一起住。另一个是从哈尔滨来的。原来2床和3床的做完手术都被送到了监护室，2床的被拿下一片肺叶，看来是恶性的。

（十二）病房故事

2012年9月22日 星期六 阴

昨天上午做了B超，下午抽了大腿根部的动脉血。

今天早上佟主任来查房。小于大夫又来查了当初做放疗的胸部。我问：何时手术？答：做完检查。根据医嘱我还有两项检查未做：肺活量、彩超心动。我估计是周一做完检查，周二手术，只有这样我才能节前出院，不过这都不是个人着急的事，既来之则安之，听从安排吧。

新疆来的老两口祖籍江苏，20世纪50年代末、60年代初支边到了新疆喀什。当年几十万哈萨克人外逃前苏联，大批土地撂荒了，她们就在那里开荒屯边，属于新疆建设兵团农九师。他们说，当年在那里干的，除了这些内地的支边农民，还有王震的部队和国民党的起义部队。"现在的新疆可大不一样了，"他们说，"过去没有房子，大雪能没了膝盖，住在窝棚里。现在可美了。我们农九师的医院比这里还漂亮呢。"问及医保，他们说住院可报销70%~80%。自己有退休金，三个儿子都成家立业了，一个女儿在北京外贸公司——我已见到这位穿着时尚也很显年轻的40多岁的女儿，她的儿子都已经20多岁，在上海。

东北来的是一位狱警——原团河农场的，现在没有劳改犯了，大片土地被首农集团收了，工人们由首农发薪水，而原来的狱警则归属于北京市劳改局，她在学校工作，科级，月收入7000元，她丈夫是正处，月收入8000多元，儿子、媳妇都是开公司的，做化肥、农药、种子等生意的。小孙女三岁多了，她们已经花了70多万元在齐齐哈尔买了房，等孩子大些就到那里去上学。

住院仿佛社会调查，病房也是小社会，还真了解不少情况呢。

2012 年 9 月 23 日 星期日 晴

没什么检查，也没出去。上午吴大夫来了，告知明天上午 9 点约见家属，还要再做完那两项检查，这样看来，周二真的手术了。

中午海棠来，告诉了他这个情况，他说让我别的都不要管，安心手术。我们围着医院外墙转了一圈，最后在医院对面的"三晋面食"吃了点饭。

下午敏儿过来了，商量着要在附近旅馆订一间房，龙儿过来住，因为医院要求手术病人家属要随时能到，以备处理危急情况。又去新侨饭店给我买晚上喝的汤。

傍晚时分，阿云带着宝宝来了，这个小捣蛋，说起话来小大人似的："奶奶，你这么多天不回家，我能不想你吗？你这个傻瓜！"说的我眼里热热的。她们 5 点多就走了，不想让宝宝在医院这个环境里多待。

敏儿给我买来了新桥饭店的牛肉和枸杞汤。

闲来看李敖的《北京法源寺》，写康、梁等人维新变法故事，其中不乏讲经说道的，很受启发，想着以后看看《华严经》呢。

2012 年 9 月 24 日 星期一 晴

上午 9 点多，吴大夫找家属谈话，确定明天手术。然后就是紧张的术前准备。两项未完的检查：肺活量、彩超心动，还有抽血（与准备输血的血型相配）、做过敏试验、洗澡、埋管。这埋管说起来也是个术前演习了。在手术的这一侧锁骨附近埋进一个以备输液的小管。先麻醉，然后往里面送管子、埋好。给我做这个的是吴大夫带的一个实习生，大约是送管子的角度没找好，半天送不进去，吴大夫又打麻药重新来，前后有半个多小时。我努力放松自己以配合他们，得到了表扬，说是如果紧张，肌肉绷紧就更不好做了。

晚上8点"灌肠"，要把肠道清理干净，然后就要好好休息，静等明天上手术台了，是第二台，估计到中午了。

超声心动是室主任亲自做的，给出的结语是：很好。

下午，原来报社的同事和京剧队的老同志们都来看我了，心中很感动。

新疆的老两口真是恩爱，70多岁的老汉始终守候在老伴儿身边，无论别人怎么劝也不走，只好每晚在病房里支一张从护工那里借的简易床。他每每见到大夫就会说："我老伴儿肉性不好，有伤口不好愈合，你们可要注意哦。"老太太为老汉擦澡、洗衣服，全不顾自己的病体，还说："我没事，除了吃饭费劲什么事也没有。"

今晚敏儿陪我，她一定要等我"灌肠"完了再走。建华也是看着我吃完了晚饭才走的。

（十三）又上手术台

2012年9月25日　星期二　阴

现在是早上6点多，我洗漱完毕，静静地躺在病床上，不能吃喝，只待推我的手术床来。我是第二台手术，大约要到10点以后了，心中十分平静，祝愿自己凯旋。

昨晚的灌肠，差点儿没死过去。8点，护士给我上了开塞露，敏儿陪我去厕所，先是腹中绞痛，接着开始大便，只听得水泻似的，根本没什么东西，腹痛难忍，大汗珠子顺着头脸往下淌，人就虚脱了。不能站起来，伏在厕所的扶栏上，看汗珠一点点滴落，枕着的右臂衣服已经湿透了。敏儿赶快叫来了护士，她们也有些紧张。大约过了半个小时左右，我被架到病房躺下，浑身一点劲也没有，护士说可能是药量放多了，医生也来了，说是可能开塞露放多了。慢慢地我也恢复了。想起那年在家里晕倒，还有在澳大利亚因为吃冰淇淋的反应，都与这次是一样的，看来我的肠道受不了这种刺激。1999年手术那次，不是放的开塞露，而是往肠道直接注射肥皂水，就没有发生这种情况。

2012年9月27日 星期四 阴雨

前天上午10点，我被推进手术室，11点30分麻醉生效，手术开始。下午1点30分推出手术室，送进ICU，昨天中午转回病房，D057-3床，靠窗户，空气很好。五岁的宝宝用胶泥捏了一个人头像给我，说是送给奶奶的守护神。这是他的处女作，惟妙惟肖，我很喜欢，一直放在床边，即便是在监护室也一样，惹得护士们纷纷驻足赞叹。

麻药劲还没过去，就开始按照医生的要求咳嗽，咳出的都是血。手术前，大夫们曾经教过，要深度咳，一定要把血水咳出来，以免感染。那种咳嗽可不是平常咳嗽，须得双手托住腹部，轻往上抬，深吸一口气，从胸部深处咳出来。我因为平时有练习腹式呼吸的基础，所以，术前练习时就受到过表扬。因此，在监护室时就已经咳得差不多了，等到麻药劲过去再咳，那一份疼痛可真不是好忍的。忍不住了就按一下腰部的镇痛器，输一次麻药进去缓解一下。我是能忍就忍，怕麻药用得多了影响脑子。若是血水咳不出来，就可能发生感染，很麻烦的。我还好，术后没有发烧，1床的那位，一直高烧不退，又做穿刺引流，很痛苦。

今天摘除了导尿管和引流管，明后天可以出院了吧。

2012年9月28日　星期五　晴

手术第三天，已变成常规治疗，但要出院须待病理出来。做最坏的打算：假如有乳癌细胞转移，再图后期治疗吧。

今天局里领导和同事们，宝宝的姥姥、姥爷都来看我了，京剧队队长老林，一个快80岁的老人自己坐地铁过来，太让我感动了！

2012年9月29日　星期六　晴

被主任"忽悠"了，原以为今天能出院的，连饭也没定，结果没出了，要等病理。我对主任说，不就是乳癌转移吗？我有思想准备。他笑说，再做化疗吧。我说不急，再去肿瘤科看看，他说"十一"节后吧。

1床小高的妹妹1998年患乳癌，做了左乳切除手术，是什么黏液质乳癌，至今十几年过去，从不复查，不治疗，也没发生什么事情。她说她不跟病较劲，今儿活着今儿就干点什么。她干的事情是到处去喂流浪猫狗，为它们疗伤、接产，甚至节育后放生。自己家里养着六条猫狗，她每天累得到晚上倒头便睡，什么也顾不上了。

她的心态非常值得借鉴。等我出院时一定给她留些"善款"，救济那些小动物。

我的身体恢复得还可以，血糖、体温都趋于正常，营养液仍在输着，何时回去且等通知吧。

2012 年 9 月 30 日　星期日　晴

今天是八月十五中秋节，我还在医院里。晚上，看着那据说是近来最圆最亮的月亮，得小诗一首：

> 清辉一片透帘栊，遥望西窗柏影重。
> 浩然月色年年是，唯止今年大不同。

写毕，发到朋友圈里，俱是回音。最为意外的是收到多年未曾联系的冯、李的短信，一个远在海南，一个远在江西。有些人虽不常联系，心中却依然有，情谊如此，足矣。周回信曰："何为出律吾不懂，古柏古月与古同。一脉浩气正贯穿，来年再看大江东。哈哈，我完全是胡诌，好好休养，圆月行天，福寿绵绵。"豪气！给力！又劝曰："多听音乐少看书！"

这些天住院看完了《北京法源寺》，颇多感慨，颇受启发，待细细梳理了再说吧。最喜欢谭嗣同的两句诗：我自横刀向天笑，去留肝胆两昆仑。我知这是他的大义，但也觉得与此时自己的心情很相合：对待疾病，也要有向天笑的气概；对待未来，无论生死，也要如昆仑般浩然。这样理解虽说有对此诗亵渎之嫌，却也是学其精神吧。

（十四）终于出院了

2012 年 10 月 2 日　星期二　晴

昨天上午佟主任终于同意我出院了，随后送来了出院的药：胸腺五肽。我的病理报告也出来了：乳癌转移。这个转移本身并不可怕，很小，初起，但它带来的信息却令人震动：癌症转移了。

为什么会这样？喜欢刨根问底的我又开始追问自己。

吴大夫来了，确定出院。说到今后的治疗，他说那也是三周，至少三周以后的事了，很小，不一定再治疗了。但还是要听听肿瘤科程主任的意见。说起伽马刀，他说，用伽马刀不一定彻底，又不能做病理，若是其他处再发现，没有病理就不好说了。我说，当初若只有 0.7 毫米大小的时候来做就好了，他说太小也不一定能做，总得 CT 能清楚显现了才好做。我说，自己有点耽误了。他说，还是得再去看看程主任，他靠谱。又告诉我两周后拆线，一个半月后复查。

这次住院与 1999 年那次相比，印象最深的就是外地病人明显增多了。我手术前后相交同一病房 5 人，其中 3 人是外地的。我曾经问过他们为什么不在当地医院看，非要到北京来，她们都说，当地的医疗条件不行，医生的水平也不行，即便是省城也一样。问起费用能否报销，她们都表示，不太好说，报不了多少，但看病要紧。好在这几家的家庭条件都还不错，无论是路费、食宿费，还是医疗费，她们都还能承受。但还有那些不能承受的呢……

这些年外地人到北京看病大有愈演愈烈的势头。在每一个大医院的门诊大厅，听着那南腔北调，一定会有"我们都是来自五湖四海"之感；在每一个大医院的附近，那些挤挤挨挨的小旅馆、小饭铺，都因着外地人多而生意兴隆，还有那些屡禁不止的"号贩子"，还不是因为有需求！试想，假如每个病人在自家附近就可以看病、看大病，还能看好病，谁还愿意抱着病体、抛家别舍、路途艰辛地跑到北京来呢？

一个病友对我说："你们北京人真好啊，得了病、得了大病也不怕！"听了这句话我的心里酸酸涩涩的。

2012 年 10 月 3 日　星期三　晴

出院已经 24 小时了。昨天上午办出院手续，龙儿、敏儿各自开着车带着宝宝去接我，和两个室友告别，还真有点舍不得。

回到家了，但仍然像在医院一样躺着，因为确实没劲儿，这一次真的要静养一段了。把出院的消息群发给朋友们，很快都送来了祝福和鼓励。老周说：顺其自然，活在心态。小孙说：安心静养，不做不动，书也不看。

回家了，海棠和孩子们可以放松些，不必牵肠挂肚，两边跑了。给宝宝看了我的伤口，告诉他，奶奶的能量被这几个黑洞吸走了，所以不能抱他、背他了。宝宝睁大眼睛，用动画片里的情节问：就像龙兰一样吗？我说是的，要补充能量。他很懂事，不再缠着我，只是常常过来靠靠我，亲亲我。真是个可爱的孩子。

今天身体状况比昨天好，大便了一次。早上喝了奶，吃了几块饼干。中午海棠给煮了小馄饨，晚饭想喝点薏米百合粥。

海棠买来了个可爱的小猪造型的加湿器，湿润空气，也湿润我的肺。

2012 年 10 月 4 日　星期四　晴

今天是术后的第九天。阿云给我注射了胸腺五肽。感觉比昨天有劲儿了。中午阳光正好的时候，出去晒了会儿太阳。

刚刚知道消息的小群立刻打来电话，随后丁丁就来了，并且送来了一个空气净化器。这东西送的真及时，真好！是日本货，白色，樱桃紫色边框，很清新，很淡雅，我很喜欢。小群力邀我去他们那里住几天，郊区，空气好。但我现在还走不了，还要打针、换药、拆线，看肿瘤科，确定下步治疗方案，且过一段再说吧。朋友的好意总是在心里了。

今天活动不少，自己洗了头发，敏儿来给我做了按摩，还为我修了眉毛，女儿的一片心意啊！

2012 年 10 月 5 日　星期五　晴

千注意万注意还是感冒了，真是弱不禁风。阿云赶紧给我吃上板蓝根，今天感觉好多了。

中午小群夫妇来了，一进门就说屋里阴冷不适合养病，临走时还在坚持说应该换个环境。

2012 年 10 月 9 日　星期二　晴　大风

早上起来看窗外，昨夜下了小雨，可是空气并不清新。7 点敏儿来接我，到医院去换药。吴大夫上手术了，魏大夫给换的，看了看说挺好，不用换了，过两天来直接拆线吧。这样就只换了纱布，只等周五来拆线了。

然后下楼办出院费用结账手续，共花了 4 万多元，自费 1 万 6 千元，有明细表格在。自费的主要是手术材料费。

这次的手术是微创，也就是不开胸，在胸、背部靠近腋下的地方，打了两个眼：一个引流，一个送进去微型显微镜，直接连接体外显影机，大夫们在机器的引导下，通过另开的一个刀口，用专业手术刀将病灶割下取出，再用专业的类似订书钉样的东西将里面的伤口弥合。这样不用开胸，只在背前后留下三个小创口。那些自费的钱就是用来支付刀尖和弥合器的，这些都是进口的。我的手术进行了两个多小时，取出来的两块东西当时就给家属看了，其中一块已经钙化，而另一块是乳癌转移，不过很小，只有 1 厘米左右。

2012 年 10 月 12 日　星期五　晴

早上起来和敏儿一起到医院，魏大夫给拆了线，说挺好。

又见到了新疆老太太，仍在发烧，直说要回新疆去，不死在这里，我只有略作安慰罢了。想起刚进院时，他们老两口的恩爱，她还给老伴儿洗衣服、搓澡，怎想到手术后成了这样！真可怜！

小群发来邮件，推荐了一本书《重生手记》，是人民日报资深记者凌志军写的。立刻在网上订购，估计明天就会到了。

（十五）再去肿瘤科

2012 年 10 月 15 日　星期一　阴雨

早上敏儿 5 点多就去医院挂了肿瘤科程主任的号，又返回来接上我，大约 9 点 30 分程主任叫到我。他看了我带去的片子，问了一句：已经手术了是吧？（我突然想当初发现结节增大，直接来看程主任，也许不需手术吧，但已经没有如果了。）又详细询问了情况。然后说，要再抽血、做胸腹部加强 CT，出了结果再谈治疗。我问，用不用做全身 CT？他说不用。我又问，是否要做化疗？回答：大部分不用。这样我就去抽了血，又约了 CT，安排在 19 日上午 9 点，我们就回来了。心情很平静，仿佛例行公事一样。是啊，事情进展到如今，再着急也没有用了，真要是能改了急躁、好事的脾气，也非一日之功。

昨天上午就收到了《重生手记》，立刻阅读，文笔不错，内容是写他患癌治疗过程的，开头这部分纠结在确诊上，待看完后一定写篇读后感。

2012 年 10 月 24 日　星期三　晴

今天到医院看肿瘤科。先去取了 CT 片子，看那上面的说明，心里有些慌，因为好像问题不少：结节，见大，毛刺，条索，等等，虽说有些是"与前同"，但不同的地方也不少。腹部倒是没什么问题，心里犯着嘀咕，进了程主任的诊室。他看了那些片子，说了句：你的肺不干净。我问，是不是手术没做干净？他说，那也不能把你的肺都切掉啊。接着又看了抽血的结果，看到那个肿瘤相关物的高值，我问,9 月份查还正常呢，怎么一个月就高那么多，是不是和手术有关系？他说和你的病有关。写了条子，让敏儿到地下室去借住院病案。不一会儿，病案有专人护送过来，他认真地看了病理报告后，病案又被那个人拿走了。然后问我用过什么药，问吃了多长时间。他要了解的是在吃药期间出现的问题，还是停药以后出现的，这样可以了解是否产生了耐药性。都问完了，他说，要继续吃"芙瑞"，一般要 5 年，一些人还要延长。我自己知道这是我犯的错误。前后两次都是刚刚三年就自己停了，这次我一定要记住了。他给开了药，同时开了胸腺五肽。敏儿问："我妈妈的病严重吗？"他回答："是比较好的那种癌，转移又晚。"问："要注意什么吗？"答："不用忌口，都可以吃，要注意骨质疏松问题，注意别摔跤、别累着。"开了钙尔奇 D。至于虫草、灵芝什么的，有就吃，没有也不用再去买，那都不是主要的。说到"肺不干净"和"指标高"，他说，有些是手术造成的，有些不是，要观察，过一段还要再抽血检查的。

门诊后我们去约了骨扫描，29 日（下周一），大约得一天，上午打针，下午做。

今天的检查结果与预想的差不多，用内分泌治疗也是意料之内的，暂且这样养着吧，如果骨扫描有问题，是不是就要上化疗了？但我觉得不会有什么问题吧——不能提前知道的事情就不要去想它了，用凌志军的话说就是：学会把自己的病也放下。

（十六）喜读凌志军

2012 年 10 月 27 日　星期六　晴 雾

几天时间看完了凌志军写的《重生手记》——一个癌症患者的康复之路。这是他的亲身经历。2007 年，他被诊断为"肺癌，脑转移"，也就是"肺癌晚期"。专家会诊几乎一边倒地判定他活不过三个月，并且认为他必须尽快做开颅手术。他和家人陷入了前所未有的恐惧中。在这样的打击下，他很快调整了心态，在家人和朋友的帮助下，动用所有的资源，大量搜集诊疗信息，甄别真伪，分析医生各种治疗意见的得失，观察病友的成败，最终选择了最佳的治疗方向，走出了适合自己的康复之路。五年过去了，他不仅活了下来，而且越来越健康。

读了这本书，我有许多感想，对患者、对医疗、对社会——容我慢慢捋出来。

第一，癌症是一种慢性病。癌症，几乎在所有人的认识中都是绝症。影视剧中的人物得了癌症必死无疑，谈癌色变成了常规。但这本书告诉我们：癌症不过是慢性病，"一项来自美国的报告表明，美国的癌症患者被确诊之后平均存活11年，这同其他一些慢性病患者——比如冠心病和糖尿病——的平均存活期差不多。上海中医药大学教授何裕民在对一位中国记者列举这些数字后说，根据这些情况，世界卫生组织得出一个明确的结论：癌症是一种慢性病。"

第二，治疗癌症不必赶尽杀绝。如今在癌症的治疗中，医学专家们也分为两派，一派认为癌症是病症，就要对症治疗，要达到药到病除的目的。手术、放疗、化疗……所有针对癌的手段无所不用其极。在这样的治疗中，一些人没有死于癌症，反而死于治疗。对此，现在有了一个概念，叫作"过度治疗"。另一派则认为，癌是人体的一部分，可以和平共处、带癌生存。这方面最具有说服力的例子就是日本活了108岁和107岁的金婆婆、银婆婆，她们老死之后的尸检发现体内存在着不止一处癌症。这一派专家认为，治疗癌症最主要的是提高患者的免疫力，使其自身抑制癌细胞的生长。

第三，要学会用微笑去迎接癌症。当癌症降临的时候，绝大多数人都会陷入恐慌、悲伤，无奈、绝望的阴影，不仅笼罩在病人的心里，更弥漫在亲人和家庭中，使得本该温馨、祥和的家庭整日阴云密布。凌志军告诉我们，这种情绪是十分有害的，不利于冷静地思考和抉择。当然，有这种反应是很正常的，关键在于要尽快走出阴影，让自己能够理智地分析和判断专家们的各种治疗意见，这样才能使自己确定一个有效的治疗方向。"确定治疗方向比确定治疗方案更重要。"整个过程保持一种轻松的心态，这样更有利于治疗。他和他的家庭就始终充满了笑声。他和妻子约定：无论出现什么情况都不必隐瞒，要共同面对、共同选择、共同对待。这个充满笑声的家庭为他的治疗提供了非常好的环境。在搜集了各种关于癌症的资讯以后，他客观而冷静地做了分析，得出了自己的结论：不迷信专家、不迷信特效药、不过度治疗；癌症只是慢性病；增强自身免疫力比什么都重要。有这样的理念作支撑，他从始至终保持了良好的心理状态，始终微笑着去迎接和处理一切。

第四，"不要以为只有打针吃药才是治疗，其实走路也是治疗，吃饭也是治疗，呼吸新鲜空气也是治疗。"这是给凌志军作肺部手术的那位专家说过的话，不仅给他留下了深刻印象，让他在五年中身体力行，而且，也给了我极大的启发和教育。我们的身体是载体，只有这个载体强壮了，邪气才不能侵犯。而要强壮身体，就不能光靠外部的补给，要靠自身的力量。现代科学可以了解广袤的宇宙、深邃的大地，可是对我们自身这架极其复杂的机器，却了解得非常不够，何况千人千样，同一种药对不同的人，疗效也不一样。就拿乳癌来说，就有200多种，全国专门的研究机构也不下百家，每一个患者的情况都不同。只有一样是大家共同的，那就是身体里的免疫功能差了。所以，对于患者来说，增强免疫力是最主要的。增强免疫力的方法，当然包括晒太阳、运动和良好的心理素质。凌志军正是在这样的指导思想下，手术后就坚持走路锻炼，从在屋子里扶着墙走，到走出房间，到公园里去……无论冬夏，每天坚持走5公里，5年下来他走过的里程已经可以徒步从北京到西藏两个来回了。伴随着他的脚步，他的身体也越来越好了。除了走路，他还坚持晒太阳，在小区里晒，到公园去晒，到田野、到山区、到海滨……把自己晒成了古铜色。因为有专家告诉他，阳光带给人体的维生素D对于肺癌患者非常重要，晒太阳的疗效远远高于化疗。我现在也坚持每天在室外晒太阳1~2个小时，尽可能地走路，我想等我身体再好一些，就恢复每天早上去公园打太极拳。我也遇到了一个好的肿瘤专家，他极力反对过度治疗，认为我现在的治疗方向就是增强自身免疫力。我不用再做放化疗了，只是每天吃一片抗肿瘤的药，隔一天打一针胸腺五肽，增强免疫力。

第五，关于良好的心态。一位"神内"的专家告诉凌志军：30%的癌症患者都有不同程度的抑郁症，有的需要药物治疗。凌志军说："心灵有可能成为肉体最完美的守护者，也可能成为肉体最直接的摧残者。"西方现代医学的一些研究证实，人类60%的疾病是由精神引起的。我也早就听一些专家讲过，愉快的情绪对于癌症患者的重要性。但身陷其中，经常听到的是病情如何，不断地做各项检查，不断地听到各种关于自己病症的分析，要做到乐观、放松，的确是不容易的。但要去做，这很重要。我现在慢慢体会到的就是：要学会倾听自身的信息，比如累不累、凉不凉、是否受风，保证自己不感冒，不劳累——这是医生一再嘱咐的。还要学会放下，就是最大限度地减少心理压力，不要让自己焦虑、烦躁，要做到这一点就要学会不管闲事、不生闷气、不替别人着急，不为没发生的事、没答案的事烦心。多听音乐，多想美好的事物，让心情更开朗，让自己更放松，只有这样才能发自内心地乐观起来。

写了这么多，其实是分两次写完的，因为累。

我将一点一点去做，相信明天会更好。

（十七）恢复锻炼

2012 年 11 月 27 日　星期二　晴

天气好的时候，有太阳，就出去转转。今天从地坛东门进去没按惯例往北，而是往南门走，这边人少，树密，松柏高大粗壮，空气质量更好。出南门，正是艳阳高照，沿南墙往东走，找一个幽静而有树木、又可见到阳光的地方，打一套"五禽戏"，比在室内打感觉好多了。

2012 年 11 月 28 日　星期三　晴　大风　阴冷

京剧队加了一次活动，我去了，底气不足，唱不了，且散散心吧。

午饭后看太阳不错，就走出去，想找个地方坐下晒晒太阳，但不行，太冷。就顺着有阳光的地方走，走到地坛东门外，沿墙往东，走廊里略坐坐，从东边中街又走回来了。

无事上网，看了胡发云的博客，怀念他的爱人李虹的，非常感动，几次热泪盈眶。李虹得的是胃癌，2004 年走的，与银宏一样，前后脚。

祖民介绍了一款养生粥：黑豆、黑米、黑芝麻、薏米、大米、核桃仁。今晚泡好，明早起来煮吧。常听人说黑色食品营养价值高，试试吧。不过无论什么也要有耐性、能坚持才行。

2012 年 11 月 30 日　星期五　晴

早上 6 点多起来就打车到医院去看中医科李主任。挂到 6 号，不到 9 点看上了。中医可不能放弃，手术归来继续调理。李主任说我精神不好，让我注意休息。还说，冬季是收藏的季节，不主张多出去，应当保存体力，在室内活动即可，尽量减少户外活动。他最后盯着我看，强调了两遍：关键在心态，一定要保持良好的心态！谆谆之情可鉴，放心吧，我一定会的！

今天收到小群的新作：《我们曾经历沧桑》。

2012 年 12 月 5 日　星期三　晴　大风

　　天气很冷，最高温度也只有 2℃，加之大风，体感温度更低了。昨天一天没出去，今天忽然很想喝羊汤，就和海棠、阿云打车去，坐车回来。其实离得不远，就是没有合适的公交，所以不太方便。中医不让我多吃羊肉，可我还是挡不住羊汤的诱惑，尤其在这天寒地冻的时候。

　　日子就这么流水似地过着，说是养病，家里的事情却也不少，孩子们的事情总要操心，因为在一起过。我又有早起的习惯，起来了总得干点什么，就给他们准备早点。孙子上幼儿园，接接送送的也少不了，有时候会感到累，有时候也会和其他的人比较：看谁谁多自在，独自过日子，或者谁谁雇了保姆……但若要真的家里只有两个老人，或者又有了干活的外人，也许还不适应。虽说所有的日子都只剩下了养病，要"多活几年"，却也是要面对现实，实实在在地落到一言一行中去。敏儿为了帮我调节心情，让我少生气，送给我一句话，据说是林徽因说的："真正的平静不是要避开车马喧嚣，而是在心中修篱种菊。"——很有哲理，慢慢品味，慢慢修炼吧。

2012 年 12 月 18 日　星期二　晴

　　一周没写日记了，时间过得太快。

　　上诗词网，写了一首七律：

未觉流年日已斜（xiá），苍颜霜鬓老人家。

休言逝水涛和浪，只看今朝碗与叉。

戏韵民歌常绕耳，青山绿水再寻花。

余生不计春秋事，自在逍遥乐际涯。

一首小令，《雪》调寄《相见欢》：

谁将碎玉闲抛，恁风骚。醉了田园，轻染远山涛。

瑞兆起，农人喜，害虫消。只待来年，丰硕慰辛劳。

身体还是虚弱，稍不注意就会感冒，虽然只是有些症状，就赶紧采取措施，但还是没有防住。夜深人静的时候，也常常会有些阴暗的想法，自知不对，也在调节，平衡心态，冷静对待，对于生重病的人，要做到确实也不容易。从容是一种修炼。

这几日，《生活周刊》杂志和《北京晚报》都在宣传癌症的新观念。我想，这与凌志军的书大有关系。看来文化传播确实是推动群众认识的重要手段啊。

（十八）三个月复查

2013 年 1 月 4 日　星期五　晴

2013 年就这样来了。

下周就要去做三个月的复查了。心里多少还是有些忐忑，"转移"是个有点分量、有些压力的词啊。

有不少人劝我去广西长寿村住一阵，也有朋友真的去了，而且一住就是半年多。对此我持保留态度。我觉得天人合一，一方水土养一方人，硬性的改变生活环境，不如顺其自然，偶然出去住几天散散心还可以，常住就怕身体会不适应，关键是还要回来，身体岂不是更受折腾？

2013 年 1 月 11 日　星期五　大雾

这一周主要的事情就是复查。周三去抽了血，程主任也检查了淋巴，听了肺音，开了胸腹部加强 CT 的单子，预约到了今天。

所谓加强就是在做的时候，要从手臂上打进一管显影药，据说是碘类，以便使拍出的影像更加清晰。我按照预约好的时间空腹来到放射科，等着叫名字；接着，去护士室打针、喝水两杯；然后再等待，进入放射室，平躺在病床上，手上接入针头，放在头上；再接着，周围的医生护士离开，硕大的机器开始运转，人就随着病床慢慢进入机器腹中，为了防止射线我闭上眼睛，"吸气、闭住气、喘气"，随着机器里传出的声音，只觉得一股热浪从手臂流向全身，病床慢慢退出，又慢慢进入，再一次"吸气、闭住气、喘气"；然后病床慢慢出来，听见门响，女医生过来，说："好了。"病床慢慢下降，我先下来，她接着就给我拔掉了手上的针头，"有事吗？"我问。"出了片子才知道。"这回答不温不火。

上午先去拿了验血的单子，结果不错，除了血脂有点高、血糖还是高以外，其他都正常。尤其是肿瘤相关物，全部在正常值内。我就放心了，觉得CT也不会有大事，最多就是"与前同"吧。

2013 年 1 月 16 日　星期三　晴

在毒雾弥漫了数天之后，终于见到了久违的太阳。这太阳来得及时，亦迎合了今日的心情：我的复查结果出来了，还不错。

从上周开始，连续跑医院去做术后三个月复查。周三抽血（四管鲜血汩汩从手臂上流出，好心疼哦），周五做了胸腹部加强 CT，今天是看结果的时间，早早挂了肿瘤科主任的号，早早到放射科拿了片子，我迫不及待地找到单子，看文字说明。肺部当然已经缩小，而且还是有些瘢痕和结节，但是和上次相比基本相同，手术的地方恢复得也不错，其他地方也没发现新的问题，这让我很高兴。先到五楼病房去找胸外科佟主任，他看了片子说："挺好呀！"又问了肿瘤科的意见，说：还是针对乳腺癌治疗的（难道他认为可能是肺癌？可病例报告上写的是乳癌转移啊）。从五楼出来，又到肿瘤科让程主任看了片子和抽血的化验单，肿瘤相关物监测全部在正常值内，这就是说，没有发展，转移控制住了！主任说："还行，不错，继续吃药吧。三个月之后再来复查。"这就意味着还得时时小心，如果复查又发现有变化了，就是那恶魔又来了。

孩子们知道了结果，都高兴地说：可以好好过大年了！

　　三个月、三个月、三个月……如同打游戏过关，每一次都是一道关，我知道关口的最后其实就是终点，但每一道关的通过，仍然是人生的一个又一个胜利。就这样努力吧。前两天看一个电视节目，是采访韦唯的，她的一句话忽然很打动我，入耳入心。在主持人说到她被共同生活了十年的丈夫抛弃后，独自一个人带着三个儿子，艰难度日，不仅把孩子教育成才，自己也没丢了事业，令人佩服的时候，她说："不必埋怨，这就是生活，这就是命运。"是啊，谁也不能料到自己的明天会是什么，怨天尤人毫无用处，只有把一切都看作生活的常态，用一颗平常心去对待，才能够有勇气战胜一切困难，我以此话自勉。

结束语

2014 年 6 月 18 日　星期三　晴

　　到今天为止，这一轮的复查又过去了。抽血化验除了血糖高之外，其他都正常，血液很干净。CT 结果基本与前同。当然那些条索、磨砂玻璃影等依然存在。这一次程主任很温和地给我作了解释："你的肺经过手术、放化疗等已经受到了损伤，结构都发生了变化。那些条索、玻璃影，没有药可治。"我问："会变成癌症吗？"他笑说："一般不会。"至此我明白了，我的肺是伤残，只要不是结节类的东西，就不必紧张。这次检查居然有一处显示吸收了，连程主任都对这结果重复了一遍，可见其难得。最后结果是：继续吃药，定期复查，问：年底吧？答：可以，胸腺五肽不用再打了，一般也就是打一年多，说是增强免疫力，也说不好。

　　就这样结束了这一轮复查。就其结果来说无论是抽血还是 CT，都是近年来最好的一次，细想想也和敏儿不断给我煮牛筋汤喝有关系吧。欣慰！继续保持，努力！

2014 年 10 月 6 日　星期一　晴

又是两个月了，日记成了月记。9 月 7 日，敏儿在私立美中宜和医院顺产一女。这里虽然价格偏高，但条件好，一人一房，房间如宾馆，每间房至少两名医师负责，另有助产士、服务员，楼道里十分干净整洁，也十分安静，出入人员都有门卡。比起乱哄哄的公立医院，这里更能体现人的尊严。

今天丁东、小群带着儿子、儿媳、孙女来看敏儿了。朋友相逢自然是喜悦欢欣。中午一起在"麦西来甫"吃新疆菜。其实吃在其次，主要是聊。聊起这些年的治病经历，我说，我是与癌共舞十余年了，前些日子以此为题，在我们通讯上发了一篇文章，挺受欢迎，有老同志打来电话说是连看了三遍，受启发。丁东说：可以出一本书，题目就叫《与癌共舞十七年》，这个标题就很抓人。他还说：第一部分原汁原味录日记；第二部分分析感悟，10 万字以上就行，你写好了，我找出版社。他还说：要看的人应该很多。小群也鼓励我。这一下勾起了我的心劲儿，这些经历有人愿意看，日记就不是废物，那就写下去吧。我想书分三部分：初起、复发、转移，每一部分日记在前，分析感悟在后。向凌志军学习，写感悟的时候，不能太空泛。计划一下，争取年底拿出初稿吧。

小群说，不怕慢就怕站，别着急，慢慢写。

海棠说，不要给自己太大压力，还是要以身体为重。

我都记下了，我会掌握分寸的。

仿佛一下子心里有了个念想似的，下午就打开电脑，写吧，写出来或许对别人也能有些好处。

对于我的这两位朋友，绝非一个感激所能涵盖。我们相识相知四十多年了，共同经历了太多太多，他们所给予我的帮助、关切与爱护也太多太多。没有华丽的语言，没有物质的承诺，有的只是潜移默化之中不着痕迹的润泽。心里有事，她们会是第一个想到的倾诉对象；有了困难，他们会是第一个伸出手来相助的人。这就是朋友，就是好朋友。能有这样的朋友，真乃人生一大幸事也！

2014 年 10 月 27 日　星期一　晴

昨天晚上把已经写好的《与癌共舞十七年》第一部分 4 万多字稿发给丁东、小群，请他们看看行不行，若行我就继续，争取早日写完，若不行就再说了。但我也确实想整理成册，对自己是个交代，对亲朋好友也是个留念吧。

没想到上午打开邮箱就见到了他们的回信。丁东说，看了这部分觉得挺有价值，出书很有可能。他们建议我写一篇长些的前言，许多感悟类的内容可以放进去。下午小群又打来电话，鼓励写下去。同时提出了一些修改意见和建议。并且，丁东说已经给三位出版人发去初稿。过了一会儿，丁东又打来电话，说是广东出版社已回音，有意向，让我把简历和出书意图发去，我即刻发出。丁东还建议我找专业录入员录入，这样可以节省时间，我可以集中精力把前言部分写好。

为朋友的真挚友情感动，决心将书稿写好。

下午就动手写第二部分，并且联系了一个录入员，以千字 10 元的报酬谈妥，并送去了日记本，当然，不用的、不能外泄的部分，用白纸贴上了。

海棠和孩子们知道消息也都很高兴，但同时也都提出以身体为要。海棠说若为这本书伤了身体就不值得了。小群也一再提到，别太累了。好吧，我记住了。每天不超过 5000 字，按时作息，坚持锻炼。

2014 年 12 月 1 日　星期二　晴　大风

与丁东夫妇几次邮件往来，听取了他们十分详尽的意见，比如：分章节、立标题、内容要集中、主题要突出，等等，不断努力改进，今天终于基本上完成了书稿。大约 15 万字——真可以说，没有他们就没有这本书。

整理往日的日记，仿佛又重新把这十七年走了一遍，很动心的，有几次甚至热泪盈眶停了手。

我感恩父母给了自己一个禁得起折腾的身体，庆幸自己有一个温暖的家庭和几个知心朋友，庆幸自己有一个和谐的工作集体，庆幸自己有稳定的经济收入，享受良好的医疗保险，可以选择好的医院，感恩自己遇到了好的医生。

这十七年，我的家人跟着我经受着磨难，有时他们甚至比我压力更大，更痛苦。眼睁睁看着我一次次推进手术室，看着我在监护室浑身插满管子，看着我昏倒，看着我憔悴……我的爱人自从我生病就放弃了自己的事业，放弃了工作，终日陪伴左右，细心侍候，不离不弃。孩子们忙前忙后，分担家务，随着时间延续，他们渐渐成了我求医问药的主力，他们心疼妈妈，也心疼爸爸，在自身繁重的工作之余，尽量来陪伴我，让我开心，让我放心。没有他们，我绝不可能走到今天。

我的弟弟妹妹们、同事们、朋友们同样给了我力量，给了我温暖，他们不仅看望我，鼓励我，而且付出努力帮助我，帮助我的家，没有他们的鼓励和支持，我也不可能走到今天。

遇到好医生是我的福分，普外科、肿瘤科、胸外科、放射科、中医科，接诊的都是主任医师，他们不仅业务精良、人品高尚，对工作一丝不苟，而且能把病情病理讲述清楚，尊重患者的知情权，解除患者的疑问、忧虑，调动患者的主观能动性。他们都是颇有些名气的专家，不仅找他们看病的人多，而且还都担负着繁重的行政工作，但他们对患者的认真负责，一如既往。最近，一位年轻的医生看了我的病历以后对我说："你很不错了，这么多年恢复成这样，很好了，这说明前面的医生对你的治疗很尽心，很负责。"这话一点也不虚诳。还有德高望重的李铁一教授，不仅认真研究过我的片子，确认了我的病情，而且谆谆教导我该如何正确对待疾病，如何正确对待人生，让我不仅感动而且受益。

中医科李主任，我跟随他十余年，如果说其他医生还是阶段性治疗的话，那么他就是一直陪伴我一路走来的人。在我的心里，他不仅是医生，而且是老师、是朋友，是指导我疗伤养生的人。

茫茫人海，遇到就是缘，感谢命运带给我与这些人的缘分，让我珍惜，让我难忘。

这么多年与癌共舞的历程让我明白了：生病是自己的事，治病要靠自己，养病更在自己。

病是什么？病是自己身体内部机制的自我调理。人体是一部绝顶复杂，而又高度精密的机器，在上百万年的自然变化中，不断进化、修正，"适者生存"，才有了今日的模样。现代科学可以了解广袤的宇宙、深邃的大地，可是对我们自身这架极其复杂的机器，却了解得非常不够，其实生命是很顽强的，自身具有十分强大的修复能力。这种调理和修复时时在进行，如果外界力量过于强大，超出了自身的承受能力，人就会感觉"生病"了。

任何一种病都有一个发展过程，初时都会有一些表象，就比如我的罹患癌症。如果你平时关注自己的身体，就会发现这些信号，就能早期协助自身，调整状况。比如当你出现"亚健康"的时候，你就应当改变生活方式和工作方式。如果你不能判断自身出现了什么情况，也不妨密切观察一段时间，或者可以找些专业人士来帮助你，比如社区的全科医师或是医院的主治医师——请他们看病挂普通号即可。

当然，如果你从不关注自己的身体，为了主观目的，不断增加自身压力，过不规律的生活，又总在恶劣的环境里（自然和人文），像我当年，那么，作为生命的报复，得重病是必然的。

《黄帝内经》主张不治已病，而治未病，同时主张养生、摄生、益寿、延年。生活方式、劳作、情绪等对疾病的发生、发展有着直接影响。我们生病了首先要从自身找找问题，先要改变自身的环境和生活方式，然后才是求医问药，而且也不要把全部的希望都寄托在医药身上，不要对医生过度依赖，须知医生所能做的只是减轻病痛，却无力回天。

扁鹊见蔡桓公的故事，许多人都读过，从养生健身的角度来说，也体现了"不治已病"的道理。所以，对于我们来说，最好的是保持良好的生活方式，多多关注自己的身体，少得病。一旦得了病，首先要调整好心态，面对现实，积极治疗。

生命是一个过程，总会有终结。著名作家梁衡先生在他的《心中的桃花源》一文中写道："人生在世有三样东西绕不过去。一是谁能没有挫折坎坷；二是任你有多少辉煌也要消失，没有不散的宴席；三是人总要死去，总要离开这个世界。与这三样东西相对应的心情是灰心、失落与恐惧。怎样面对这个难题，克服人精神上的消极面，让每一天都过得快活一些，历来不知有多少的思想家、宗教徒都在做着不尽的探索。"马克思说："受难使人思考，思考使人受难。"

就让我们在受难中思考，在思考中渡过一个个难关吧，不必灰心，不必失落，更不必恐惧。快快乐乐地过好每一天，无论明天会遇到什么，都要微笑着去面对，这就叫作活在当下、顺其自然吧。

正是：

一梦惊春十七年，而今鬓发已斑然。

狂风几欲摧衰柳，激浪也曾覆小船。

不信此生唯命短，且将福祸问尘缘。

花开花落寻常事，云卷云舒月自圆。

2014 年 10 月初稿

2016 年 2 月定稿

非大病不能大悟

——《与癌共舞十七年》跋

你是说患病好吗？不是的，当然不是的。我是说：天有不测风云，人有旦夕祸福。万一患病，而且是患了大病（请注意，我不提绝症，世上没有绝症，就像没有绝路一样），不幸是不幸，但不幸中必然有万幸。比如，病中突然对生活、对人生、对人性、对生命之类问题，会有一种幡然醒悟，会生出一种二世为人的新想法和新活法。难道说这不是一种"意料之外"的重大收获吗？是的，是的，就是的！读罢老朋友张立华的这部《与癌共舞十七年》，我更加深信不疑。

从邢小群的《序》中知道，她与张立华相识相知已然40多年了。我虽然没这么久，但认识张立华也在30年以上了吧。我在《山西文学》任职时，临汾地区文联主席谢俊杰多次推荐过她的小说稿件，知道她酷爱写作，富有才华而且十分勤奋。她和丈夫郁海棠先生来到太原安家后，交往就更密切了。我的认知是：她上进心很强，政治上的，事业上的，尤其是事业上的；她责任心很强，家庭的，工作的，尤其工作责任心太强，大有工作狂的嫌疑。她是"老三届"的一员，身上那个时代的烙印特别鲜亮，有知识、有信仰、有理想、有追求、有热情，愿意为宣传中的"革命事业""世界革命"贡献青春，牺牲"小我"，不计得失，纯洁真诚得想把自己的心掏出来让人看……至于人是什么？人生是什么？生命的真谛是什么？人应该过一种怎样的生活？人应该怎样对待家庭、父母、兄弟、姐妹、丈夫、妻子、亲朋好友？她和他们那一代人的绝大多数，是很少去思考的，忙得顾不上思考，甚至是不屑于去思考的。这种"革命"的纯洁和缺失，随着"十年浩劫"的远去，随着"改革开放"时代的到来，半个世纪的反思与进步，当然已大为改观。张立华是个能够与时俱进的清醒者，又勤于读书与思考，善于反思与批判，所以最近多年的交往中，尤其身患癌症这些年，我明显看到她的觉悟与成熟，尤其表现在对人性回归、个性自由、社会公平正义的渴求与探索。其所达到的人文高度，在这本《与癌共舞十七年》中出露得淋漓尽致，而且生动无比，理性所散发出来的美丽情色动人心弦。

满树梨花，单表一枝。就以她对丈夫、爱情及其人生价值等的终极感知和评价，来看看她大病中的"幡然醒悟"吧。下面的篇幅基本用不着我去创作，只需将《与癌共舞十七年》的相关情节汇集起来，略加编辑，小加按语，次第罗列即可。

*我家海棠(按：张立华丈夫郁海棠，复转军人。身材修长，面目清秀。天性至善，为人大度。不苟言笑，性格内向。)说，当他听到这个消息（按：指张立华查出患癌）时，感觉就像天塌了。

* 9 点 25 分，注射了安定，在大家的簇拥下，我被抬上手术室运送病人的专床，推进了电梯。电梯门关上的一刹那，我看到了海棠那双满含了期望的眼睛，我的眼睛发潮了。

* 早上起来我和海棠到医院去准备做放疗。路上车多人多，打不上车也挤不上公交，折腾了一个多小时才赶到地铁站，10 点钟到了放疗科。一见到李明大夫，她就说，你的手机总不开，有个情况要讲一下，你的 CT 显示肺部有阴影，搞不清是什么，如果是肿瘤，那么治疗就要以化疗为主了。听到这话，海棠的脸色大变，一下子就趴在桌子上了。李明忙问："你爱人怎么了？"他慢慢抬起头说："没事，可能是早上没吃东西。"

* 不禁想起我生病的这几个月，海棠精心呵护，悉心照料，真是难为了他。情为何物，探索半生，却原来就在这点点滴滴之中。

* 自从我病了之后，海棠就是这样与我寸步不离，无微不至地关注着我的饮食起居，让我心里十分感动。常想起当年大家劝我找对象时，都认为他与我不般配，但我还是选择了他，我说，要生活就得从生活考虑，用现在的话说叫作："找一个爱你的人结婚。"二十多年过去了，尽管有过磕磕绊绊，我也曾有过其他的心动，但我们相依相携一路走来，走到了今日。事实证明我的选择不错。

* 生命是很宝贵的，我们每一个人只有一次，我们应当很好地珍惜。……生在这人世间，生就不是一种个体的行为，

你的生连着他的生，你的命连着他的情，没有谁是甘愿去死的，不为自己，也为他人。

* 节前海棠就出去采购，买回了许多福字、剪纸和彩带，把这个家装饰得喜气洋洋，颇感温馨，也深深体感受了他珍惜、爱护这个家的一片心。

* 他是一个好人，一个好男人，一个好丈夫，一个好爱人。

* 就在 7 日那天半夜，我晕倒了……第二天，龙儿告诉我："我爸见您倒在地上，大声骂着喊我，是我把您抱上床的。您也太不小心了。"我隐约能想起前夜海棠不停地给我盖被子，抚摸我的情形，心中多了一份爱的感受。

* 我这一次生病以来，我们之间的相互牵挂骤增，相互不放心独自外出，即便在家中他也会时时关照是否开了窗，是否盖了薄毯……几乎每一次外出，我们都要形影相随，仿佛一件珍爱的东西失而复得，唯恐稍不留意又会失去一样。

* 我知道海棠不放心我，他十分呵护这个家，内向的性格又让他疏于与外界交流，我也很心疼他，昨晚站在窗前看他蹒跚的背影，心里阵阵发热，眼泪也在眶中打转，这就是爱吧。

* 这就是爱啊！年轻的时候不知深浅，历尽沧桑才品出味道来。

* 想一想人这一生也挺有意思的，赤裸裸来到这个世界上，先是逐渐地熟悉了自己成长的环境，熟悉父母、兄弟姐妹，待到长大成人，又熟悉自己的爱人，在这个过程中不断地调整和改变着自己，让自己也不断地变化或成熟，最后走完自己的路，这或许就是人生吧。

*看看天，天上日月星辰，它们也在完成着自己的宿命，然而它们却古老永恒得多，和他们比起来，人类不过是匆匆过客而已。……这样一想，人生真如草芥，所谓人生一世，也就是草木一秋罢了。

*天人合一、顺其自然，大约这就是自己悟到的一点生命哲理吧。

这就是张立华大病中对丈夫郁海棠的大悟，并由此扩展开来，更深切地理解了家庭亲情、人生苦乐、生死奥秘、生命真谛以及宇宙无穷无尽。假如没有这一场大病临身、生死关头的锥心之思，张立华想"悟"到这样的高层次、高境界，恐怕是极难极难！但愿我的老朋友张立华好好珍重并守护着这些病悟之道，在战胜病魔中走过美丽的人生。

有啥都不能有病。但是，万一……也好，宁非灵魂一洗涤、人生一精进乎？脱胎换骨，正其时也！但愿张立华先生的这部病悟之书早日问世，为万千读者所喜爱。

周宗奇

2016 年 4 月 29 日于太原学洒脱斋

（山西省作家协会常务副主席、国家一级作家）

也无风雨也无晴

——张立华《与癌共舞十七年》编后记

假如在一个装饰华丽的舞台上，正播放着一支优美的舞曲，还有一个身姿优雅的舞伴，那么我想你一定会情不自禁地翩翩起舞一番。但假如没有这些华丽的舞台、优美的舞曲，而有的只是一个令人胆寒的"舞伴"，你还会翩翩起舞吗？大概没有多少人可以做到，但张立华做到了。

《与癌共舞十七年》是张立华与癌症抗争的真实写照，书中详细记录了张立华从发现患癌，到做切除手术，到放化疗，再到复发，然后到对癌症重新认识的全部过程。这是十分难得的一件事情，不仅是因为这十七年的漫长时间，更是因为张立华用心地将这十七年所经历的事情完整地记录了下来。在这本日记中，张立华不仅写到了自己进行西医治疗的过程，还详尽地记述了自己通过中医疗养身体的心得和体验，尤其是在这个过程中张立华逐渐有了对癌症的理性认识，而这种理性面对癌症的做法也正是我们这个社会所缺乏的。因此，张立华为广大的癌症患者树立了一个很值得参考学习的榜样。同时，这还是一本满含爱意的书，张立华在日记中自然流露出的对亲人、朋友，甚至病友的那种深沉的爱，充满了正能量。更重要的是，这本日记充分表现出了张立华对生活和生命的热爱，在这十七年风雨历程中，张立华始终保持着乐观向上的精神，因此，癌症并没有摧毁她的人生，反而使她获得了更加深刻的人生感悟。所以，这不仅仅是一本对癌症患者有所帮助的书，也是一本值得普通读者来学习品味的书。在自己的人生舞台上，张立华用信心和勇气真正做到了与癌共舞，并且舞出了自己的无限风采。我们作为台下的观众，由衷地为她的生命之舞鼓掌喝彩！

　　这让我想起了苏轼的那首《定风波》："回首向来萧瑟处，归去，也无风雨也无晴。"在经历了人生的暴风骤雨之后，又何必再在意天气到底是风雨还是阴晴呢？用一份淡然闲适的心态去欣赏人生的无常变幻，这才是生活真正的强者。

　　作为编辑，我们非常愿意通过此书，给癌症患者带来继续生活的希望，给普通人带来抗争磨难的勇气，给全社会带来一份正能量。

欧剑　顾冰峰